Alt mit Schuss

Michael Naseband, geboren 1965 in Düsseldorf, arbeitete als Polizist bei der Mordkommission und im Kosovo, bevor er einem breiten Publikum durch die SAT1-Serie »K11 – Kommissare im Einsatz« bekannt geworden ist. »Alt mit Schuss« ist sein erster Kriminalroman.

Mike Engel ist in Hessen und Niedersachsen aufgewachsen und lebt seit über zwanzig Jahren in Berlin. Nach seinem Soziologie-Studium arbeitete er in Architekturbüros, war Storyliner für Daily Soaps und Gründer und Geschäftsführer eines Internet-Start-ups. Seit 2004 hat er als Autor und Chefautor circa dreihundert Drehbücher fürs Fernsehen geschrieben, etwa die Hälfte davon für »K11 – Kommissare im Einsatz«.

MICHAEL NASEBAND & MIKE ENGEL

Alt mit Schuss

NASEBAND ERMITTELT

emons:

Bibliografische Information der Deutschen Nationalbibliothek
Die Deutsche Nationalbibliothek verzeichnet diese Publikation
in der Deutschen Nationalbibliografie; detaillierte bibliografische
Daten sind im Internet über http://dnb.d-nb.de abrufbar.

© Emons Verlag GmbH
Alle Rechte vorbehalten
Umschlagmotiv: iStockphoto.com/ThomasVogel
Umschlaggestaltung: Tobias Doetsch
Gestaltung Innenteil: César Satz & Grafik GmbH, Köln
Lektorat: Lothar Strüh
Druck und Bindung: booksfactory.de, Szczecin
Printed in Poland 2022
ISBN 978-3-95451-608-7
Naseband ermittelt
Originalausgabe

Unser Newsletter informiert Sie
regelmäßig über Neues von emons:
Kostenlos bestellen unter
www.emons-verlag.de

1

»Endlich! Bitte, Sie müssen mir helfen, Linda ist verschwunden!«

Mit diesen Worten ging etwas von vorne los, von dem ich mir eingebildet hatte, es läge ein für alle Mal hinter mir.

Es war ein brütend heißer Sonntag im August, der bislang heißeste Tag des Jahres. Wir Düsseldorfer litten seit zwei Wochen unter einem Azorenhoch namens Sonia, das für Insomnia sorgte. Ich hatte mich den ganzen Morgen schlaflos und schwitzend im Bett gewälzt, war verkatert aufgestanden und alles andere als sonnigen Gemüts, als ich mich auf den Weg zu meiner Kneipe machte.

Ich sah auf die Fliegeruhr mit Edelstahlband, die ich von meinem Vater geerbt hatte, und beschleunigte meine Schritte. Viertel nach eins. Verdammt! Normalerweise ging ich um elf ins NASEBAND'S, bereitete alles vor und öffnete dann um zwölf. Doch was war schon normal in den Wochen seit der Eröffnung? Seitdem hätte ich mir den Weg zu meiner Wohnung und zurück eigentlich sparen und ebenso gut auf dem ungemütlichen Sofa im Büro der Kneipe schlafen können. Obwohl gemäß dem Schild an der Tür als Öffnungszeit zwölf bis zwei Uhr angegeben ist, hatte ich es bis zu jenem Tag noch nicht geschafft, vor vier Uhr in der Früh abzuschließen. Im besten Fall. Am Wochenende wurde es gern auch mal sechs. So wie gestern, als sich Menschenmassen, bestehend aus Mitgliedern zahlloser Junggesellenabschiede und Altstadt-Rummel-Touristen, die von uns Düsseldorfern zugleich verachtet und gebraucht werden, die Klinke in die Hand gaben. Die längste Theke der Welt will eben besucht werden.

Ich hatte mich von der ausgelassenen Samstagabendstimmung mitreißen lassen und fast so viel getrunken wie früher auf der anderen Seite des Tresens. Meinem gestrigen Alkoholpegel entsprechend marterten mich jetzt Kopfschmerzen, die von der knallenden Sonne noch verstärkt wurden. Deshalb nahm ich mir vor, den Tag so ruhig und stressfrei wie möglich zu überstehen und früher als üblich abzuschließen. Um Mitternacht vielleicht. Oder zweiundzwanzig Uhr. Vielleicht sogar zwanzig Uhr? Der Mensch braucht Perspektiven, und das war doch mal eine. Ich fing an, den Abend herbeizusehnen und mir auszumalen, wie ich ihn verbringen würde.

»Endlich!«, riss mich die ungeduldige Stimme aus meinen Gedanken, in die ich so vertieft war, dass ich die Frau nicht bemerkte, die vor der Tür des NASEBAND'S auf mich wartete. »Bitte, Sie müssen mir helfen«, drängte sie hastig und schob dabei ihre Sonnenbrille hoch, »Linda ist verschwunden! Sie wissen schon, der Junggesellinnenabschied, wir waren gestern hier. Ich bin Nele, erinnern Sie sich?«

Und ob ich mich erinnerte. Sie war mir sofort aufgefallen, als sie am Tag zuvor am späten Nachmittag mit ihren Freundinnen meiner Kneipe einen Besuch abgestattet hatte. Wie hätte ich sie auch übersehen können, sie war genau mein Typ: ein Kopf kleiner als ich, Haare bis zum Hintern, farblich dem Eichenparkett meiner Bar ähnelnd, nicht übertrieben schlank, sympathisches Gesicht mit großen braunen Augen, aus denen es bei der Party fröhlich gestrahlt hatte. Heute lagen Sorge und Angst in dem Blick.

»Wir sind aus Vechta«, fuhr Nele aufgeregt fort, weil ich noch nicht geantwortet hatte, »ich bin die Trauzeugin. Wir haben mit drei Freundinnen Lindas Junggesellinnenabschied gefeiert. Wir waren auch bei Ihnen.« Hektisch holte sie ein Streichholzheftchen mit NASEBAND'S-Aufdruck aus ihrer kleinen Umhängetasche. Ich mochte ihren Stil, die kleine Tasche, das marineblaue Minikleid, das eng an ihrem Körper lag und dunkle Schweißflecken unter den Achseln ebenso sichtbar werden ließ wie die BH-freien Brustwarzen, die sich unter dem Stoff abzeichneten. Ich musste mir mit den kurzen Ärmeln meines blau-weiß gestreiften Hemdes den Schweiß von der Stirn wischen, damit er mir nicht in die Augen lief.

»Das ist unser einziger Anhaltspunkt«, sprach Nele schnell weiter, »mir fiel dann ein, dass Sie ja Polizist waren und uns vielleicht helfen können.«

Ich atmete tief durch. Bei dieser Hitze und meiner Laune

konnte ich so einen sonntäglichen Überfall gerade noch gebrauchen.

»Wir trinken jetzt erst mal ’n Kaffee«, sagte ich beschwichtigend und schloss die Tür auf, »und dann erzählst du mir langsam und in Ruhe, was passiert ist.«

2

»Das ist ja das Problem«, sagte Nele unglücklich und setzte sich an die Bar, hinter der ich hantierte, »dass wir nicht wissen, was geschehen ist. Wir kriegen nur noch Bruchstücke zusammen.«

Während die Kaffeemaschine aufheizte, wischte ich mir mit einem Handtuch Schweiß vom Kopf, stellte zwei große Gläser auf den Tresen, füllte sie mit Sprudelwasser und schob eines zu Nele. Mein Glas leerte ich auf ex. »Mann, die Hitze macht mich fertig.« Ich schenkte mir sofort nach. »Was möchtest du? Normalen Kaffee, Cappuccino, Milchkaffee, Espresso?«

»Cappuccino, bitte. Ich bin so froh, dass Sie mir helfen.« Sie griff nach ihrem Wasserglas und trank in großen Schlucken.

»Erstens duzen wir uns hier, das haben wir übrigens auch gestern schon getan. Und zweitens weiß ich noch nicht, ob ich helfe.« Hastig schob ich hinterher: »Helfen kann, meine ich. Liefere mir doch erst mal ein paar Fakten.« Ich schenkte ihr Wasser nach.

»Ich versuch's, aber das wird nicht ganz einfach. Als wir heute Vormittag aufgewacht sind, kamen wir uns wie im falschen Film vor. Wie in ›Hangover‹, nur ohne Tiger im Bad. Wir haben alle den totalen Blackout, unsere Handys sind weg, der Geldgewinn und vor allem Linda, die Braut.«

»Die mit der Prinzessinnenkrone? Schulterlange schwarze Haare, rundliches Gesicht mit Sommersprossen?«

Nele nickte. »Nächsten Samstag ist ihre Hochzeit. Wenn sie bis dahin wieder auftaucht. Scheiße aber auch!« Sie seufzte aufgewühlt und kramte eine Schachtel Zigaretten aus ihrer Handtasche. »Ich muss eine rauchen. Kommen Sie … kommst du mit?«

»Du kannst hier rauchen. Scheiß Rauchverbot.«

Ich zündete ihre Gauloise, dann meine Lucky Strike an und bereitete einen Cappuccino zu, während Nele weitersprach. Meine Laune verbesserte sich schlagartig, als ich den Duft der gemahlenen Kaffeebohnen in meine Nase sog, der sich mit dem

Zigarettenrauch, dem Geruch des Holzes von Boden und Tresen und Neles dezentem Parfüm auf wunderbare Weise vermischte.

»Es müssen letzte Nacht seltsame Sachen passiert sein, nur hat keine von uns eine Ahnung, wo wie was warum passiert ist. Ich bin vorhin schon mit Jennifer bei der Polizei gewesen, nicht nur wegen der Vermisstenmeldung.«

»Wieso nicht nur?«

»Wir vermuten, dass uns jemand K.-o.-Tropfen verpasst hat. Deswegen auch der komplette Filmriss, die Übelkeit und die Kopfschmerzen. Und Jennifer ...« Nele schluckte. »Sie hatte Sperma im Höschen. Wir befürchten, dass sie vergewaltigt wurde.«

»War sie schon im Krankenhaus?«

»Die Polizei ist mit ihr in die Rechtsmedizin gefahren. Dort wird sie gerade untersucht. Aber dass Linda verschwunden ist, haben die Polizisten zwar registriert, meinten aber, wir sollen erst mal abwarten, die können da noch nichts unternehmen.«

»Das ist halt so, ohne konkreten Hinweis auf ein Verbrechen oder eine Gefahrensituation ermittelt die Polizei in der Regel erst, wenn jemand länger als achtundvierzig Stunden vermisst wird.«

»Das haben die auch gesagt. Und meinten, die taucht schon wieder auf. Die haben Nerven, echt!« Nele schüttelte den Kopf und saugte an ihrer Zigarette.

Ich stellte ihr den Cappuccino hin und für mich einen normalen Kaffee mit kalter Milch. »Die haben halt ihre Erfahrungen. In der Regel tauchen die meisten Leute innerhalb von zwei Tagen wieder auf. Hat Linda hier Bekannte oder Verwandte?«

»Nein, auf der Zugfahrt hat sie noch erzählt, dass sie noch nie in Düsseldorf gewesen ist.«

Ich nippte an meinem Kaffee und dachte nach. »Kann es sein, dass sie kalte Füße gekriegt hat?«

»Wie, kalte Füße?«

»Viele Heiratswillige befallen auf den letzten Drücker doch noch Zweifel oder Panik. Also nehmen sie sich eine spontane Auszeit, um ihre Entscheidung noch mal zu überdenken. Und wenn sie sich gegen die Hochzeit entscheiden, trauen sie sich oft nicht, es dem Partner und Angehörigen zu sagen. Sie ziehen es dann vor, sich ins Ausland abzusetzen, wollen eine neue Existenz anfangen oder brennen mit irgendwem durch oder oder oder.«

»Nein, das glaub ich nicht, Linda ist nicht so eine. Wenn die sich für was entscheidet, bleibt sie auch dabei.«

»Vielleicht hat sie sich auch spontan in einen anderen Mann verliebt und ist bei dem. Die Düsseldorfer Altstadt ist das Mekka für Singles und Flirtwillige.«

»Linda ist aber nicht flirtwillig! Sie will nächsten Samstag heiraten.«

Ich zog an meiner Zigarette und sah, wie der Rauch durch die Strahlen der Mittagssonne wirbelte. »In ›Hangover‹ wird der Bräutigam zuletzt auf dem Hoteldach gefunden. Vielleicht schläft Linda irgendwo ihren Rausch aus.«

»Oder sie wurde mit K.-o.-Tropfen betäubt«, erwiderte Nele düster und drückte ihre Kippe aus, »und ist in der Gewalt eines Psychos.«

»Jetzt geh nicht gleich vom Schlimmsten aus«, versuchte ich sie zu beruhigen. »Erzähl mal von Anfang an. Ihr seid gestern aus Vechta hergekommen?«

»Nein, Freitag schon. Wir sind zu fünft am frühen Abend angereist, also Linda und ich und Tamara, Anna und Jennifer. Als Erstes haben wir in die Ferienwohnung eingecheckt. Danach eine kleine Stadttour gemacht. Abends wollten wir dann typisch rheinländisch essen und sind mit dem Taxi ins Meuser gefahren, weil es dort laut Reiseführer-App den besten Speckpfannekuchen der Stadt geben soll.«

»Das stimmt«, bestätigte ich. Das Gasthaus Meuser lag auf der linken Rheinseite im Stadtteil Niederkassel, wo alte Fachwerkhäuschen und enge Gassen Dorfcharme verbreiten. Die Einrichtung des Meuser ist so altmodisch und traditionell wie die Speisekarte. Wenn ich Rheinischen Sauerbraten oder andere heimatliche Spezialitäten essen will, fahre ich öfters dorthin.

»Nach dem Essen«, fuhr Nele fort, »sind wir zurück zur Ferienwohnung und zeitig schlafen gegangen. Gestern sind wir dann nach dem Frühstück über die Kö gebummelt und haben die

Auslagen bestaunt. Mittags sind wir zurück in die Wohnung und haben Linda bei einer Flasche Prosecco das Buch überreicht.«

»Was für ein Buch?«

»Mit den Aufgaben für die Braut. Was die alles machen muss an dem Abend. Da klebt man dann später die Fotos ein.«

»Stimmt, habt ihr mir ja gezeigt«, nickte ich und zog an meiner zweiten Zigarette.

Diese Junggesellenabschiede sind wie die Pest und gehen mir gehörig auf die Nüsse. Die Altstadt wimmelt samstags nur so von albern kostümierten Grüppchen besoffener Heiratswilliger und ihrer Freunde. Der oder die Heiratswillige in spe muss die beklopptesten Rituale und dämlichsten Spielchen mit Passanten veranstalten. Wenn ich so eine Gruppe erspähe, beschleunige ich meine Schritte und laufe einen großen Bogen, um einer Ansprache zu entkommen. Denn was diese Ex-Singles ab drei Promille besonders gut draufhaben, ist eines: Penetranz. Sie laufen einem nach, zuppeln respektlos am Shirt oder versperren gleich dreist den Weg und versuchen, einen zu Trinkspielchen, Fotos oder zur Herausgabe der Unterwäsche zu bewegen. Sie finden das lustig und haben ihren Spaß. Niemand sonst.

Nele trank einen großen Schluck von ihrem Wasser und erzählte weiter: »Als erstes Spiel vor der Altstadt-Tour stand Pech und Glück auf dem Programm. Wir sind am frühen Nachmittag in die Spielbank nach Duisburg gefahren und haben Linda Jetons geschenkt, die sie nach dem Motto ›Pech im Spiel, Glück in der Liebe‹ verzocken sollte.«

Ich nickte verstehend. Typischer Auftakt für einen Junggesellenabschied. Mit dem Zug braucht man von Düsseldorf nur elf Minuten nach Duisburg. Die Spielbank liegt direkt am Duisburger Hauptbahnhof. Ein, zwei Stunden zocken, danach zurück nach Düsseldorf und das Geld, das übrig ist, an der längsten Theke der Welt versaufen. Die Teilnehmer dieser Single-Verabschiedungs-Orgien halten das für originell. Wir Düsseldorfer nicht.

»Dummerweise hat Linda aus den geschenkten hundert Euro innerhalb von einer Stunde zweitausend gemacht, immer nur auf Rot gesetzt. Die Glückssträhne wurde uns richtig unheimlich, und ich meinte dann, Schluss jetzt, Linda, sonst wird deine Ehe am Ende noch die Hölle, wenn du alles Glück auf einmal verbrätst. Also sind wir zurück nach Düsseldorf und haben uns am Hauptbahnhof vor den Schließfächern umgezogen. Wir hatten dort unsere Party-Ausstattung für den Abend und den Bauchladen deponiert.«

»Du sagtest vorhin, dass außer Handys auch der Geldgewinn weg ist. Habt ihr die zweitausend vielleicht im Bahnhofsschließfach weggeschlossen, bevor ihr in die Altstadt seid?«

Nele schüttelte den Kopf. »Leider nicht. Ich hatte mir extra vorher so eine Bauchtasche gekauft, damit nichts wegkommt. So ein fieses hässliches Nylonding, wie es Touristen oft vorm Bauch gespannt haben. Hab mir schon gedacht, dass ich vielleicht nicht mehr Herrin der Lage sein werde nach stundenlanger Trinkerei. Jedenfalls hab ich das Geld da reingepackt, ganz sicher.«

»Und die Bauchtasche ist auch weg?«

Sie nickte bedrückt. »Samt Lindas zweitausend, meinem eigenen Portemonnaie, Smartphone … Einfach alles weg, der totale Horror.«

»Vom Hauptbahnhof seid ihr dann in die Altstadt marschiert«, spekulierte ich.

»Ja. Auf dem Weg sind wir wohl zuerst hier gewesen.«

»Ihr wart ziemlich früh hier, schätze mal, sechzehn Uhr rum. Seid aber nicht lange geblieben, höchstens eine Stunde.«

»Kann sein. Das Letzte, an das ich mich noch erinnere, ist so eine Brauhaus-Kneipe, vor der ganz viele Leute standen. Da haben wir was gegessen. Dann sind wir weitergezogen und haben ganz in der Nähe zwei Typen getroffen und mit denen was getrunken.«

»Was heißt das, was getrunken?«

»Die hatten Flachmänner mit Wodka dabei und haben uns davon trinken lassen. Das war gleich am Anfang, da sind wir auch dieser Fotografin begegnet, die für fünf Euro Polaroidfotos von Touristengruppen macht.«

Diese Fotografen gehörten früher zur Altstadt wie die Rosenverkäufer. Horden von Junggesellenabschieden und marodierende Vereine bildeten ihre Kernzielgruppe. Es schien ein zukunftssicheres Geschäft, denn diese Gruppen sterben niemals aus. Doch mit dem Aufkommen von Fotohandys und Smartphones begann ein stetiger Niedergang dieses Gewerbes.

Nele holte den Abzug einer Sofortbildkamera aus ihrer Tasche und schob ihn mir über den Tresen zu. »Das ist das einzige Bild, das wir von gestern haben.«

Auf dem Foto sah ich die fünf Frauen, die mich erst kurz zuvor besucht hatten, in rosafarbenen T-Shirts in die Kamera feixen. Linda, die designierte Braut mit langen schwarzen Haaren, trug eine goldene Prinzessinnenkrone aus Pappe. Um ihre Schultern hing eine Schärpe: Miss JGA. An ihrem T-Shirt waren rote Stoffherzchen befestigt. Außerdem hatte sie einen Bauchladen umgehängt, der das übliche Zeug enthielt, mit denen diese albernen Kästen bestückt sind: Kondome, Feuerzeuge, gebrauchte Zahnbürsten, rote Rosen, Weingummi, Schokolade, Tütchen mit Konfettiherzen …

Ich hatte Linda ein Feuerzeug und ein Kondom abgekauft, indem ich die Frauen auf eine Runde Bier einlud. Das Kondom hatte ich in der Hoffnung genommen, es irgendwann einmal benutzen zu können. Seit mehr als einem halben Jahr war ich mittlerweile Single, und abgesehen von ein paar belanglosen Bettgeschichten hatte sich meine Erwartung, im NASEBAND'S die Frau fürs Leben oder zumindest eine längere Beziehung zu finden, noch nicht erfüllt.

Nele beugte sich über den Tresen und zeigte mit dem Finger auf das Foto. »Linda und ich, Anna, Tamara und Jennifer.«

»Und die beiden Typen da?« Ich deutete auf zwei junge Männer Mitte zwanzig, die halb verdeckt hinter den Frauen zu sehen waren. Der eine war schlank und blond und trug eine silberne Krawatte auf schwarzem Hemd, der andere war etwas kräftiger gebaut, hatte braune Haare und ein Fantrikot von Borussia Mönchengladbach an. Beide sahen blass und verschwitzt aus, mit dunklen Ringen unter den Augen, der Blonde hatte weit aufgerissene Augen und pickelige Haut. »Sind das die Typen mit den Flachmännern?«

»Ja. Kennst du sie?«

»Nein. Habt ihr aus demselben Flachmann getrunken?«

Nele dachte angestrengt nach und verengte dabei die Augen. »Jetzt, wo du fragst … Die haben uns den einen Flachmann gegeben und immerzu animiert, mit ihnen anzustoßen. Die selber haben aber ausschließlich aus dem zweiten Flachmann getrunken.«

Ich nickte verstehend. »Wenn ihr tatsächlich K.-o.-Tropfen abbekommen habt, könnten die das getan haben.«

»Schon möglich. Keine Ahnung. Ich weiß auch nicht mehr, wo das gewesen ist, das muss kurz nach unserer ersten Station am Brauhaus gewesen sein. Aber wo genau … wir waren in so vielen Läden. Ich hab nur so einzelne Bilder und Fragmente im Kopf.«

»Das Foto ist auf der Bergerstraße entstanden«, konstatierte ich. »Das Brauhaus da im Hintergrund ist das Uerige.«

»Das ist ja schon mal ein Anhaltspunkt«, erklärte Nele mit einem Anflug von Hoffnung. Erwartungsvoll sah sie mich an. »Ich fühl mich so aufgeschmissen. Ohne Erinnerung, ohne Plan, in einer fremden Stadt … Wie soll ich Linda bloß finden?«

»Schon gut, hab verstanden.«

Ich schwieg demonstrativ mit demonstrativ gerunzelter Stirn. Beides sollte signalisieren: *Ich muss nachdenken. Und das, obwohl mir so heiß ist! Also lenk mich jetzt nicht ab.*

Zwanzig Jahre hatte ich als Polizist und zuletzt als Polizeichef im Kosovo ermittelt, anschließend zehn Jahre lang in fast eintausendneunhundert Fällen für »K11 – Kommissare im Einsatz«. Niemals hätte ich es für möglich gehalten, dass ich nach diesen dreißig Jahren noch einmal etwas anderes ermitteln würde außer Warenbeständen und den Durst meiner Kneipengäste. Doch dann fiel mein Blick wieder auf diese Frau vor mir, und ich dachte prompt mit all den Körperteilen, mit denen Männer angeblich immer denken.

»Okay, ich helfe dir. Oder versuch's zumindest.«

»Danke!« Sie lächelte erleichtert.

Drei Männer um die dreißig torkelten herein. »Geil, hier is ja noch offen«, lallte der Erste. Offenbar hatte die Nacht ihren Durst noch nicht gestillt.

»Nein«, rief ich und eilte um die Theke auf sie zu, »hier ist noch zu. Geschlossene Gesellschaft.« Ich schob die Typen zurück zur Tür. »Genug gefeiert, geht nach Hause, ab in die Heia mit euch!« Ich schloss die Tür hinter ihnen ab, ging zurück hinter meinen Tresen und nahm mein Handy aus der Hose.

Ich tat heimlich einen langen Seufzer, gab mir dann einen Ruck und sagte: »Bevor's losgeht, muss ich mir eine Vertretung organisieren.«

3

Ich rief Leonie an, meine studentische Aushilfe. Es dauerte eine Weile, bis sie den Anruf entgegennahm. Die Geräuschkulisse im Hintergrund bestand aus Elektrosound, Wasserplanschen, Lachen, Gläserklirren und Gesprächen.

»Na, Leonie, wo erwisch ich dich? Freibad?«

»Besser, viel besser«, kicherte Leonie vergnügt. Sie klang beschwipst. »Kiesgrube!«

Hätte ich mir auch denken können, dass Leonie in der angesagtesten Beachbar NRWs den Sonntag genoss. Die Kiesgrube in Neuss liegt an einem Baggersee und ist ein Eldorado für feierwütige Freunde elektronischer Musik. Das Who's who der Düsseldorfer Partyszene ist dort bei schönem Wetter immer vertreten. Viele junge attraktive Menschen, die zur musikalischen Beschallung von Top-DJs Cocktails schlürfen und in der Sonne hopsen. The place to be for Leonie.

»Bist du da mit einem Date?«, fragte ich und hoffte auf Verneinung. Wenn sie mit einem Mann dort war, konnte ich mir abschminken, sie loszueisen. Leonie hat ihre Prioritäten.

»Nö, alleine. Ich lerne.«

»Du lernst?« Ich war ehrlich überrascht. Seit wann lernte Leonie für ihr Studium? Musste man überhaupt was lernen für ein Modestudium? »Hast du 'ne Prüfung?«

»Ich lerne, wie man einen Hemingway Daiquiri macht«, antwortete sie stolz. »Der Barmixer ist toootal intelligent und sooo sexy!«

Ich verdrehte die Augen. Leonie hatte sich wieder verliebt. Wie jede Woche. Das war fast gefährlicher als ein Date. Liebes- und cocktailberauscht laberte sie drauflos: »Wusstest du eigentlich, dass Hemingway, du weißt schon, der alte Mann und das Meer, Nobelpreis und so, dass der während seiner Zeit auf Kuba, das war ja seine Wahlheimat, da hat er zwanzig Jahre lang gelebt, jedenfalls war der immer nur in zwei Bars, in der einen hat er Mojito getrunken und in der anderen, La Floridita, seine Daiquiris.«

»Em, Leonie«, versuchte ich einzuhaken, »das ist ja wunderbar, aber …«

»Der Barkeeper vom Floridita«, fuhr Leonie unbeirrt fort, »hat ganz viel mit Daiquiri-Rezepten rumexperimentiert. Der wollte den perfekten Daiquiri mixen. Die Rezepturen hat er einfach durchnummeriert, also stand auf der Karte Daiquiri Nummer eins, Daiquiri Nummer zwei und so weiter.«

»Ehrlich gesagt …«, nahm ich Anlauf Nummer zwei. Vergeblich.

»Aber es gab auch einen Daiquiri des Hauses, den hat er Floridita Daiquiri genannt. Genau den soll Hemingway probiert haben. Und weißt du, was er dann gesagt hat?« Sie imitierte eine tiefe Männerstimme: »Der ist gut. Aber ich mag ihn lieber ohne Zucker und mit doppelt so viel Rum.« In ihrer normalen Stimme fuhr sie redselig fort: »Also mixt ihm der Barkeeper seinen Daiquiri genau so. Hemingway war zufrieden.«

»Du, Leonie …«, versuchte ich es lauter. Keine Chance.

»Diese Daiquiri-Variante bezeichnet man seitdem Papa Doble. Später gab es dann eine Variante mit Maraschino und Grapefruitsaft, die nennt man Hemingway Special. Ob Hemingway Special Daiquiri und Papa Doble wirklich ein und derselbe Drink sind, weiß man aber nicht.«

»War's das?«, seufzte ich resigniert.

»Und das Allergeilste ist«, fuhr Leonie fort, als hätte es nie Interventionsversuche meinerseits gegeben, »während klassische Daiquiris normalerweise geschüttelt werden, wollte Hemingway seinen Drink mit dem Blender gemixt haben, sprich einen Frozen Daiquiri. Auch lecker, besonders bei den kubanischen Temperaturen. Ich bin mir nur nicht sicher …«

Meine Geduld war am Ende. »Ist gut, Leonie«, rief ich genervt durch den Hörer, »wir nehmen ihn auf die Karte!«

»Das wollte ich hören.«

»Wie viele von diesen Dingern hast du denn getrunken?«

»Erst einen, aber der Barkeeper zaubert mir gerade den nächsten.«

»Dann lass den mal schön den Barkeeper trinken. Du kommst jetzt sofort zur Arbeit, Notfall!«

»Och nee«, versuchte sie halbherzig zu rebellieren, »nicht heute, nicht bei dem Wetter, nicht jetzt ...«

»Doch, Leonie, genau jetzt! Du schnappst dir ein Taxi auf meine Kosten und bekommst hundert Prozent Sonntagszuschlag.«

»Wie viel ist das bei elf Euro?«

»Nicht dein Ernst, oder?«

»Zweiundzwanzig, richtig?«

»Freut mich, dass meine Mitarbeiter so gut rechnen können.«

»Und verhandeln auch. Sagen wir hundertfünfzig Prozent, dann bin ich in zwanzig Minuten da.«

»Erpresserin!«

»Meine Opferbereitschaft hat ihren Preis. Kann auch hierbleiben.«

»In zwanzig Minuten im NASEBAND'S«, sagte ich und beendete das Telefonat. Zu Nele: »Erzähl doch mal von Linda. Woher kennst du sie?«

»Von der Realschule. Wir sind im selben Jahrgang gewesen. Danach haben wir zwar unterschiedliche Sachen gemacht, sind aber immer befreundet geblieben.«

»Was für unterschiedliche Sachen?«

»Ich hab Optikerin gelernt, Linda Hotelfachfrau. Aus dem Hotel kennt sie Anna, die auch mitgekommen ist. Linda ist supernett, freundlich. Spontan, tough. Voll positiver Energie. Meine beste Freundin, sonst wär ich ja nicht ihre Trauzeugin.«

»Und nächsten Samstag soll die Hochzeit stattfinden?«, fragte ich, stellte noch mal zwei volle Tassen auf den Tresen und zündete mir eine Lucky Strike an.

»Mit Ben«, nickte Nele. »Der ist erst vor ein paar Jahren nach Vechta gezogen, wegen seinem Job, er ist Ingenieur für Messtechnik. Hat 'nen sicheren Job und gutes Einkommen, aber ... Weiß nicht so recht, ob Linda die richtige Wahl getroffen hat und mit dem glücklich wird.«

»Wieso?«

»Ben ist dermaßen eifersüchtig. Beim Tanz in den Mai hätte er fast 'ne Schlägerei angezettelt, als irgendein Kerl mit Linda tanzen wollte.«

Nele verengte wieder konzentriert die Augen zu Schlitzen, wie sie es vorhin schon einmal getan hatte. Mir gefiel dieser Gesichtsausdruck, der ihr etwas Verruchtes verlieh. »Es kommt mir so vor, als hätten wir Ben gestern getroffen. Eigenartig … Ich hab da so Bilder im Kopf, seh ihn richtig vor mir, wie er unbeherrscht ausrastet, genau wie beim Maitanz.«

»Vielleicht hat er gestern auch seinen Junggesellenabschied hier gefeiert.«

Nele schüttelte den Kopf. »Nein, die Jungs haben schon am Freitag gefeiert, in Hamburg.«

»Klar. Wo sonst außer Düsseldorf?«

Hamburg liegt auf dem zweiten Rang der Beliebtheitsskala bei Verabschiedungen vom Unverheirateten-Dasein. Logisch, Reeperbahn und Herbertstraße bieten ein Vollgasprogramm für die letzte Tour in Freiheit. Aber die unangefochtene Nummer eins und Hochburg für Junggesellenabschiede in Deutschland war und ist und bleibt natürlich die Düsseldorfer Altstadt.

Die knappe halbe Stunde, die es letztlich dauerte, bis Leonie auf der Bildfläche erschien, erzählte Nele zunächst von Ben und ihrer Aversion gegen den künftigen Ehemann ihrer besten Freundin, dann gab sie Anekdoten ihrer Freundschaft mit Linda zum Besten. Die letzten Minuten wurde sie zunehmend unruhig und zappelig.

»Ich kann hier nicht sitzen und gemütlich Kaffee trinken«, platzte sie schließlich ungeduldig heraus, »ich muss Linda suchen! Womöglich ist sie in Gefahr und braucht Hilfe. Vielleicht geh ich einfach mal in die Altstadt und frage herum.«

»Eine Minute noch, ich ruf Leonie an und frag, wo sie bleibt«, sagte ich beschwichtigend und griff nach meinem Handy. Kaum hatte ich ihre Nummer gewählt, klopfte Leonie an die Tür und hielt demonstrativ ihr klingelndes Smartphone in die Höhe. Ich schloss auf und ließ sie rein. »Hast wohl doch noch den Hemingway getrunken«, unterstellte ich.

»Den halben«, gab Leonie zu, »hatte ihn ja schon bezahlt.«

Ich stellte die beiden Frauen einander vor. Nele lächelte zwar freundlich, als sie Leonie die Hand schüttelte, musterte sie aber zugleich mit kritischer Distanz. Aus ihrem Blick sprachen

Respekt, Neid und Verachtung. Ich schätze, dass ich Leonie ganz ähnlich betrachtet hatte, als ich sie zum ersten Mal sah. Sie ist Ende zwanzig und ein wahrer Eyecatcher, sehr attraktiv mit langen blonden Haaren, sportlicher Figur und einem Gesicht, das mit den hohen Wangenknochen, der Stupsnase und den mandelförmigen grünen Augen dem Kindchenschema entspricht, das laut Schönheitsforschung die meisten Männer unwiderstehlich finden. So stand es zumindest in der Wochenendausgabe des Express.

»Was für einen Notfall gibt es denn?«, wollte sie wissen.

4

Ich ließ Nele in meinen vor der Tür geparkten, siebzehn Jahre alten Mercedes Kombi einsteigen und fuhr mit ihr bei geschlossenen Fenstern und aufgedrehter Klimaanlage zur Ferienwohnung in der Undinenstraße. Während der knapp sechs Kilometer langen Fahrt in südöstlicher Richtung über Hüttenstraße und Oberbilker Allee parallel zur Düssel und zum großen Volksgarten erzählte Nele, wie lange sie schon Lindas Junggesellinnenabschied vorbereitet hatte und wie froh sie gewesen war, die Ferienwohnung zu ergattern.

»Die Lage ist ideal. Sehr ruhig und doch relativ zentral. Die Haltestelle Werstener Dorfstraße ist keinen Kilometer von der Wohnung entfernt, zu Fuß keine zehn Minuten.«

»Gibt doch auch in der Altstadt Fewos. Wolltet ihr nicht näher am Trubel sein?«

»Klar, aber fast alle schönen und großen Wohnungen waren schon weg, weil ja in manchen Bundesländern noch Schulferien sind. Und viele Vermieter schreiben ausdrücklich, keine Junggesellenabschiede. Haben wohl schlechte Erfahrungen gemacht.«

Kein Wunder, dachte ich. Der Film »Hangover« hatte das Phänomen Junggesellenabschiede verschlimmert und die Erwartungen der Teilnehmer ins Unermessliche getrieben. Wenn die Feier dann enttäuschend verlief und zum Reinfall geriet, war der Frust groß und äußerte sich in sinnlosen Schlägereien und exzessiven Besäufnissen mit entsprechend vollgekotzten und verwüsteten Ferienwohnungen.

Ich zündete mir eine Zigarette an. Nele tat es mir nach und blickte eine Weile schweigend aus dem Fenster. Dann schüttelte sie unglücklich den Kopf. »Was ist letzte Nacht bloß geschehen? Wie konnte ich Linda verlieren?«

»Wenn euch wirklich jemand K.-o.-Tropfen verabreicht hat …«

Nele ließ mich nicht zu Ende sprechen. »Ich bin die Trauzeugin, ich hab alles organisiert, ich hatte die Verantwortung!«

Ich bog in die Nixenstraße und nahm dann den ersten Abzweig in die Undinenstraße. Nele zeigte zu einem von dichtem Wein umrankten Häuschen.

»Da vorn.«

Ich parkte vorm Haus und stieg aus. Die Hitze traf mich wie ein Schlag, es musste an die vierzig Grad sein. Da hatte ich mir was eingebrockt, am heißesten Tag des Jahres.

Nur wenige Sekunden nachdem Nele auf die Klingel der Ferienwohnung gedrückt hatte, wurde die Tür aufgerissen von einer hageren Frau mit brünettem Pagenschnitt und erwartungsvollem Blick. »Ich dachte, es wär Linda …«, sagte sie enttäuscht.

»Habt ihr noch nichts von ihr gehört?«, wollte Nele wissen.

Die Frau schüttelte den Kopf und blickte hoffnungsvoll zu mir. »Helfen Sie uns, Herr Naseband?«

»Ich heiße Michael«, nickte ich, »deinen Namen hab ich mir gestern nicht gemerkt.«

»Tamara«, sagte sie und winkte mich herein. Sie humpelte voran in ein großes Wohnzimmer. Auf dem Sofa lag eine stämmige Frau mit kinnlangen braunen Haaren und griesgrämigem Gesichtsausdruck. Blass und sichtlich leidend hielt sie sich eine Hand an die Stirn, in der anderen hielt sie eine Wasserflasche. Als sie mich erblickte, schreckte sie hoch. »Herr Naseband?«

Nele stellte sie als Anna vor und ließ sich dann erschöpft in einen Sessel fallen. Ich gab Anna die Hand und bot ihr das Du an.

»Gott, wie peinlich«, meinte Anna beschämt, »so prominenter Besuch, und wir haben noch gar nicht geduscht und uns umgezogen.« Sie blickte an sich hinab.

Genau wie Tamara trug sie ein rosafarbenes T-Shirt mit dem weißen Aufdruck »Lindas JGA«. Und genau wie bei der langen Brünetten waren auch Annas Arme mit Herzchen, Namen und Handynummern übersät, auf den Handrücken verschmierte Einlassstempel.

»Ging einfach noch nicht, ich hab so einen Schädel … kann mich nicht rühren.«

Sie nahm eine Kopfschmerztablette aus einer Packung vom Tisch, steckte sie in den Mund und schluckte sie mit dem restlichen Wasser ihrer Flasche.

»Kann ich auch eine haben?«, fragte ich.

»Natürlich«, nickte Anna, »bedien dich.« Sie sank zurück aufs Sofa und hielt sich wieder den Handrücken an die Stirn.

»Ich hol dir Wasser«, sagte Tamara, »zum Glück gibt es hier 'ne ganze Kiste voll.«

Tamara brachte humpelnd eine Flasche Wasser, drückte mir ein Glas in die Hand und goss es voll. Ich nahm mir eine Tablette und spülte sie mit einem großen Schluck hinunter.

»Das ist alles so gruselig«, meinte Tamara, »wir sind total verkatert und haben praktisch null Erinnerung, was wir gemacht haben, wo wir gewesen sind, von wem all das Zeug stammt … Nichts, null, nada!«

»Was für Zeug?«, fragte ich und nahm einen weiteren Schluck.

Tamara stellte die Flasche ab, nahm eine weiße Boxershorts vom Tisch und hielt sie in die Höhe. Im Bereich des Schritts sah ich gelbe Flecken.

»Vollgepisste Männer-Shorts«, sagte sie angewidert und legte die Shorts zurück. »Münzen verschiedener Währungen«, fuhr sie fort und zeigte auf Kleingeld und weitere Gegenstände auf dem Tisch, »Waschanleitungen, Haarbüschel, eine Taschenbibel, Porträtfotos von Frauen und Kindern, die wir nicht kennen, zwei Sonnenbrillen, fremde Schlüsselanhänger, ein Taschenmesser … Und hier, ein Foto mit Polizist.«

Sie reichte mir ein Polaroid, auf dem Linda Arm in Arm mit einem Uniformierten zu sehen war, die Braut mit Polizisten- mütze, der Cop mit ihrer Prinzessinnenkrone auf dem Kopf. Das Bild war offensichtlich in der Altstadt auf der Feiermeile Bolkerstraße aufgenommen worden. Wie üblich.

»Gehört das nicht zu den Aufgaben?«, fragte ich. »Passanten Gegenstände entlocken für einen Kuss oder Tanz mit der Braut? Und mit Polizisten Kopfbedeckung tauschen?«

Jeden Samstag sehe ich die armen Kollegen und Kolleginnen auf der Bolker für diese Fotos posieren. Jedes Mal muss ich daran denken, dass mir das auch hätte passieren können, wenn ich mir mein Leben bequem gemacht hätte und bei meinem ersten Beruf als Streifenpolizist geblieben wäre.

»Ja klar«, bestätigte Tamara, »aber dass wir null Komma nix mehr davon wissen, also wann wir wen wo getroffen haben. Da ist bei uns allen nur ein großes schwarzes Loch.«

»Seit wir aus dem Flachmann von den beiden Typen getrunken haben«, warf Nele ein und holte das Polaroid aus ihrer Handtasche. »Michael vermutet, dass wir da schon K.-o.-Tropfen oder was auch immer bekommen haben. Weil wir ja alle ab da nichts mehr wissen. Sind euch die Namen der Typen eingefallen?«

Tamara und Anna schüttelten unisono den Kopf.

»Aber es muss was Schreckliches passiert sein«, sagte Tamara düster. Sie löste mit spitzen Fingern ein Heftpflaster von ihrem Ohrläppchen und offenbarte einen Riss, an dem eine Blutkruste klebte. »Meine Kreole ist rausgerissen. Und mein Knöchel ist geschwollen.« Besorgt sah sie mich an. »Ich weiß nicht, aber … vielleicht hab ich mich gewehrt, vielleicht sollte ich auch vergewaltigt werden, wie Jennifer.«

»Ist das denn sicher, dass eure Freundin missbraucht wurde?«

»Sie hat bestimmt nicht freiwillig Sperma im Höschen …«

»Und bei dir?«

»Nein, das nicht.«

»Verletzungen im Intimbereich oder blaue Flecken an den Innenschenkeln?«

Tamara verneinte.

»Fehlen Klamotten, zum Beispiel dein BH?«

»Nein, nur die Kreole, die war aus echtem Gold.«

»Na, dafür hast du diesen Ohrring«, warf Nele ein.

»Stimmt«, nickte Tamara, kramte aus ihrer Handtasche einen massiven Ohrring aus Weißgold hervor und reichte ihn mir. »Keine Ahnung, wo der herkommt. Schräg, oder?«

Ich betrachtete das Schmuckstück und gab es wieder zurück.

»Mir fehlt auch Schmuck«, mischte sich Anna mit gequälter Stimme vom Sofa ein. »Die Goldkette mit dem Brillantanhänger. Erbstück meiner Großmutter, irre kostbar. Das werd ich mir nie verzeihen, dass ich die gestern getragen hab! Ich Idiot!«

»Sicher, dass du die gestern getragen hast?«, vergewisserte ich mich.

»Hundertpro!«, antwortete Anna.

»Hier hat sie die Kette ja noch um«, erklärte Nele. Sie beugte sich vor und gab mir den Schnappschuss aus der Bergerstraße, auf dem alle fünf Frauen in die Kamera feixen. Annas Goldkette war ebenso gut zu erkennen wie Tamaras großer Ohrring.

»Gibst du mal meine Tasche?«, bat Anna Nele und zeigte zu einer Handtasche auf dem Boden neben dem Sessel. Daraus zog sie dann eine Herrenarmbanduhr hervor. »Weiß der Himmel, wo die herkommt.«

Sie reichte mir die Uhr und wühlte ein doppelt gefaltetes Blatt Papier hervor. Während ich mir die Uhr ansah, entfaltete sie den Zettel.

»Eine Omega Seamaster!«, stellte ich fest. »Die ist nicht ganz billig.«

»Vielleicht hab ich mich für den Diebstahl der Kette gerächt und jemand anders bestohlen. Aber der Oberhammer ist das hier, Projekt Familie.«

»Was soll das sein?«

Sie wedelte mit dem Papier. »Die Kopie eines Vertrages über das Projekt Familie.«

Neugierig nahm ich ihr das Blatt ab und las den handschriftlich verfassten, krakeligen Text laut vor: »Also ›Vertrag Projekt Familie. Die Vertragsparteien wünschen sich schon lange ein Kind. Aus ihren gescheiterten Beziehungen resultierten bislang keine Babys, sondern ausschließlich Enttäuschungen und Frust. Deshalb haben sie sich heute entschieden, auf eine der Familiengründung vorgelagerte Liebesbeziehung zu verzichten, und beschließen die zeitnahe Gründung einer Familie. Zu diesem Zweck werden sie sich ab heute monatlich entsprechend dem Eisprungkalender zu Zeugungsversuchen treffen.‹ Darunter steht: Düsseldorf, 3. August, Anna Schlüter und Tobias Ma… Maller, Mahler, Malten … kann man nicht lesen.«

»Besser so, ich will's gar nicht so genau wissen. Gott, wie peinlich!«

Ich konnte mir ein Grinsen nicht verkneifen. »Ist doch süß. Anscheinend hast du dich mit diesem Tobias amüsiert. Womöglich hat der deine Kette.«

»Unsinn!«, stieß Anna genervt hervor. »Das ist doch total lächerlich, Projekt Familie! Das hat doch wohl nicht Bestand vor Gericht, oder?«

»Natürlich nicht. Es ist offenkundig, dass das eine Schnapsidee gewesen ist.«

Anna atmete erleichtert aus. »Ich dachte schon … weil das in so verschwurbeltem Juristendeutsch geschrieben ist.«

»Dieser Tobias könnte Anwalt sein. Oder Jurastudent.«

»Wir werden es nie herausfinden.«

»Abwarten«, widersprach ich. »Ich fasse mal zusammen: Euch fehlen ein paar Schmuckstücke, die zweitausend Euro Spielbankgewinn, alle Portemonnaies und Handys, aber die Handtaschen sind noch da. Tamaras Ohrläppchen ist gerissen und ein Fuß verstaucht, eure Freundin Jennifer hat Sperma im Slip. Ihr könnt euch alle an nichts mehr erinnern und wisst nicht mal, wann und wie ihr nach Hause gekommen seid.«

»Vielleicht mit dem Taxi.« Tamara nahm eine Taxiquittung vom Tisch. »Das Datum ist von heute, aber keine Uhrzeit.«

Ich schaute auf den Preis. »Vierzehn Euro. So viel dürfte eine Fahrt aus der City hierher in etwa kosten. Ein Anhaltspunkt. Kann ich die Quittung mitnehmen?«

»Natürlich. Wenn es was nützt.«

»Da euer Gedächtnis keine Hinweise liefern kann, was passiert ist und wo Linda stecken könnte, müssen wir uns von Indiz zu Indiz hangeln. Dazu zählt, dass ich eure Handys orten lasse. Schreibt mir bitte die Nummern auf, auch von Lindas Handy.«

Tamara schnappte sich den Vertrag Projekt Familie und schrieb mit einem Kugelschreiber ihre Handynummer und ihren vollständigen Namen auf die Rückseite. Anschließend reichte sie Zettel und Stift an Nele und humpelte aufgeregt zur Tür, an der es geklingelt hatte. »Bitte lass es Linda sein!«

Sie kehrte mit einem kleinen Pummelchen zurück, das ich auf Mitte dreißig schätzte und das einen zerstörten Eindruck machte. »Man hat uns unter Drogen gesetzt«, platzte Pummel mit den schulterlangen mahagonifarbenen Locken und der großen roten Brille heraus, ohne mich zu beachten, »genau wie ich's mir gedacht hab!« Das silberne Kreuz, das an einer Kette um ihren Hals hing, wackelte vor Empörung. Tamara, Anna und Nele wechselten betroffene Blicke.

»Du bist Jennifer«, konstatierte ich und gab ihr die Hand, »wir haben uns gestern kennengelernt.«

»Gut, dass du da bist«, entgegnete Jennifer, »du musst uns helfen! Die Polizei hat zwar ein Ermittlungsverfahren gegen unbekannt eingeleitet, aber ich hab das Gefühl, die machen da nicht viel.«

»Eins nach dem anderen«, bat ich. »Was genau hat die rechtsmedizinische Untersuchung ergeben?«

»Die haben gleich zwei Sachen in meinem Blut gefunden«, antwortete sie, fummelte einen Zettel aus ihrer mintfarbenen Sommerhose, faltete ihn auseinander und schaute auf ihre Notizen. »Rohypnol und etwas, das GHB heißt, das soll Liquid Ecstasy sein.«

Ich nickte verstehend. »GHB ist die Abkürzung für Gamma-Hydroxy-Buttersäure.«

»Wir sind regelrecht vergiftet worden!« Jennifer konnte sich gar nicht beruhigen.

»Es erklärt, wieso ihr euch an nichts mehr erinnern könnt. Die Täter haben das bestimmt nicht zum ersten Mal gemacht«, spekulierte ich. »Die müssen sich gut auskennen mit dem Zeug, wenn die das so genau dosiert haben, dass ihr noch wach und aktiv geblieben seid. Eine Überdosis dieser Stoffe kann in Verbindung mit Alkohol zu Atemstillstand und Koma führen.«

»Oh Gott«, rief Anna vom Sofa, »heißt das, Linda ist … hat sie vielleicht … ist sie …?«

»Ich würde jetzt mal nicht gleich vom Schlimmsten ausgehen«, schnitt ich ihr Fragengestammel ab, »ihr seid doch auch alle noch putzmunter, also mehr oder weniger.« Ich wandte mich an Jennifer. »Was ist mit dem Verdacht auf Missbrauch? Hat sich der bestätigt?«

»Nicht wirklich, die konnten keine Spuren von Gewalt feststellen. Aber ich habe bestimmt nicht freiwillig Sex gehabt!«

»Kannst du das ganz sicher ausschließen?«

»Entschuldigung!« Empörung sprudelte aus ihrem Blick. »Kein Sex vor der Ehe! Ich bin streng katholisch, und zwar nicht nur per Lippenbekenntnis.«

Ich brauchte ein paar Sekunden, ehe ich die nächste Frage stellte: »Wie alt bist du, wenn ich fragen darf.«

»Vierunddreißig. Wieso?«

»Und … warst du schon mal verheiratet?«

»Nein. Wieso?«

»Heißt das, du bist noch Jungfrau?«

»Ich WAR es!«

Meine Verblüffung ließ sich nicht verbergen. Ein halbes Leben ohne Sex erschien mir unvorstellbar.

Ich bat Jennifer, ihre Handynummer mit auf den Zettel zu schreiben, und schlug vor, die gestrige Tour der Frauen durch die Altstadt zu wiederholen. »Vielleicht fällt euch dabei alles wieder ein, oder jemand hat einen Hinweis auf Linda für uns.«

Tamara schüttelte den Kopf. »Nee, sorry, aber mit dem dicken Knöchel latsche ich nicht stundenlang durch die Stadt.«

»Ich auch nicht«, pflichtete Anna bei, »mir ist kotzübel, und mein Kopf platzt vor Schmerzen. Außerdem müsste ich nachher den Zug zurück nehmen, morgen hab ich Frühschicht im Hotel.«

»Eigentlich müsste ich auch heute zurück«, warf Tamara unschlüssig ein, »sonst stehen morgen zwanzig Lehrlinge vor der Tür der Berufsschule und kommen nicht rein.«

»Schon okay, fahrt ruhig zurück«, sagte Nele, »ihr könnt hier eh nichts groß unternehmen und helfen. Ich bleibe alleine hier und suche weiter.«

»Ich bleibe auch«, warf Jennifer ein. »Ich kann nicht einfach nach Hause zurück und meinen Urlaub da genießen, solange ich nicht weiß, was passiert ist.«

Ich schlug vor, mich mit Nele auf die Suche zu machen. Jennifer bat ich, hierzubleiben, falls Linda auftauchte, und mit dem Vermieter der Ferienwohnung zu sprechen, um eine Nacht zu verlängern und um Telefonbenutzung zu bitten. Ich wollte, dass sie die Handynummern anrief, die auf die Arme der Frauen geschmiert waren, und nach Linda fragte. Jennifer versprach, sich darum zu kümmern. Ich schrieb ihr meine eigene Nummer auf, damit sie mich anrufen konnte, wenn sie etwas herausfand.

Ich wünschte Anna und Tamara eine gute Rückreise. »Macht

euch nicht verrückt wegen Linda. Für ihr Verschwinden wird es ganz sicher eine plausible Erklärung geben.«

»Ihr müsst sie finden!« Tamara sah mich flehend an. »Lebend!«

»Werden wir«, versprach ich.

Beim Verlassen der Ferienwohnung ärgerte ich mich über meine Leichtfertigkeit. Versprechen sollte man nur geben, wenn man sie auch halten kann.

5

Auf der Fahrt Richtung Altstadt blickte Nele nachdenklich aus dem Fenster und ich auf die Uhr. Schon halb fünf. In dreieinhalb Stunden würde mein frühzeitiger Feierabend beginnen, auf den ich mich schon so gefreut hatte. Ich musste Linda finden, damit es bei meinem Plan blieb. Nur, wie sollte ich das so schnell schaffen? Wir waren nicht in Vechta, sondern in der nordrhein-westfälischen Landeshauptstadt, der quirligen Rheinmetropole mit Megatheke, an der sich Touristenströme und Sonntagsaus-flügler tummelten. Ich benötigte Unterstützung.

Mein ehemaliger Kollege vom Düsseldorfer Polizeipräsidium und langjähriger guter Freund Mark hatte dem NASEBAND'S gestern einen Kurzbesuch abgestattet und dabei erwähnt, dass er das Wochenende über Bereitschaftsdienst hatte.

Ich rief ihn via Freisprecheinrichtung an. Nach dem dritten Freizeichen ging er ans Handy.

»Köhler.«

»Wie Köhler? Was'n das für 'ne Begrüßung? Siehst du meine Nummer nicht im Display?«

»Wenn ich nicht draufgucke, nicht. Was gibt's? Langeweile? Nix los in deinem Laden?«

»Keine Ahnung, ich sitz im Auto. Kann ich kurz stören?«

»Wobei stören? Ich hab grad meinen Jura-Prakti zum Eisholen geschickt. Du störst erst, wenn er wieder da ist.«

Bestens, dachte ich, Mark ist in seiner guten Phase, in der er gerne das ein oder andere Bierchen zischt und gutes Essen zu schätzen weiß. Dann legt er zwar ein paar Kilos zu, ist aber fast immer gut drauf, humorvoll und umgänglich. Das kann man von der anderen Phase nicht behaupten – dem Heilfasten. In dieser Zeit trinkt er nur Tee und isst Kohlsuppe, die erst für Blähungen, dann für schlechte Laune sorgt. Obwohl ihn in dieser Phase niemand gut riechen kann, zieht er sein Abspeckprogramm gnadenlos durch, damit er bei Frauen besser ankommt.

»Wenn du vorbeikommen willst, bring dir selber Eis mit.«

»Hab jetzt keine Zeit. Ich ruf an wegen einer Frau, die gestern im NASEBAND'S war und jetzt vermisst wird.«

Ich nahm den Vertrag Projekt Familie, den ich mit der Taxiquittung in der Mittelkonsole abgelegt hatte, und sah auf die Namen neben den Handynummern. »Linda Brandt heißt sie, Brandt mit Dora Toni. Sie hat gestern ihren Junggesellinnenabschied hier gefeiert und ist seitdem verschwunden. Kannst du mal nachsehen, ob es irgendeine Meldung gibt, in der der Name auftaucht? Vielleicht wurde sie festgesetzt oder ist in irgendeinem Zusammenhang aufgefallen.«

»Moment, ich schau mal nach.«

Ich hörte Tastaturgeklapper und Marks stakkatoartiges Summen, während er konzentriert die Meldungen überflog.

Nele blickte angespannt und mit leicht geöffnetem Mund zu meinem Handy in der Halterung, als würde jeden Augenblick Lindas Aufenthaltsort angezeigt werden.

»Nee, nada. Keine Linda Brandt, nirgends.«

»Okay. Könntest du mir 'nen Gefallen tun und die Handys der Braut und ihrer vier Freundinnen orten lassen?«

»Was?« Mark klang aufrichtig entsetzt. »Geht's noch? Du spinnst ja wohl, ich bin doch nicht dein Hiwi-Kommissar!«

»Schon klar, beruhig dich.« Vielleicht hätte ich doch besser warten sollen, bis er das Eis vertilgt hatte.

»Nee, ich beruhig mich nicht«, blaffte Mark ungehalten, »was soll denn der Scheiß, wieso lässt du hier den Cop raushängen, was geht dich das denn an, wenn sich irgendwelche dämlichen Hühner abfüllen und die Handys klauen lassen. Was nehmen diese Idiotinnen auch ihre Handys mit!«

Ich schielte zu Nele, die erbost aufs Handy starrte.

»Diese unerträglichen Jungfrauenabende«, redete sich Mark in Rage, »ich kann's nicht mehr sehen und nicht mehr hören! Was müssen die ausgerechnet Düsseldorf überfallen? Warum können die nicht bei sich in Löhne oder Buxtehude, oder aus welchem Kaff die sonst kommen, bleiben und da die Gassen vollkotzen?«

»Du, Mark, ich bin hier im Auto …«, versuchte ich, seine engagierte Rede zu stoppen. Doch gegen einen wütenden Mark war ich ebenso machtlos wie gegen eine euphorisierte Leonie.

»Was für eine bescheuerte Idee! Sich albern kostümieren und kreischend und singend über die Bolker marschieren. Sollen die doch durch ihr bumslangweiliges Dorf latschen. Ich versteh auch nicht, was du mit dieser Plage zu schaffen hast. Bloß weil die in deiner Kneipe war? Die sind in allen Kneipen, und am Ende kennen sie nicht mal mehr ihren eigenen Namen, weil die so ungeniert die Sau rauslassen ...«

»Mark!«, rief ich rabiat dazwischen, um weiteren Schaden von der Beifahrerseite abzuhalten, »ich sitze hier mit Nele im Auto, der Trauzeugin, und telefoniere über Lautsprecher.«

Schweigen am anderen Ende.

Nele ergriff das Wort. »Diese bescheuerte Idee«, sagte sie spitz, »die man als normale Frau nur einmal im Leben umsetzt, wird in eurem ach so feinen Düsseldorf Jahr für Jahr viele Tage lang zelebriert. Und ihr seid auch noch stolz darauf, euch bei eurem lächerlichen Karnevalsrummel zum Narren zu machen!«

Trotzig verschränkte sie die Arme vor der Brust. Ich musste über ihren Gesichtsausdruck grinsen, der von Empörung in Genugtuung über ihren Konter wechselte.

Das Schweigen am anderen Ende nahm kein Ende. Ich beendete Marks Pein und fragte, ob er mir den Gefallen der Handyortung täte. Ich versprach ihm im Gegenzug einen freien Abend im NASEBAND'S.

»Frei heißt all-inclusive?«

»Jau.«

»Abgemacht, Mittwoch um acht bin ich da. Wie lauten die Handynummern?«

Ich reichte Nele den Zettel mit den Telefonnummern. Sie las die fünf Namen und zugehörigen Nummern vor. Mark wiederholte alles und versprach, sich darum zu kümmern.

Zuletzt entschuldigte sich Mark bei Nele. »Nichts für ungut, aber diese Abschiede vom Singledasein sind zu einer echten Seuche geworden. Kann ich nur schwer ertragen.«

»Hab ich mittlerweile begriffen«, erwiderte Nele knapp, »Karneval ist top, alles andere flop.«

»Nein, natürlich nicht«, widersprach Mark, »wir freuen uns natürlich über alle Gäste, die bei uns feiern wollen. Nur ist das mit den Junggesellenabschieden seit diesem Film mit Bradley Cooper ein bisschen ausgeufert.«

»Schon gut, Mark«, mischte ich mich ein, »wenn du Miss Right gefunden hast und die dann heiraten willst, schließen wir uns für deinen letzten Abend in Freiheit brav im NASEBAND'S ein.«

»Sehr witzig«, befand Mark. »So, jetzt kommt mein Eis. Ich meld mich.«

»Man könnte fast glauben«, meinte Nele nach Telefonatende, »dass ihr Düsseldorfer heiratswillige Singles hasst.«

»Nur die, die sich danebenbenehmen.«

»So wie wir? Aus dem Kaff Vechta?«

Ich sah zu ihr hinüber und lächelte sie an. Sie erwiderte das Lächeln. Entwaffnung geglückt.

»Shit, wir sind zu weit«, schimpfte ich dann und bog von der Oberbilker Allee in die Kruppstraße.

»Wieso zu weit?«, wunderte sich Nele. »Ich dachte, wir fahren in die Altstadt?«

»Später.«

An der dritten Kreuzung verließ ich die Bundesstraße, fuhr durch die Ellerstraße auf die Kölner und parkte den Mercedes vor der Taxizentrale, von der die Quittung stammte.

In dem Großraumbüro, das ich mit Nele betrat, herrschte dank Klimaanlage angenehme Kühle. Vier Mitarbeiterinnen saßen an ihren Schreibtischen und hantierten am Telefon oder Computer. Ein kräftiger Mann mit Schnauzbart studierte einen Dienstplan an der Wand und mampfte dabei ein Leberwurstbrot.

Eine freundlich wirkende Frau mit ausladender Lockenpracht stand auf und kam zu uns. »Na, so was, Herr Naseband!«, strahlte sie überrascht, »wie kommen wir denn zu der Ehre? Lern ich Sie mal persönlich kennen, das ist ja toll! Wir haben ja schon so oft telefoniert.«

Ich schüttelte die Hand, die sie mir entgegenstreckte. »Freut mich auch, endlich das Gesicht zur Stimme zu sehen. Vergeht ja keine Woche, in der wir uns nicht an der Strippe haben.«

Als ich noch bei K11 mitspielte, bestellte ich an meinen freien Wochenenden ständig Taxen für Besucher, Freunde und mich.

Seit meiner Rückkehr nach Düsseldorf hatten sich meine Taxifahrten deutlich reduziert, auch wegen der Sparpredigten meiner Haushälterin Brigitta.

»Ist immer ein Highlight für mich, wenn Sie anrufen«, frohlockte die gelockte Frau.

Im Hintergrund machte eine Mitarbeiterin eine Kollegin auf mich aufmerksam, die beiden standen auf und kamen heran.

»Hallo, Herr Naseband!«, rief die Erste, die eine eckige Brille in einem eckigen Gesicht trug. »Können wir ein Autogramm bekommen?« Sie hielt einen schwarzen Filzstift in die Höhe.

»Aber natürlich, gerne doch«, antwortete ich und nahm den Stift. »Wohin?«

Sie zeigte zu einer Säule, an der ein Plakat hing, das ich noch nicht bemerkt hatte: das SAT1-Plakat zur K11-Promotion, auf dem ich mit vor der Brust verschränkten Armen und Schulter an Schulter mit Alexandra Rietz in die Kamera blicke. Darüber steht: »Echte Helden«.

Ich musste schmunzeln.

»Was können wir Ihnen denn Gutes tun?«, meldete sich die Lockenfrau zu Wort, nachdem ich mich verewigt hatte.

»Wir sind hier, weil wir etwas klären müssen«, sagte ich. »Und zwar, wann die Fahrt stattfand, von der diese Quittung hier stammt.« Ich reichte ihr den Beleg. »Leider ohne Uhrzeit, nur das Datum von heute.«

»Das ist Harrys Unterschrift«, sagte sie nach einem Blick auf den Zettel und blickte sich suchend um. »Harry!«, rief sie laut. »Kommst du mal bitte?«

Der kräftige Schnauzbart kam heran und schob sich den letzten Bissen in den Mund. »Was'n?«, wollte er kauend wissen. »Ach!«, stieß er von sich, als er mich erkannte. »Das Gesicht kenn ich doch. Unser Kojak vom Rhein!« Er schaute zu Nele. »Dich kenn ich doch auch irgendwoher. Auch beim Fernsehen?«

»Nein, Sie kennen mich von der Fahrt.«

»Welche Fahrt?«

»Die Quittung ist von dir«, sagte die Lockige und gab ihm den Beleg. »Wann war'n das?«

Der Fahrer sah auf die Quittung und überlegte kurz. »Na

klar!«, fiel es ihm ein. »Der Frauentrupp von heute früh. Mann, seid ihr stramm gewesen!«

»Von wo nach wo ging die Fahrt«, wollte ich wissen, »und wann genau war das?«

»Na, heute früh, die Sonne war grad draußen, schätze, es war so gegen sechs. Ich hab die Frauen am Bahnhof aufgelesen und zu einer Ferienwohnung gebracht, Nähe U-Bahnhof Werstener Dorfstraße.«

»War Linda auch dabei?«, fragte Nele aufgeregt und kramte das Polaroid hervor. Sie hielt es ihm vors Gesicht und zeigte auf Linda.

»Nee, also an die kann ich mich nicht erinnern. Aber die anderen drei. Und du hast vorne gesessen und bezahlt.«

»Ich hatte Geld?«

»Nee, keine von euch hatte Geld dabei. Alles versoffen. Du hast einen Zwanziger aus der Ferienwohnung geholt. Und 'ne Quittung verlangt, weil du die in das Buch einkleben wolltest. Ach ja, stimmt«, fiel ihm etwas ein. Er eilte an einen Schrank, auf dem ein Schild mit der Aufschrift Fundsachen geklebt war, und holte ein Buch mit goldenem Einband. »Das habt ihr auf der Rückbank liegen lassen.«

»Das Buch mit den Aufgaben!«, rief Nele und nahm es an sich.

»Was hattest du denn für 'nen Eindruck von den Mädels?«, fragte ich. »Wie waren die so drauf?«

»Na, wie man so drauf ist beim Junggesellinnenabschied, sturzbesoffen und total jeck.«

»Haben die irgendwas von Männern erzählt oder dass ihnen was Unangenehmes passiert ist?«

»Was soll denen denn Unangenehmes passiert sein, außer dass sie zu viel intus hatten und megastrulle waren?«

Ich bedankte mich für die Auskunft und wollte mit Nele schon gehen.

»Ach, Herr Naseband«, hielt mich Frau Locke drucksend zurück, »könnten wir ein Foto zusammen machen?«

»Natürlich könnten wir.«

Sie aktivierte den Fotomodus ihres Smartphones, reichte es

Nele und stellte sich neben mich. Ich legte meinen Arm um ihre Schultern und grinste in die Kamera.

Während der Fahrt blätterte Nele das goldene Buch durch. »Die meisten Aufgaben sind abgehakt, die muss Linda gelöst haben.«

»Welche denn?«

»Mache ein Bild von dir und einem Polizisten und tauscht dabei euren Kopfschmuck. Schneide fünf Waschanleitungen aus Männerunterhosen. Sammle drei Boxershorts und fünf Brusthaare von verschiedenen Männern. Entlocke Passanten persönliche Gegenstände oder Geldspenden für einen Tanz mit dir. Sammle Männerunterschriften auf deinem T-Shirt und auf Deinen Körperteilen. Lasse dir zehn Telefonnummern von attraktiven Männern geben. Schneide vier verschiedene Locken von Männern ab. Finde fünf Männer, die mit Lippenstift ihren Namen auf deine Brust schreiben. Verkaufe fünf Rosen und fünf Kondome an fünf schöne Männer.«

Ich musste an das Kondom denken, das ich Linda abgekauft hatte. Dass ich noch als schöner Mann galt, schmeichelte mir.

»Das erklärt schon mal die Herkunft einiger Gegenstände«, sagte ich.

»Und das geht noch weiter. Die Häkchen werden immer krakeliger. Das Letzte, was abgehakt ist: Versteigere einen Zungenkuss.« Nele klappte das Buch zu und blickte nachdenklich vor sich hin. »Hoffentlich hat sie keinen Psycho geküsst, und der hat sie …«

»Nele, bitte«, unterbrach ich, »keine Schwarzmalerei mehr. Es wird sich bestimmt alles aufklären!«

»Wie willst du da sicher sein?«

»Das spüre ich.«

Oje, dachte ich. Denn das Einzige, was ich spürte, waren Kopfschmerzen und Hunger.

6

Ich kroch im Konvoi der Sonntagsfahrer auf unserer Prachtmeile an der Doppelparkreihe vorbei, in der wie immer zahlreiche Lamborghinis, Bentleys, Oldtimer und Porsches aller Typen und Baujahre zu sehen waren, fand schließlich auf der Breitestraße einen Abstellplatz und lief mit Nele am U-Bahnhof Heinrich-Heine-Allee vorbei die fünf Minuten zum Uerige. Die Schmerztablette wirkte, und die Hitze hatte nachgelassen. Endlich. Langsam bekam ich Appetit auf ein kühles Bierchen.

»Hallo, Herr Naseband«, rief ein Mann mit grauem Vollbart und hagerem Gesicht, der hinter mir herlief.

Ich nickte wie meistens freundlich, wenn mich Fans wie einen alten Bekannten grüßen. Meine jahrelange Präsenz in ihrem Wohnzimmer vermittelt den Leuten das Gefühl vertrauter Nähe. Das geht so weit, dass wildfremde Fans meinen, ich müsste sie kennen, weil sie mich früher jeden Tag gehört und gesehen haben.

»Erinnern Sie sich nicht?«, hörte ich den Mann wieder. »Sie haben mich mal verhaftet, '99 war das, 24. Mai, werde ich nie vergessen.«

»Lange her.« Ich konnte mich nicht an das Gesicht erinnern.

»Hat mir das Leben gerettet, dass ich von der Straße wegkam und eingefahren bin. Danke noch mal!«, rief er, bevor er in die andere Richtung weiterlief.

»Meint der das ernst?«, fragte Nele.

»Das hab ich in meiner aktiven Zeit mehr als einmal erlebt, dass Leute froh waren, weggesperrt zu werden. Für manche Menschen sind Besinnungszeiten hinter dicken Mauern hilfreich, und damit meine ich nicht Mönche im Kloster.«

Wir waren nur einige Schritte weiter, als ich erneut angesprochen wurde.

»Hey, Hasenland!«, rief ein junger Mann mit Fortuna-Cap, der uns mit seinem Kumpel passierte.

»Der heißt Nasekant, du Eimer!«, verbesserte ihn sein Kumpel.

Nele prustete vor Lachen, als die beiden außer Hörweite waren.

»Du hast keine Ahnung, was ich mir alles anhören muss«, erklärte ich. »Naseweiß, Naselang, Nasenwand …«

»Oder Nasenschmand«, lachte Nele und schob ein »Sorry« hinterher.

»Ich dachte ja immer, ich hab einen markanten Namen, den man sich leicht merken kann.«

»Zumindest den ersten Teil«, entgegnete Nele belustigt. »Wo kommt der Name eigentlich her? Von Nasenverband?«

»Etwas interessanter ist die Namensherkunft schon«, klärte ich sie auf. »Früher gab es ein Raubrittergeschlecht, die Nasse Bande. Hießen so, weil sie ein Wasserschloss hatten. In Pommern. Wo der Name herkommt.«

»Wie spannend«, befand Nele. »Raubritter als Vorfahren. Der Oberkommissar entstammt einer Räuberbande.«

»Zwischen Räuber und Gendarm liegt nur ein schmaler Grat«, gab ich lächelnd zurück.

Als wir durch die Bergerstraße liefen, erinnerte sich Nele: »Hier haben wir das Polaroid gemacht!«

»Und da vorn ist das Brauhaus.« Ich zeigte zum Uerige, einem der ältesten Brauhäuser der Stadt, 1862 eröffnet. Eine Institution. Außer der Kneipe unterhält der Wirt, der das Uerige von seinen Eltern übernommen hat, auch ein Festzelt auf der Düsseldorfer Rheinkirmes, dem zweitgrößten Volksfest Deutschlands mit mehr als vier Millionen Besuchern. Auch deshalb ist das Uerige weit über die Stadtgrenze hinaus bekannt.

Seit meiner Jugend habe ich zahllose Stunden dort verbracht. Auch als Oberkommissar bei der Düsseldorfer Kripo hatte ich mit dem Uerige zu tun. Die Mutter des jetzigen Wirts hatte die Tageseinnahmen von der Kirmes am Festzelt abgeholt und wurde prompt überfallen. Gemeinsam mit meinem damaligen Kripopartner ermittelte ich in dem Fall. Vergeblich. Einer der Fälle, die ungelöst blieben.

Wie immer bei gutem Wetter standen mehr als zweihundert Leute an den Tischen vor der Tür, tranken Bier, quatschten und lachten. Einige Köpfe drehten sich uns zu, als wir näher kamen. Ich bin es gewohnt, in der Öffentlichkeit ständig beobachtet zu werden, sodass ich die Blicke gar nicht mehr bemerke. Anders als Nele. »Du bist ja richtig berühmt«, staunte sie.

»Wenn man zehn Jahre lang jeden Tag auf dem Bildschirm ist, vor dem sich bis zu sechs Millionen Menschen versammeln, prägt sich den Leuten die Visage ein.«

Ich nahm zwei Alt von einem Tablett, das der Kellner herumtrug, und fragte, ob er gestern Nachmittag hier gewesen sei und kurz Zeit habe. Der Kellner erwiderte, er sei im Stress, ich solle warten, er komme gleich.

Ich drückte Nele ein Glas in die Hand und stieß mit ihr an. »Prost! Auf die Zuversicht!«

»Einverstanden«, grinste Nele. Wir tranken einen großen Schluck.

»Wenn du wüsstest, wie froh ich bin, dass du dir die Zeit nimmst und mir hilfst.« Unbeholfen streichelte sie mir über den Oberarm. Die Berührung fühlte sich gut an, auch wenn mir schlagartig heißer wurde. Neles leicht gebräunte Haut an den Armen und am Hals hätte ich nur zu gerne berührt. Ich ertappte mich dabei, die Umstände zu bedauern, unter denen ich sie kennenlernte.

»Hast du eigentlich schon deinen Freund informiert, dass du länger bleibst?«, fragte ich.

»Welchen?«, lachte sie. Mir gefielen die Grübchen, die sich in ihrer Wange bildeten, wenn sie lachte. »Ich bin seit anderthalb Jahren solo.«

»Wie kommt's? Am Mangel an Interessenten kann's nicht liegen.«

»Aber am Mangel an Interessanten. Meine letzten Typen sind ein ziemlicher Reinfall gewesen, zu egoistisch, zu dominant oder zu eifersüchtig. Fast so schlimm wie Ben.«

»Lindas Bräutigam in spe?«

Nele nickte. »Er hat ihr sogar mal eine geschallert, weil sie seiner Meinung nach bei einer Party zu intensiv mit seinem besten Freund geflirtet hat.«

»Und trotzdem will sie ihn heiraten?«

»Linda hat einen Lebensplan. Sie will Sicherheit. Und eine klare Zukunftsperspektive. Beides kann Ben ihr bieten.«

»Glaubst du auch an die Planbarkeit des Lebens?«

»Im Gegenteil«, entgegnete Nele, »ich lass mich lieber überraschen.« Sie leerte ihr Glas. Ich sah zu, wie der dunkle Gerstensaft zwischen ihren vollen Lippen hindurch in den Mund floss. Schöner Anblick.

»Ihr Mädels scheint ganz schön unterschiedlich zu sein«, konstatierte ich. »sowohl äußerlich als auch vom Typ. Oder bist du auch erzkatholisch und noch Jungfrau?«

Nele zog eine Augenbraue hoch. »Seh ich so aus?«

»Stimmt das wirklich? Glaubst du, Jennifer ist noch Jungfrau?«

»Gewesen! Ja klar stimmt das. Jennifer hatte in ihrem Leben erst einen Freund, und den auch nur für zwei Monate.«

»Oh Mann, die Arme. Ausgerechnet hier bei uns passiert ihr so was. Und sie hat null Erinnerung.«

Auf Neles Stirn bildete sich eine Sorgenfalte. »Das ist das Schlimme – dass man sich an nichts mehr erinnern kann. Diese Ungewissheit, was passiert ist. Man wacht auf, völlig matt und verkatert, und steht irgendwie völlig neben sich. Wenn man sich dann erinnern will, stiert man in ein großes schwarzes Loch.«

»Das nennt man anterograde Amnesie«, erklärte ich. »K.-o.-Tropfen bewirken, dass die Erinnerung rückwirkend nur extrem kurze Zeit funktioniert. Ein paar Stunden später können die zurückliegenden Ereignisse meist nicht mehr erinnert werden. Daher wisst ihr nicht mal mehr, wie ihr nach Hause gekommen seid.«

»Aber das versteh ich nicht. Wenn wir wirklich gleich am Anfang hier auf der Bergerstraße von den Typen mit den Flachmännern vergiftet wurden, wie kann es dann sein, dass wir erst zwölf Stunden später in die Ferienwohnung gekommen sind? Wirkt das Zeug denn so lange?«

»Eigentlich nicht. Womöglich habt ihr hier eine kleine Dosis zur Enthemmung bekommen und später noch mehr. Dass gleich zwei Substanzen in Jennifers Blut festgestellt wurden, weist darauf hin, dass euch zweimal etwas verabreicht wurde, vielleicht von unterschiedlichen Typen.«

Nele stierte besorgt ins Leere und nagte an ihrer Unterlippe.

»Wo Linda jetzt bloß ist? Die kann doch nicht einfach verschwinden!«

»Nein, kann sie nicht. Düsseldorf ist nicht das Bermudadreieck, hier tauchen früher oder später alle wieder auf.«

Nele lächelte dankbar. »Danke für deinen Optimismus.«

Der Kellner hatte ein zweites Tablett mit Alt und Pils herumgereicht und kam jetzt zu uns. »So, Michael, was liegt an?«

Ich zeigte ihm das Polaroid und erklärte, dass die fünf Frauen gestern Junggesellinnenabschied gefeiert haben und hier waren.

»Die mit der Krone …«, überlegte der Kellner laut. »Ja doch, vage.«

»Hast du zufällig mitgekriegt, was die Mädels dann vorhatten, wo sie hinwollten?«

»Nee, natürlich nicht«, schüttelte der Gefragte so heftig den Kopf, als hätte ich ihn gefragt, ob er noch Jungfrau sei. »Die haben hier ein, zwei Alt getrunken und sind weitergezogen.«

»Ist dir irgendwas aufgefallen? Waren die Mädels besonders ausgelassen?«

Er blies die Backen auf. »Sind die nicht immer besonders ausgelassen?«

»Und die beiden Typen hier?« Ich deutete auf den Mann mit Silberkrawatte und seinem Kumpel mit Gladbach-Trikot.

»Kann ich mich nicht dran erinnern. Nee, die Mädels waren unter sich. Wieso fragst du, was ist los?«

»Die Braut ist verschwunden. Ist die vielleicht noch mal aufgekreuzt und hat die anderen gesucht?«

»Nee, nicht, dass ich wüsste.«

Ich bedankte mich und ließ den Kellner weiterarbeiten. Die Gläser der Gäste hatten sich in der Zwischenzeit schon wieder geleert.

Nele wirkte resigniert. »Mist! Es gibt hier Hunderte von Kneipen, und ich hab keinen Schimmer, wo wir wann gewesen sind.«

»Das finden wir schon raus«, beschwichtigte ich und dachte einen Moment nach.

Die tourenden Grüppchen auf Singleabschied verlaufen meist ganz ähnlich, auch wenn es keine festgelegte Route gibt. Häufig ziehen die Gruppen, wenn sie im Uerige starten, erst mal zu den Kasematten am Rhein, denn die liegen nur hundert Meter entfernt, und außer weiteren Bierchen vor dem Start an der längsten Theke der Welt gibt es dort die besten Fischbrötchen der Stadt. Und genau das konnte ich dringend brauchen. Mein karges Frühstück lag schon einige Stunden zurück, wie mir mein Magen knurrend meldete.

»Sieh mal, der Columbo vom Rhein!«, raunte ein Mann mittleren Alters seiner Begleiterin zu und zeigte mit dem Finger auf mich.

»Kojak, nicht Columbo! Columbo hat keine Glatze, sondern einen verknitterten Mantel«, frohlockte die Frau. »Heißt der Typ nicht Nasebein oder so ähnlich?«

»Nervt dich das nicht?«, fragte Nele, nachdem wir an dem Pärchen vorbeigegangen waren. »Alle Leute drehen sich nach dir um und gaffen.«

»Man gewöhnt sich an allem, nicht nur am Dativ«, erwiderte ich. »Und es gibt weiß Gott Schlimmeres als ein klitzekleines bisschen Ruhm.«

7

Die Kasematten am Ufer des Rheins haben eine bewegte Geschichte hinter sich. Ursprünglich als Festungsbau zum Schutz vor Artilleriebeschuss angelegt, wurden sie im Lauf der Jahrhunderte immer wieder verändert, dienten als Wohnstatt und Lager und heute als kulinarische Promenade.

Für mich sind die Kasematten eines der Highlights Düsseldorfs. Sie repräsentieren unsere rheinische Lebensfreude, verbinden Stadtgeschichte mit einer phantastischen Aussicht auf die Oberkasseler Skyline und guter Gastronomie und vermitteln im Sommer mediterranes Flair.

An meinen freien Tagen komme ich öfters zum Flanieren her und esse eine Waffel. Oder ein Fischbrötchen im Gosch. Was ich jetzt vorhatte.

Ich erblickte Frank Engel im Gespräch mit einem Kellner. Frank ist der Besitzer des Gosch, ein Hüne meines Alters mit langen blonden Haaren, und Urgestein der Gastroszene. Ihm gehören außer dem Gosch auch andere Lokale an den Kasematten und weitere Gaststätten in der Altstadt, unter anderem das Oberbayern und die Hardrock-Kneipe Engel, die früher Weißer Bär hieß und seit fast fünfunddreißig Jahren eines meiner Stammlokale ist.

Der Express bezeichnete Frank Engel als König der Altstadt. Ich bewundere seinen Einfallsreichtum und seine Vielseitigkeit und Energie, mit der er sein kleines Gastro-Imperium mit mehreren hundert Angestellten aufgebaut hat. Mir selbst ist schon eine einzige Gaststätte genug Stress und Verantwortung.

»Meister Naseband«, begrüßte er mich schmunzelnd und boxte mir kumpelhaft an die Schulter, »kannst du deine eigene Kneipe nicht mehr sehen?«

»Vergiss es, Engel«, wiegelte ich grinsend ab, »mach dir keine falschen Hoffnungen. Das NASEBAND'S kannst du nicht übernehmen, nie!«

Franks Expansionshunger war zu der Zeit unstillbar. Er wollte sogar die Weiße Flotte, seine einzige Konkurrenz an den Kasematten, samt Ausflugsschiffen kaufen. Der Chef der Altstadt-Gemeinschaft, einem Zusammenschluss von Gastronomen, beobachtete Franks Erfolge mit Argwohn.

Ich gönnte sie ihm. Und Nele und mir Krabbenbrötchen samt großem Alt. Frank trug seinem Kellner auf, den Kommissar und seine hübsche Begleitung nicht zu lange warten zu lassen, und stellte sich anschließend Nele charmant vor.

»Ist dein Singledasein endlich vorüber?«, fragte er dann und schlug mir jovial an die Schulter. »Richtig so!«

»Das verstehst du leider falsch«, bedauerte ich. »Ich will Nele bloß helfen bei der Suche nach ihrer besten Freundin.« Während ich mir und Nele eine Zigarette anzündete, klärte ich ihn auf und zeigte ihm das Polaroid.

Frank warf nur einen kurzen Blick auf das Bild und meinte, er sei gestern gar nicht hier gewesen. Er überlegte, welcher Kellner ab Nachmittag Dienst gehabt hatte. »Mustafa«, fiel es ihm ein, »gestern war Mustafa hier.«

»Ist der heute da?«

Ich kenne Mustafa seit vielen Jahren, er ist der perfekte Kellner, aufmerksam und höflich und spricht auch noch perfekt Deutsch.

»Nein, der hat heute frei. Aber ich kann ihn anrufen, Moment.« Frank nahm sein Handy aus der Brusttasche seines Hemdes und suchte in den Kontakten die Nummer. Währenddessen brachte uns der Kellner die Fischbrötchen und Bier. Gierig biss ich ein großes Stück ab und sah, dass Nele es mir gleichtat. Sie war offenbar ähnlich ausgehungert.

Frank erreichte seinen Mitarbeiter und legte sein Handy auf den Tisch. »Pass auf, Mustafa, Folgendes: Der Michael Naseband ist grad hier, mit einer hübschen Lady, die ihre Freundin vermisst. Die haben gestern Junggesellinnenabschied gefeiert und waren irgendwann zwischen siebzehn und zwanzig Uhr bei uns. Kannst du dich daran erinnern?«

»Boss, gestern war Samstag … Du weißt selbst, wie das mit diesen Junggesellenabschieden ist. Ist der eine weg, kommt der nächste, und die sehen alle gleich aus.«

»Versuch, dich zu erinnern«, forderte Frank ihn auf und blickte auf das Foto. »Fünf Frauen um die dreißig, die Braut mit goldener Pappkrone und Schärpe.«

»Mit goldener Pappkrone«, wiederholte Mustafa nachdenklich, »richtig, ja doch, ich glaub, ich weiß wieder, an die Frau mit Krone kann ich mich erinnern. Die ist doch dann mit Gonzo abgezogen.«

»Was?«, rief Nele alarmiert zum Hörer. Eine Krabbe fiel ihr dabei aus dem Mund, ohne dass sie es bemerkte. »Was soll das heißen, mit Gonzo abgezogen, wer ist Gonzo?«

»Stammgast«, antwortete Frank, »kommt seit ein paar Monaten jede Woche ein-, zweimal.«

»Gonzo ist Arm in Arm mit der Frau mit Krone gegangen«, sagte Mustafa.

»Und das war wirklich Linda?«, hakte Nele aufgeregt nach. »Dunkle Haare, fast schwarz, schulterlang?«

»Ja, das kommt hin«, antwortete Mustafa.

»Knapp eins siebzig groß, normale Figur?«

»Ja, das kommt hin.«

Nele sah mich mit großen Augen an.

Aus dem Handy hörte man eine türkische Frauenstimme. Mustafa sagte etwas auf Türkisch zu der Stimme und dann zu uns: »Boss, wir wollen gerade zu Abend essen.«

»Lass es dir schmecken«, empfahl Frank. »Wir sehen uns morgen.«

»Ja, Boss, bis morgen.«

»Wie heißt dieser Gonzo richtig?«, fragte ich Frank, nachdem ich mich bei Mustafa bedankt hatte.

»Ich kenne nur seinen Spitznamen. Hast du den noch nicht gesehen? Hat eine fette Narbe auf der Wange wie von einem Schmiss, da wollte ihm jemand wohl mal die Fresse aufschlitzen.«

»Was weißt du von ihm? Wo arbeitet er?«

»Zuletzt in der Wäscherei vom Knast.«

»Knast?«, wiederholte Nele entsetzt. »Der war im Gefängnis?«

»Irgendwas muss er ausgefressen haben. Vor ein paar Monaten ist er freigekommen. Aber was er macht, wo er arbeitet … so gut kenne ich ihn nicht, da müsst ihr wen anders fragen.«

Franks Handy klingelte. Er blickte aufs Display, entschuldigte sich, auf den Anruf habe er gewartet, und wandte sich ab.

»Ich fass es nicht«, sagte Nele, nachdem sie von ihrem Bier getrunken hatte, »Linda ist mit einem Kriminellen nach Hause! Und wir haben keine Idee, wie der heißt und wo der wohnt!«

»Ruhig Blut«, sagte ich und nahm mein Handy hervor. »Es dürfte nicht so schwer sein, das rauszufinden.«

Ich rief Mark an. Das Handy legte ich wie Frank auf den Tisch, damit ich weiteressen konnte.

»Kollege«, meldete er sich genervt, »so schnell geht das nicht, ich hab auch noch anderes zu tun, als Handys orten zu lassen.«

»Schon klar, Eis schlecken«, sagte ich beim Kauen.

»Mal nicht frech werden, ja. Ich komme gerade von einem Einsatz, Messerstecherei hinterm Hauptbahnhof. Keine Sorge, ich hab die Handyortung nicht vergessen.«

»Ich hab was Dringenderes. Wir haben einen Hinweis auf die Braut. Die ist gestern anscheinend mit einem vorbestraften Typen aus dem Gosch mitgegangen. Leider ist nur der Spitzname bekannt, Gonzo. Kannst du mal kurz im INPOL nachschauen? Der soll erst vor wenigen Monaten aus der JVA entlassen worden sein. Hat eine auffällige Narbe auf der Backe.«

Erstaunlicherweise regte sich Mark nicht auf. Statt einer Widerrede hörte ich ihn schweigend an der Computertastatur. Es verging nicht mehr als eine Minute, bis seine Stimme aus dem Handy tönte: »Gonzo heißt Thomas Rabe, einunddreißig Jahre alt, wurde zu elf Monaten Haftstrafe verurteilt, von denen er acht abgesessen hat. Delikte: Körperverletzung und sexuelle Nötigung.«

»Oh mein Gott!«, stieß Nele hervor. »Bitte nicht!«

»Hast du seine aktuelle Meldeadresse?«, wollte ich wissen.

»Ellerstraße 8. Moment mal!« Mark realisierte, was er tat und was ich vorhatte. »Wozu willst du das wissen? Du willst da doch nicht etwa hinfahren und den Cop raushängen lassen?«

»Vergiss bitte nicht die Handys«, antwortete ich und kappte die Verbindung.

8

Früher galt der südöstlich des Hauptbahnhofs gelegene Stadtteil Oberbilk aufgrund des hohen Ausländeranteils als »Asiviertel« und sozialer Brennpunkt. Zahlreiche Einsätze hatten mich in meiner Zeit als Polizist hierhergeführt. Ähnlich wie in Kreuzberg und Neukölln in Berlin hatten sich in den sechziger und siebziger Jahren des letzten Jahrhunderts viele Gastarbeiter aus der Türkei, Albanien und Griechenland dort angesiedelt, weil es in den schnell hochgezogenen Nachkriegsbauten billigen Wohnraum gab. In den neunziger Jahren setzte dann die traurige Entwicklung ein, die der furchtbar technokratische Begriff Gentrifizierung beschreibt: die schleichende Vertreibung der alteingesessenen Bewohnerschaft durch eine wohlhabendere Klientel. Für arme Menschen wird zentrumsnahes Wohnen in großen Städten zunehmend unmöglich.

Ich parkte in zweiter Reihe vor Nummer acht der Häuserzeile, die sich nahezu über die gesamte Ellerstraße entlangzog, und schaltete die Warnblinkanlage ein. Wir sprangen gleichzeitig aus dem Wagen und liefen zu der schäbigen Mietskaserne, deren ockerfarbener Anstrich seit dem Bau vor vielen Jahrzehnten nicht erneuert worden war.

Gerade als ich die Klingel mit dem Namen Rabe entdeckte und sie betätigen wollte, flog die Tür auf. Ein Pizzabote kam heraus und lief zu seinem Motorroller. Bevor die Tür zuschlug, schlüpfte ich mit Nele ins Haus. Wir rannten die Treppen bis zum vierten Stock hoch. Ich klingelte und drückte mein Ohr lauschend gegen die Tür.

»Was machen wir, wenn keiner aufmacht?«, fragte Nele. »Wer weiß, wo der sich mit Linda rumtreibt.«

»Da läuft ein Fernseher. Auf jeden Fall ist jemand da.«

Ich klingelte Sturm und schlug gegen die Tür. »Aufmachen!«

»Komm ja schon«, hörten wir eine genervte Männerstimme aus der Wohnung.

Kurz darauf öffnete ein muskulöser Mann in weißer Feinrippunterwäsche und Narbe quer über der linken Wange – Gonzo. Er hielt ein Stück Pizza in der Hand und verblüfft beim Kauen inne, als er mich erblickte.

»Ach nee, ich kenn Sie doch … warten Sie … Nasenschwanz!«

»Naseband. Sie sind …«

»Sag ich doch«, fiel er mir ins Wort, »ich kenn Sie aus dem Fernsehen! Von RTL, Cobra 11.«

»K11 auf SAT1.«

»Sag ich doch. Wie komm ich zu der Ehre?«

»Dürfen wir kurz reinkommen?«

»Ist grad schlecht, eben hat ›Tatort‹ angefangen, meine Ische liebt den Scheiß.«

»Ihre Ische? Sie sollen gestern das Gosch an den Kasematten mit einer Frau mit Pappkrone verlassen haben.«

Gonzo runzelte verständnislos die Brauen. »Mit meiner Ische. Was ist damit?«

»Was haben Sie mit Linda gemacht?«, platzte Nele heraus.

»Linda, hä? Was für 'ne Linda? Ich kenn keine Linda. Ich war gestern mit meiner Ische unterwegs.« Er drehte den Kopf und rief in die Wohnung: »Baby, kommste mal?«

Nele sah mich fragend an. Ich zuckte mit den Schultern.

Eine Frau mit halblangen schwarzen Haaren und ebenfalls in Unterwäsche kam Pizza kauend dazu. »Mann, was ist denn, der ›Tatort‹!«

»Guck mal, wer hier ist!«

Die Frau verstand nicht. »Wer ist das?«

»Na, der Nasenbart vom K11, von der Kripo.«

»Kripo? Hast du wieder was ausgefressen?«

»Ach was, ich doch nicht. Sag's denen, wo waren wir gestern am frühen Abend?«

»Was geht denn ab?« Ische schien misstrauisch zu sein. »Kann ich mal Ihren Dienstausweis sehen?«

»Mensch, der ist vom Fernsehen«, erklärte Gonzo.

»Ich denk, von der Kripo?«

»Erst Kripo, dann Glotze, RTL. Oder sind Sie jetzt wieder bei der Polizei?«, wandte er sich an mich.

»Nein. Ich helfe der Frau hier, nach ihrer Freundin zu suchen, Linda.«

Ich zeigte den beiden das Polaroid.

»Ach, die mir die Krone geschenkt hat!«, nickte Ische.

»Wieso Krone geschenkt?«, hakte Nele nach.

»Wir haben euch doch 'ne Runde spendiert. Und diese Lisa hat …«

»Linda«, verbesserte ich, »die Frau mit der Krone heißt Linda.«

»Von mir aus. Die hat mir zum Dank die Krone geschenkt und meinte, das ist ein Glücksbringer in Liebesangelegenheiten.« Ische grinste Gonzo an und kniff ihm lüstern in den Hintern.

»Hier isse doch«, pflichtete Gonzo bei und nahm die goldene Pappkrone von einem Kleiderhaken hinter der Tür. »Will sie die wiederhaben, oder was?«

»Die geb ich nicht mehr her!«, beschied uns Gonzos Baby. »Geschenkt ist geschenkt, wiederholen ist gestohlen.«

»Wir wollen nicht die Krone, sondern Linda wiederhaben«, erklärte ich. »Die Frau ist spurlos verschwunden.«

»Aber nicht im Gosch«, widersprach Gonzo, »da hat sie mit uns ein Alt gezischt.«

»Fragt doch mal im Oberbayern«, schlug Ische vor.

»Wieso ausgerechnet da?«, fragte ich.

Sie zeigte auf Nele. »Du hast diese Lisa doch selbst vom Tresen losgeeist. ›Zur Bolkerstraße müssen wir‹, hast du gemeint, ›ins Oberbayern‹, und ihr dein Handy vors Gesicht gehalten. Stand wohl als Empfehlung in 'ner Party-App.«

Ich deutete auf das Foto. »Und dann sind alle fünf Frauen gemeinsam gegangen?«

»Ja, mit den beiden da.« Sie zeigte auf die Typen mit Silberkrawatte und Fußballtrikot.

»Die waren dabei?«, vergewisserte sich Nele.

»Ja, die sind hinter den Mädels hergewackelt, als wollten sie auf die aufpassen. Dachte, das sind Freunde.«

»Mit den beiden sind die Uschis doch schon dahingekommen«, warf Gonzo ein.

»Wie ist das?«, fragte seine Freundin. »Wollt ihr 'n Stück Salamipizza? Bier ist auch noch da.«

»Nein, danke«, lehnte ich ab, »wir müssen weitersuchen. Danke für den Hinweis!«

Ich lief mit Nele die Treppe hinunter.

»Was ist mit Belohnung?«, rief uns Gonzo nach. »Oder Autogramm?«

»Nächstes Mal«, rief ich zurück und verließ mit Nele das Haus. Hinter meinem Auto stand ein Streifenwagen, aus dem gerade zwei Uniformierte stiegen.

»Halt, nicht aufschreiben«, beeilte ich mich, »wir sind schon weg, Notfall.«

»Ach nee«, grinste der Polizist, der bereits einen Zahlkartenblock in der Hand hielt, »der Kommissar im Einsatz ...«

»Bitte, Leute, verschont mich«, bat ich, »ich stand nur eine Minute hier, musste was Dringendes klären, geht um eine Vermisstensache.«

»Ja, ja, schon gut«, beschwichtigte die Polizistin, »wussten ja nicht, wer es ist.« Die beiden gingen zurück zum Streifenwagen. »Schönen Abend noch, Kollege«, sagte der Uniformierte, und seine Partnerin fragte: »Kommt K11 nur noch samstags oder bald mal wieder täglich?«

»Täglich bin ich nur noch im NASEBAND'S im Einsatz. Kommt vorbei, habt ein Freibier gut.«

»Das lassen wir uns nicht zweimal sagen.« Die Polizisten stiegen ein und fuhren ab.

Wir taten das Gleiche und nahmen den Weg zurück zur Altstadt.

»Die beiden Typen vom Foto werden mir immer suspekter«, sagte ich in das Schweigen. »Es steht für mich außer Frage, dass die euch auf der Bergerstraße die K.-o.-Tropfen verpasst haben und euch dann gefolgt sind.«

Nele nahm das Polaroid aus der Mittelkonsole und betrachtete es eingehend. »Ich kann mich partout nicht mehr dran erinnern, dass die uns begleitet haben. Meinst du, die haben auf einen günstigen Augenblick gelauert und Linda dann entführt? Ist sie bei denen?«

»Das werden wir herausfinden.«

9

Um Punkt einundzwanzig Uhr stellte ich den Mercedes in der Mühlenstraße ab und ging mit Nele die hundert Meter zur Bolker. Kneipe reiht sich dort an Kneipe und Club an Club. Eine riesige Dauerparty. Hier wird am ausgelassensten gefeiert und die meiste Zeit bei Junggesellenabschieden verbracht.

»Wow«, staunte Nele, »hier ist ja die Hölle los.«

Dem konnte ich nicht widersprechen. Horden von Fortuna-Fans zogen grölend an uns vorüber, sich abwechselnd mit dauerverstrahlten, durchgefeierten und frisch in den Abend startenden Grüppchen.

»War heute Fußball?«, fragte Nele.

»Fortuna hat heute auswärts gespielt«, bestätigte ich, »erstes Relegationsspiel um den Aufstieg in die Bundesliga.«

»Ey da, der Himbeer-Toni«, hörte ich einen Fortuna-Fan.

»Wie ist das Spiel ausgegangen?«, rief ich ihm zu.

Er winkte ab. »2:1. Aber nächste Woche …« Er reckte die Faust in die Höhe und brüllte beim Weitergehen: »Erste Liga, Erste Liga!«

Ich blieb stehen und zündete mir eine Zigarette an. Nele bemerkte mein frustriertes Gesicht.

»Bist du Fortuna-Fan?«, fragte sie so naiv, wie es nur eine Frau konnte.

»Ich kenne kaum einen Düsseldorfer, der kein Fortuna-Fan ist«, erwiderte ich. »Ich liebe die Fortuna, aber ich hasse es, dass sie in der Zweiten Liga spielt, da haben wir nichts verloren, Düsseldorf ist erstklassig, wir gehören in die Bundesliga, schon lange.«

»Schafft ihr es?«

»Tja … Wir müssen nächste Woche im Rückspiel mit zwei Toren Unterschied gewinnen. Aber leider ist die Truppe ein bisschen vergesslich. Spielen prima, aber vergessen, Tore zu schießen.«

Ich nahm mein klingelndes Handy aus der Tasche und sah

aufs Display. »Endlich. Das ist Mark«, erklärte ich und nahm das Gespräch an.

»Hast du dich um die Handys gekümmert?«, erkundigte ich mich.

»Hab ich. Hast du diesen Gonzo in Ruhe gelassen?«

»Hab ich. Fast. Was ist mit den Handys?«

»Vier der fünf wurden im Bereich des Hauptbahnhofs um sechs Uhr heute früh ausgestellt. Das Handy von Linda Brandt ist noch eingeschaltet und befindet sich ebenfalls in Bahnhofsnähe.«

»Wo genau könnte es sein?«

»Weißt doch, dass sich das nicht näher eingrenzen lässt. Im Hundert-Meter-Radius um den Hauptbahnhof. Viel Spaß beim Suchen.«

»Versteh ich nicht«, sagte Nele, nachdem ich aufgelegt hatte. »Wie kommen unsere Handys zum Hauptbahnhof, und wieso ist Lindas noch an?«

»Ich vermute, dass ihr vier bestohlen wurdet. Vielleicht kurz bevor ihr vom Bahnhof ein Taxi zur Ferienwohnung genommen habt.«

»Und Linda?«

»Hm«, brummte ich beim Nachdenken. »Womöglich habt ihr euch getrennt, oder sie hat euch verloren und ist hiergeblieben. Wenn ihr Handy an ist … rufen wir doch mal an.«

Ich nahm den Zettel mit den Telefonnummern, tippte Lindas Nummer in mein Handy und stellte den Lautsprecher an. Freizeichen. Nele und ich sahen uns gespannt an. Es tutete eine Minute lang, dann sprang die Mailbox an.

»Linda«, rief Nele zum Handy, »bitte melde dich sofort, wenn du das hörst! Die Nummer, von der ich anrufe, gehört Michael Naseband. Ruf ihn bitte an! Wir machen uns Riesensorgen. Falls du die Adresse der Ferienwohnung vergessen hast, Undinenstraße 5.«

Ich trennte die Verbindung und steckte das Handy ein.

»Vielleicht liegt sie irgendwo bewusstlos in einem Keller oder Hinterhof«, spekulierte Nele unglücklich.

»Wir werden sie schon finden«, kam ich wieder mit der Besänftigungsleier und ging mit ihr ins Oberbayern, in dem pausenlos das Oktoberfest nachgefeiert wird. Rustikale Einrichtung wie in einer Almhütte, Bier aus Maßkrügen und Wies'nhits am laufenden Band.

Die Luft war zum Zerschneiden dick, penetranter Schweißgeruch drang in meine Nase. Wir zwängten uns zwischen betrunkenen Touristen vorbei, die brüllend versuchten, die Musik zu übertönen, und kämpften uns zur Theke vor.

»Ah, ich kenn dich doch«, schrie ein Endzwanziger mit Vokuhila-Frisur, der auf sein Bier wartete. »Bin ein großer Fan, guck das seit Jahren jeden Tag, jeden verdammten Tag!«

»Läuft doch nur noch samstags«, brüllte ich zurück.

»Nee, nee, das läuft noch jeden Tag!«, beharrte Vokuhila.

»Schon seit anderthalb Jahren wird das nur noch am Samstag ausgestrahlt«, klärte ich ihn auf.

»Unsinn, ich guck es doch immer!«

»Was guckst du denn?«

»Na da, wo du mitmachst, RTL 2, ›Berlin Tag und Nacht‹, du bist doch der Ole!«

»Das ist wer anders.«

»Wer anders? Heißt der nicht Ole?«

»Mann, du nervst! Der bin ich nicht!«

»Nee? Siehst genauso aus. Ich dachte, du bist das.«

Ich zeigte in mein Gesicht und auf meine Arme. »Siehst du da irgendwelche Tattoos? Das Einzige, was ich mit diesem Ole gemeinsam hab, ist die Glatze.«

»Ah, stimmt, die Glatze! Genau wie Ole, echt. Find ich voll super, den Ole!«

Die Barfrau stellte ihm zwei Maßkrüge hin. Vokuhila bezahlte und zog ab. Ich beugte mich über den Tresen und fragte die Frau, ob sie gestern hier gearbeitet habe. Sie bejahte. Ich erklärte ihr mein Anliegen und gab ihr das Polaroid in der Hoffnung, sie würde sich erinnern. Das tat sie auch.

Sie nickte und rief über den Tresen: »Die hat die ganze Zeit mit einem Kerl geknutscht.«

»Was?« Nele sah von der Barfrau zu mir. Ich kannte diesen Blick aus Staunen und Unglauben bereits.

»Die hat mit einem Kerl geknutscht«, wiederholte die Barfrau lauter.

»Hab ich schon verstanden«, brüllte Nele zurück. »Aber was für ein Kerl denn?«

»Mit dem sie diesen Familienplan gemacht hat.«

»Projekt Familie?«, fragte ich.

»Ja, genau. Heißt die nicht Anne oder Anna?«

Ich verdrehte die Augen. Was wäre Kommunikation ohne Missverständnisse? »Ja, die heißt Anna«, bestätigte ich, »und der Kerl Tobias Ma-irgendwas. Aber eigentlich …«

Die Barfrau ließ mich nicht zu Ende sprechen: »Ja, richtig, Tobias. Die wollten erst Zettel und Stift haben, und dann haben sie nach einem Kopierer gefragt. Ich sag, das ist hier doch kein Copyshop, aber gut, was tut man nicht alles für die Gäste, bin ich nach hinten ins Büro und hab denen halt diesen Zettel kopiert.«

Und mal kurz geschaut, was du da kopierst, dachte ich.

»Und die Frau mit der Schärpe?«, fragte ich und tippte mit dem Finger auf das Polaroid. »Das ist die Braut, die wir suchen.«

Die Barfrau hielt sich das Polaroid dicht vors Gesicht. Schüttelte den Kopf. »Weiß ich nicht, war so brechend voll gestern.«

»Und die beiden Typen auf dem Foto«, setzte ich nach, »der da mit Silberkrawatte und der im Trikot. Waren die gestern hier?«

Unschlüssig blickte sie erneut aufs Polaroid. Langsam schien sie die Geduld zu verlieren. »Ich sag ja, hier hat gestern die Luft gebrannt, dreimal so schlimm wie heute. Diese Anne hätte ich auch längst vergessen, aber das mit dem Projekt Familie fand ich niedlich.«

»Weißt du noch, wann Anna gegangen ist oder wo sie hinwollte?«

»Nee, also, sorry, wir sind nur zu zweit, ich muss weitermachen.«

Ohne unseren Dank abzuwarten, wandte sich die Barfrau einem Mittdreißiger mit halblangen Locken zu, der sich neben mich an den Tresen gedrängt und mehrmals Entschuldigung gerufen hatte.

Ich nahm das Polaroid und wollte uns einen Weg zum Ausgang bahnen, doch Nele hielt mich zurück und rief konsterniert: »Annas Kette!« Sie zeigte zu dem ungeduldigen Mann mit den

Locken neben mir. Er beugte sich über den Tresen und schrie der Barfrau etwas ins Ohr. Zwischen seinen Händen hielt er eine antike Goldkette mit Brillantanhänger.

Nele zerrte ihn an seinem T-Shirt vom Tresen und riss ihm die Kette aus der Hand. »Wie kommst du an die Kette? Das ist Annas!«

»Du kennst sie?«

»Bist du Tobias Ma-irgendwas?«

»Tobias Maller, ja. Wo ist Anna? Die muss meine Uhr haben!«

»Wieso hast du Annas Kette und sie deine Uhr?«, mischte ich mich ein.

Tobias nahm einen Zettel aus seiner Jeans und faltete ihn auseinander. Der handschriftliche Vertrag Projekt Familie. »Ich hab gestern Scheiße gebaut. War nicht mehr zurechnungsfähig. Wie das so ist. Vollsuffliebe. Wir kannten uns keine Stunde, da haben wir schon die gemeinsame Familiengründung beschlossen. Total bescheuert, irre peinlich, bereue ich höllisch.«

»Junge«, drängte ich, »was ist mit Kette und Uhr?«

»Die haben wir uns gegenseitig geschenkt. Zur Besiegelung des Vertrags und als Zeichen der Ernsthaftigkeit unseres Anliegens. Und um schon mal ein Stück weit familiäre Bindung herzustellen, das sind ja beides Erbstücke. Die Uhr ist von meinem Großvater, die muss ich wiederhaben!«

»Keine Panik, die kriegst du schon wieder«, sagte ich.

»Wie sieht die überhaupt aus, mit der ich ein Kind zeugen und eine Familie gründen wollte?«

»Wie, das weißt du nicht mehr?«, fragte Nele empört.

»Ich war so glatt wie lange nicht«, rechtfertigte er sich. »Hab keinen Blassen mehr.«

Ich zeigte ihm das Foto und deutete auf Anna. Tobias wunderte sich: »Mit der wollte ich mich vereinigen? Na ja … Hauptsache, ich krieg die Uhr wieder. Gibst du mir ihre Handynummer?«, fragte er Nele.

»Andersrum«, mischte ich mich schnell ein. »Du gibst mir deine Nummer, und ich ruf dich an, wenn das Schmuckstück wieder da ist.«

10

Es tat gut, die Schweißoase zu verlassen und zurück an die frische Luft zu kommen. Nur noch fünfundzwanzig Grad, wie eine Digitalanzeige verriet, die an der gegenüberliegenden Hauswand angebracht war und abwechselnd Temperatur und Uhrzeit anzeigte.

»Und nun?«, fragte Nele missmutig. »Schon haben wir Lindas Spur verloren.«

»Dann nehmen wir sie halt wieder auf.«

Ich zog Nele in den Kuhstall, direkt neben dem Oberbayern gelegen. Beide Läden gehören Frank vom Gosch. Und beide bieten das gleiche Programm: Rumtata und Halligalli. Hinweise leider Fehlanzeige.

»Wenn Linda ihre Krone nicht verschenkt hätte«, sagte ich, als wir uns zurück nach draußen gekämpft hatten, »wäre es bestimmt leichter, Leute zu treffen, die sich an sie erinnern.«

Nele nickte resigniert.

Bevor sich Hoffnungslosigkeit breitmachte, nahm ich sie an der Hand, als wäre sie meine Freundin. »Komm, wir probieren's da drüben.«

Auf der schräg gegenüberliegenden Straßenseite von Franks Läden liegt das Louisiana. Nach amerikanischem Vorbild ausstaffiert, gibt es dort Chicken Wings, Burger und Budweiser. An den Tischen sah ich außer Touristen auch Spieler der Footballclubs Panther und Bulldozer, Schwarze mit Schuhgröße zweiundfünfzig und hundertachtzig Kilogramm Kampfgewicht. Offenbar hatten beide Teams heute ein Match.

Ohne allzu große Hoffnung sprach ich die erste Kellnerin an, die mir über den Weg lief, eine Barbie im sexy Cheerleader-Dress. Als sie Nele erblickte, lächelte sie. »Ach, schon wieder nüchtern?«

»Du erinnerst dich an mich?«

»Na, so schnell werde ich euch nicht vergessen. Mann, war das eine Show!«

»Wir wissen nichts mehr, nicht mal, dass wir hier waren.«

»Vielleicht besser so«, lachte die Kellnerin. »Ihr habt da vorne gesessen«, sagte sie und zeigte zu einem Tisch, an dem Football-spieler Burger verspeisten. »Habt was gegessen und seid dann vor an den Tresen, Tequila trinken. Mann, war die besoffen.«

»Wer?«

»Na, die Braut. Hat bald jedem Kerl die Zunge in den Hals gesteckt.«

Ich sah zu Nele und registrierte den schon bekannten Blick, der ungläubiges Staunen hieß.

»Und sich Tequila ablecken lassen«, fuhr Barbie fort, »von den Nippeln. Mann, hat der ihr eine Szene gemacht.« Sie schüttelte bei der Erinnerung den Kopf, halb amüsiert und halb abgesto-ßen.

»Wer?«, wollte ich wissen.

»Na, der Bräutigam.«

»Hä?«, stieß Nele verständnislos hervor. »Bräutigam? Doch nicht Ben?«

»Stimmt, Ben«, erinnerte sich die Kellnerin.

»Moment mal, eins nach dem anderen«, versuchte ich, Klar-heit in die Situation zu bringen. »Die fünf Frauen waren gestern hier, haben gegessen und Tequila getrunken. Und da war ein Ben dabei?«

»Nein, der kam rein, als irgendein Besoffski der Braut Tequila von den Nippeln geleckt hat. Mann, ist der ausgerastet.«

Nele starrte sie fassungslos an: »Ben war hier? Das kann doch gar nicht …«

Ich war skeptisch. »Woher willst du wissen«, fragte ich die Kellnerin, »dass der Ben hieß und der zukünftige Bräutigam der Frau ist?«

»Weil der eine Riesenszene gemacht hat. Er ist total ausgetickt und hat ihr eine geschallert und sie beschimpft. ›Das geht zu weit!‹, hat er geschrien, er heiratet doch keine Schlampe. Sie hat zurückgeschrien, und sie heiratet keinen Spion, der ihr auf dem Junggesellinnenabschied hinterherschnüffelt. Die haben sich angekreischt wie ein altes Paar.«

»Und weiter?«, drängte ich.

»Nichts weiter. Ihr habt dann«, sie blickte zu Nele, »diesen Ben mit Hilfe von anderen Gästen rausgeschmissen. Er hat vor der Tür noch ein bisschen randaliert und rumgebrüllt und ist dann beleidigt abgezischt.«

Sie runzelte die Stirn, als ihr noch etwas einfiel. »Du hast das doch mit dem Handy gefilmt«, sagte sie zu Nele.

»Unsere Handys sind weg, wahrscheinlich geklaut.«

»Immerhin wissen wir jetzt«, warf ich ein, »dass ihr sie hier noch hattet.«

Die aufmerksame Kellnerin verschwand kurz hinter den Tresen und kam mit dem Bauchladen zurück, den Linda umgehängt und den ich um ein Kondom erleichtert hatte. Jetzt war er leer – bis auf zwei Tüten Weingummi.

»Den habt ihr hier liegen lassen. Wollt ihr doch bestimmt wiederhaben, als Erinnerung.«

»Sehr witzig«, knurrte Nele, den Tränen nah.

»Hab ich was Falsches gesagt?« Barbie sah mich verunsichert an.

»Das mit der Erinnerung ist so 'ne Sache«, erklärte ich.

»Tut mir leid«, wandte sich die Kellnerin an Nele.

»Weißt du, wo die Frauen hinwollten, als sie hier raus sind?«, fragte ich sie.

»Nein, tut mir leid. Der Auftritt von diesem Ben hat ihnen die Stimmung verhagelt, und sie sind dann auch kurz danach gegangen.«

»Vielleicht hat Ben Linda aufgelauert«, spekulierte ich an Nele gewandt.

»Wollt ihr was essen oder trinken?«, wollte Barbie wissen.

»Nein, danke«, antwortete ich. »Wir suchen die Braut, die ist verschollen. Noch mal hergekommen ist sie nicht, oder?«

»Nein. Sorry«, druckste sie, »aber ich müsste weitermachen.«

»Ich bin echt fassungslos«, platzte Nele auf der Straße heraus. »Ben war hier!«

»Ist der wirklich so eifersüchtig, dass er seiner Zukünftigen auf dem Junggesellinnenabschied hinterherspioniert?«

»Ben ist eifersüchtiger als Oscar Pistorius.«

Ist es denkbar, überlegte ich, dass der Bräutigam in spe im

Eifersuchtswahn oder Trennungszorn die Kontrolle verloren hat wie vermutlich der beinamputierte Sprinter? Laut einer Studie der Weltgesundheitsorganisation WHO geschehen fast vierzig Prozent aller Morde an Frauen durch ihre Partner. Umgekehrt werden nur sechs Prozent der Morde an Männern von ihren Partnerinnen verübt.

»Wie heißt Ben mit Nachnamen?«

»Kummer.«

»Kummer wie der Kummer, den er uns macht?«

»Genau so ein Kummer.«

Ich zückte mein Smartphone und suchte im Internet nach seiner Telefonnummer. Ich fand nur die seines Festnetzanschlusses in Vechta und rief dort an. Nach mehreren Freizeichen sprang der Anrufbeantworter an.

»Meinst du, er ist noch hier?«, fragte Nele. »Hat er Linda …?«

Bevor sie das Ende ihrer Frage aussprechen konnte, unterbrach ich sie: »Kennst du seine Freunde oder irgendwen, der seine Handynummer kennt oder weiß, wo er ist?«

»Freunde kenn ich nicht. Aber seine Eltern wohnen auch in Vechta.«

Ich suchte die Nummer der Kummers heraus und rief sie an. Eine tiefe Bassstimme meldete sich. Ich gab mich als Bekannter von Ben aus, der ihn überraschend besuchen wollte, doch er habe nicht aufgemacht.

»Das ist auch schlecht möglich. Er kommt erst morgen zurück, er ist noch in Düsseldorf.«

»Ach so, in Düsseldorf«, tat ich überrascht. »Wo denn da?«

»Im Hotel Central.«

»Verstehe. Haben Sie auch noch seine Handynummer für mich?«

»Haben Sie die nicht?« Verwunderung sprach aus der Frage. »Nicht die neue.«

»Er hat keine neue. Ben hat immer nur die eine Nummer gehabt.« Durch den Hörer bemerkte ich wachsenden Argwohn, der in eine Frage mündete: »Woher kennen Sie Ben eigentlich?«

»Vom Studium«, log ich.

»Aus Hamburg?«

»Ja, genau, Hamburg.«

Die Stimme am anderen Ende verwandelte sich in Ärger. »Unser Sohn hat nicht in Hamburg studiert!«

»Ach so, ja, ich meinte natürlich, ähm …«, eierte ich herum, was gar nicht nötig war, da Bens Vater das Gespräch beendet hatte.

11

Das Central ist ein Dreisternehotel in der Scheurenstraße, wenige Fahrminuten von der Altstadt entfernt. Ich jagte den Mercedes über die Benrather Straße Richtung Kö. Als ich sah, wie die Ampel am Stadtgraben auf Rot sprang, beschleunigte ich. An einem Sonntagabend musste ich außerhalb der Karnevalszeit keine Kontrollen erwarten. Was ich allerdings sehr wohl erwarten musste, waren Luxusautos auf unserer Luxusmeile. Nur tat ich es nicht. Und wäre deshalb beinahe mit einem mattschwarzen Lamborghini Aventador kollidiert, der von links aus der Königsallee in die Kreuzung schoss.

Er musste mit durchdrehenden Reifen auf Gelb gewartet haben und kam nun mit Vollgas in mein Blickfeld. Eine Vollbremsung meinerseits verhinderte, dass ich vierhunderttausend Euro mit Flügeltüren und meine künftige Existenz vernichtete.

Ich stieg auf die Bremse, ließ sie, das Lenkrad nach links herumreißend, wieder los, damit die Reifen nicht blockierten, wir umkippten und mit dem Dach in die Seite des Sportflitzers krachten, und schrammte schlingernd um Haaresbreite an seinem Heck vorbei. Erneut stieg ich auf die Bremse und kam auf der anderen Seite der Kreuzung mit quietschenden Reifen zum Stehen. Nele flog erst mit einem Schrei nach vorne in den Gurt, dann zurück in den Sitz und starrte nun geschockt auf die Straße.

Sekundenlange Stille übertönte das Motortuckern.

»Sorry«, sagte ich nach den Schrecksekunden, »war keine Zeit mehr für 'ne Durchsage, dass wir in Turbulenzen geraten.«

Den restlichen Weg über Stein- und Karlstraße hielt ich mich brav an die Regeln. Direkt vor dem Hotel fand ich einen Parkplatz, sprang mit Nele aus dem Wagen und lief in den Beherbergungsbetrieb, der früher Regina hieß und erst vor wenigen Jahren neu herausgeputzt worden war. Die Lobby wirkte wie ein großes Wohnzimmer mit Büroecke auf der einen und Hausbar mit Rundtresen auf der anderen Seite. Statt Bar verbarg sich hinter dem geschwungenen Tresen die Rezeption. Ein Mann mit dünnen blonden Haaren, den ich auf dreißig schätzte, hob den Blick vom Computer und lächelte uns an.

»Schönen guten Abend.« Als er mich erkannte, strahlte er begeistert. »Ich glaub, ich spinne! Der Herr Naseband vom K11. Schade, dass Feierabend damit ist.«

»Tja. Alles hat ein Ende.«

»Ja, leider. Doppelzimmer für eine Nacht?«, fragte er mit Blick auf Nele.

»Nein, danke«, übernahm ich die Antwort, »wir wollen einen Gast besuchen, Ben Kummer. Welche Zimmernummer hat er?«

»Augenblick, ich schau mal nach.« Er hantierte am Computer. »Da haben wir ihn. Die 23.«

»Ist er auf dem Zimmer?«

»Müsste eigentlich. Kurz nachdem ich heut Mittag die Schicht übernommen hab, ist er ins Hotel gekommen und hat sein Zimmer um zwei Nächte verlängert. Dann ist er mit seiner Begleitung aufs Zimmer, und seitdem hab ich ihn nicht mehr gesehen.«

»Begleitung?«, wiederholte Nele alarmiert.

»Die Frau, mit der er gekommen ist.«

»Wie sah die aus?«, wollte ich wissen.

»Weiß nicht, die hat an der Treppe auf ihn gewartet.«

»Schulterlange schwarze Haare und Sommersprossen im Gesicht?«, fragte Nele hastig.

»Dunkle Haare hatte sie«, antwortete er, »Gesicht hab ich nicht gesehen.«

Nele sah mich erstaunt an. »Linda ist mit Ben ins Hotel gegangen?«

Der K11-Fan nahm ein Telefon in die Hand. »Ich sag ihm, dass Sie hier sind.«

»Nein, nicht anrufen«, beeilte ich mich, ihn abzuhalten, »wir wollen ihn überraschen.«

»Ach so, na klar, kein Problem. Zimmer 23, zweiter Stock, linker Gang. Hier vorn ist der Aufzug.«

»Danke.«

Weil der Aufzug besetzt war, nahmen wir im Laufschritt die Treppen zum zweiten Stock und liefen zu dem Zimmer.

»Mein Herz schlägt wie verrückt«, flüsterte Nele.

Ich machte eine beschwichtigende Geste und klopfte an die Zimmertür. Nichts. Ich schlug mit der flachen Hand gegen die Tür.

»Ben!«, rief ich. »Machen Sie die Tür auf!«

Keine Reaktion.

Ich hämmerte mit der Faust. »Aufmachen!«

Lauschend drückte ich mein Ohr gegen die Tür. Nichts zu hören.

Neles Besorgnis wuchs sekündlich. »Warum macht der nicht auf?«, fragte sie leise. »Der wird doch nicht Linda und sich was angetan haben?«

Ich ignorierte die Frage und startete einen vierten Versuch: Kräftig schlug ich mit der Faust an die Tür. »Polizei! Machen Sie die Tür auf, oder wir brechen sie auf!«

»Moment, ich komme.« Die Stimme kam von einem Zimmermädchen, das mit einem Servierwagen, auf dem ein Weinkühler und zwei Gläser standen, aus dem Aufzug kam. Sie eilte heran. »Ist was passiert?«, fragte sie besorgt und nestelte dabei eine Generalzimmerkarte aus ihrer Schürze. Fraglos ging sie davon aus, dass Nele und ich echte Kommissare im Einsatz waren.

»Möglicherweise.«

Ich ließ die Mitarbeiterin das Zimmer entriegeln und bedankte mich. Nele sah mich nervös an. Auch mich ergriffen Anspannung und Nervosität.

Früher hätte ich jetzt meine Dienstwaffe gezogen und entsichert und wäre damit schussbereit ins Zimmer gestürmt. Ohne Waffe fühlte ich mich nackt und schutzlos. Deswegen drückte ich die Klinke herunter, stieß die Tür langsam auf und blickte vorsichtig ins Zimmer. Niemand zu sehen. Ich trat ein und vergewisserte mich, dass niemand hinter der Tür oder einem Vorhang lauerte. Dann sah ich ins Bad. Keiner da. Ich bedeutete Nele hereinzukommen und wandte mich dann an das Zimmermädchen, das neugierig im Flur stand. »Danke, wir kommen alleine zurecht.« Ich schloss die Tür und sah mich mit Nele um. Das Bett war zerwühlt, benutzte Socken und Unterwäsche lagen neben Bens Reisetasche auf dem Boden.

»Wo ist er mit Linda hin?«, fragte Nele verständnislos. »Der an der Rezeption meinte doch, Ben müsste hier sein.«

»Vielleicht hat er nicht mitgekriegt, als Ben das Hotel verlassen hat.«

»Ja«, unkte Nele, »oder Ben ist hinten raus, damit das niemand mitkriegt.«

Ich sah mir das Bett genauer an und entdeckte auf dem Kissen ein langes dunkles Haar. »Womöglich war er mit Linda im Bett«, spekulierte ich. »Könnte auf eine Versöhnung hindeuten.« Ich schlug die zerwühlte Decke zurück – und erschrak, als ich einen handtellergroßen Blutfleck sah.

Nele zog erschrocken Luft ein. »Scheiße! Was hat er mit Linda gemacht?«

»Das Blut ist noch nicht ganz getrocknet, das kann also noch nicht lange her sein.« Mit den Augen suchte ich das Bett und den Teppich vergeblich nach weiteren Blutflecken ab. Dann ging ich ins Bad und schaltete das Licht ein. Im Waschbecken entdeckte ich Schlieren von Blut, das offenbar nicht vollständig weggewischt worden war.

»Oh mein Gott!« Nele war mir ins Bad und meinen Blicken gefolgt und schlug sich erschüttert die Hände vors Gesicht. »Was ist hier passiert?«

»Keine Panik«, versuchte ich, Nele und mich zu beruhigen. »Ich werde Mark bitten, dass er Ben zur Fahndung ausschreibt. Vielleicht kann er hier auch die Blutspuren sichern und überprüfen lassen, ob sie von Linda stammen.«

»Na, von wem denn sonst?«, schrie Nele verzweifelt.

»Um das herauszufinden, ist es am besten, wenn wir ruhig und bedacht an die Sache rangehen«, zog ich die Calm-down-Nummer ab.

Nele nickte. »Ich versuch's.«

Wir verließen das Zimmer und gingen zurück an die Rezeption.

»Ist die Überraschung geglückt?«, lächelte der K11-Fan erwartungsvoll.

»Nicht ganz, der Gast ist nicht da.«

»Oh, das tut mir leid, wusste ich nicht.«

»Gibt es noch einen anderen Ausgang?«

»Hinten der Notausgang. Aber wenn da jemand rausgeht, leuchtet hier ein Alarmlämpchen.«

»Haben Sie den Haupteingang immer im Blick? Sehen Sie jeden Gast, der ein und aus geht?«

»In der Regel schon, aber natürlich bin ich auch mal am Telefon, alles krieg ich nicht mit.«

Ich notierte meine Handynummer auf einen Zettel und reichte ihn dem Rezeptionisten zusammen mit einem Geldschein. »Bitte rufen Sie mich sofort an, wenn der Gast zurückkehrt. Aber sagen Sie ihm auf keinen Fall, dass wir auf der Suche nach ihm hier gewesen sind. Wir wollen ihn ja überraschen.«

Auf dem Weg zum Auto rief ich Mark an.

»Ich wollte dich auch gleich anrufen«, begrüßte mich Mark mit ernster Stimme.

»Wieso? Hast du schon was von der Gesuchten gehört?«

»Möglicherweise. Ich bin gerade am Medienhafen. Am Fundort einer Frauenleiche.«

Geschockt sah ich zu Nele, die bereits im Wagen saß und sich eine Zigarette anzündete.

»Scheiße«, entfuhr es mir. »Ist sie es?«

»Weiß ich noch nicht.«

»Wie alt? Wie sieht sie aus?«

»Weiß ich nicht, wir haben gerade erst angefangen und warten auf die Taucherstaffel für die Bergung.«

Oh shit, dachte ich. Nicht jedes Wochenende werden tote Frauen im Ausgehviertel am früheren Verladehafen gefunden. In den letzten Jahren war die Anzahl der Mord- und Totschlagsdelikte in Düsseldorf auf etwa ein Dutzend pro Jahr gesunken. Da war es verdammt noch mal nicht auszuschließen, dass es sich bei der Toten um Linda handelte.

»Wo genau?«

»Am Ende der Kesselstraße.«

»Ich komm dahin«, sagte ich, beendete das Telefonat und stieg ins Auto. Mein Entsetzen versuchte ich zu verbergen. So normal wie möglich sagte ich: »Pass auf, Nele, ich werd mich jetzt mit Mark treffen, er hat da möglicherweise einen neuen Hinweis auf Lindas Verbleib.«

»Was für einen Hinweis?«

»Weiß ich selbst noch nicht«, log ich. Es fühlte sich beschissen an, aber Neles Panik und Hysterie wollte ich mir ersparen, bis ich Sicherheit über die Identität der Leiche hatte. »Ich schlag vor, dass du jetzt erst mal in die Ferienwohnung zurückfährst und dort auf mich wartest.«

Nele war zwar etwas verwundert, stimmte aber ohne Widerworte zu und stieg aus dem Auto. Ich winkte ihr ein Taxi heran, nannte dem Fahrer das Fahrtziel und drückte ihm einen Geldschein in die Hand. »Bis später«, verabschiedete ich mich von Nele und setzte ein zuversichtliches Lächeln auf, das sofort wieder verschwand, als das Taxi losfuhr. Ich sprang in meinen Mercedes, startete den Motor und raste los.

12

In der Kesselstraße standen mehrere Streifenwagen und Polizeitransporter, manche mit kreisendem Blaulicht, außerdem Marks ziviler Audi, auf dem ebenfalls eine Fackel montiert war, und ein Transporter der Tatortgruppe. Uniformierte hatten den Uferbereich weiträumig mit Polizeiband abgesichert. Ich parkte meinen Wagen hinter dem von Mark, stieg aus und lief zu der Ansammlung von Polizisten am Ufer. Als ich das Flatterband anhob und darunter herging, rief ich zu einer Polizistin, die sich mir näherte, dass es schon okay sei und ich zu Mark wolle.

Mark hörte mich und kam mir mit ernster Miene entgegen.

»Scheiße, was?« Offenbar machte auch er sich Sorgen, dass die Tote die vermisste Braut sein könnte.

Der Hauptkommissar ist so alt wie ich und seit mehr als einem Jahrzehnt einer meiner besten Freunde. Wir haben uns im Kosovo kennengelernt, als ich Polizeichef am Flughafen in Priština war. Ein attraktiver Bursche, groß, volles braunes Haar, intelligent, aber zu faul für die große Karriere. So wie ich, abgesehen von dem vollen Haar. Und so wie ich ist er meistens Single. Er glaubt nicht daran, dass Männer und Frauen dafür gemacht sind, länger zusammenzubleiben.

»Habt ihr sie schon rausgeholt?«

Mark schüttelte den Kopf. »Die Taucher machen sich gerade bereit, die Spusis sind noch am Dokumentieren.«

Ich blickte zu den Tauchern, die sich in ihre Neoprenanzüge zwängten, und zu den Polizisten in weißen Ganzkörperanzügen, die Fotos machten und die Fundstelle vermaßen.

Mark bedeutete mir mit dem Kopf, ihm zu folgen. Wortlos gingen wir ans Ufer und sahen zum Wasser. Bäuchlings trieb die Leiche einer nackten Frau auf der Oberfläche. Einer Frau mit langen dunklen Haaren. Ich musste schlucken.

»Geht jetzt los.« Eine Beamtin in Jeans und T-Shirt kam zu uns. »Die Taucher starten.«

»Das ist meine Kollegin Marietta«, sagte Mark, »kennt ihr

euch schon? Von Michael hab ich dir ja schon so viel erzählt, dass es dir aus den Ohren quillt.«

Wir gaben uns die Hand. »Unschöner Moment für ein Kennenlernen«, sagte ich. »Womöglich handelt es sich bei der Toten um eine Frau, nach der ich suche.«

»Oje. Das tut mir leid.«

Ich sah zu den Tauchern, die im Wasser schwammen und die Leiche erreichten. Vorsichtig befreiten sie einen Fuß der Toten, der sich im Ufergestrüpp verfangen hatte, und schoben eine spezielle Transportplane unter den Körper.

Ich spürte, wie sich mein Herzschlag beschleunigte und alle Körperzellen anspannten. Ich hielt den Atem an. Es lag schon viele Jahre zurück, dass ich einem Leichenfund beigewohnt hatte. Auch damals hatte es mich immer nervös gemacht. Der Tod kommt meistens ungelegen, aber bei unerwarteten und gewaltsamen Todesfällen wirkt seine Macht noch unheimlicher.

Mit Hilfe von Kollegen an Land hoben die Taucher den Leichnam ans Ufer. Mark wechselte einen Blick mit mir, bevor er ein Paar Latexhandschuhe aus seiner Jacke nahm, sie sich überstreifte, neben der Toten in die Hocke ging und sie umdrehte.

»Fuck!«, rief er entsetzt.

»Ach du Scheiße!«, entfuhr es Marietta.

Mir verschlug es die Sprache. Ich hatte einiges in meinem Leben gesehen, aber so etwas noch nicht: Die Tote hatte buchstäblich kein Gesicht – zwischen Stirn und Kinn klaffte ein großes Loch. Ein Bild des Horrors, das sich augenblicklich in mein Gedächtnis brannte.

Dann sah ich, dass auch im Bereich zwischen Hals und Brust über die gesamte Querbreite ein Stück vom Körper fehlte. Nach Tierfraß sah das nicht aus.

»Ist sie das?«, drang Marks Stimme an mein Ohr.

»Soll das ein Witz sein? Woher soll ich das wissen, ohne Gesicht? Tattoos oder Piercings seh ich keine. Soweit ich weiß, hat Linda auch keine. Aber die müsste Telefonnummern und Herzchen und so was auf den Armen haben.«

»Die hat jetzt der Rhein.«

Mark machte dem Rechtsmediziner Platz und kam zu mir.

»Wir müssen schnellstens die Identität klären.«

»In der Ferienwohnung müsste ihre Zahnbürste sein, bestimmt auch 'ne Haarbürste. Die besorg ich dir für'n DNA-Vergleich. Dann wissen wir zumindest sicher, ob es die Braut ist.«

»Die stelle ich sofort sicher. Wo ist die Wohnung?«

»Nee, Mark«, druckste ich unwillig, »lass mich das mal lieber schön unauffällig selber machen. Ich will die Frauen nicht unnötig in Panik versetzen.«

»Und was willst du ihnen sagen, wozu du Lindas Bürste brauchst?«

»Weiß noch nicht, ob ich ihnen das unbedingt sagen muss … Ich fahr rasch hin und hol die Bürsten.«

»Warte, ich komm mit, dann kann ich die Sachen sofort in die Rechtsmedizin bringen, dann können die mit dem Abgleich auch gleich loslegen.«

»Mensch, ich sag doch, ich will das alleine machen.«

»Kannst du ja auch«, beschwichtigte mich Mark, »ich warte draußen.«

13

Mark nahm das Blaulicht von seinem Audi und fuhr hinter mir her bis zur Undinenstraße.

»Und?«, fragte Nele erwartungsvoll. »Hast du was von Linda gehört? Was ist mit diesem Hinweis?«

»Das war leider nichts Konkretes«, behauptete ich ausweichend und betrat die Wohnung, »das wird sich wohl erst morgen zeigen, was da genau dran ist.«

»Hm, wieso? Was war das denn für ein Hinweis?«

»Geht wohl um einen Zeugen. Mark hat sich nicht näher geäußert, will dem Hinweis aber nachgehen und hält mich auf dem Laufenden.«

Jennifer saß mit verheulten Augen am Tisch im Wohnzimmer und schob sich unglücklich Toffifee in den Mund, die Schachtel war fast leer. Bevor Nele weiter nachbohren konnte, stellte ich rasch zur Ablenkung die Gegenfrage: »Hat sich bei euch nichts ergeben? Ihr wolltet doch die Handynummern, die auf eure Arme gekritzelt wurden, anrufen.«

»Haben wir auch«, nickte Jennifer. »Der Vermieter der Ferienwohnung hat uns sein Zweithandy geliehen, nachdem wir ihm alles erzählt und die Wohnung verlängert hatten. Bevor Tamara und Anna abgereist sind, haben wir dann alle Nummern abtelefoniert. Das war 'ne Qual. Manche Typen waren noch besoffen oder im Partykoma. Bis die begriffen haben, um was und wen es geht … Die Mühe hätten wir uns auch sparen können, das hat überhaupt nichts gebracht.«

»Einen Versuch ist es allemal wert gewesen«, versuchte ich, ihre Resignation abzumildern.

»Und Ben ist auch noch nicht wieder aufgetaucht?«, wollte Nele wissen.

»Anscheinend nicht. Der Typ von der Rezeption hat sich noch nicht gemeldet.«

»Verdammt!« Nele machte ein verzweifeltes Gesicht. »Was sollen wir jetzt bloß machen?«

»Wir können nur abwarten.«

»Aber wir können hier doch nicht dumm rumsitzen und einfach nur warten! Ich muss was tun! Können wir nicht in der Altstadt weitersuchen? Vielleicht erinnert sich ja noch wer, oder wir finden Ben.«

Jetzt wäre der Moment gewesen, mit der Wahrheit herauszurücken. Aber ich traute mich nicht. Und ich fand die Idee, einfach weiterzusuchen, doch nicht mehr so abwegig. Auch wenn Lindas Leiche bereits gefunden worden war, musste so oder so geklärt werden, was geschehen war: Wie und wann und durch wen war die Gruppe getrennt worden? War Linda von ihrem eigenen Bräutigam entführt und womöglich getötet worden? Es gab noch einiges zu ermitteln.

»Okay, wir suchen weiter. Aber vorher würde ich mir gerne die Zähne putzen, wenn das geht. Ich habe furchtbaren Kaffee- und Zigarettengeschmack im Mund. Du hast nicht zufällig eine Ersatzzahnbürste?«

»Doch natürlich, klar«, sagte Nele und ging mit mir ins Badezimmer.

Auf der Ablage entdeckte ich drei Zahnbürsten und schnappte mir sofort eine. »Ist das deine?«

»Nee, das ist Jennifers, die hier ist meine. Aber ich hab auch eine unbenutzte, Moment.« Sie kramte aus einem Kulturbeutel eine neue Zahnbürste hervor.

Und ich wusste, welche Zahnbürste Linda gehörte. Aber welche Haarbürste war ihre? Ich zeigte auf eine rotweiß gepunktete Bürste. »Die bunte Haarbürste ist bestimmt Lindas.«

»Wie kommst du darauf?«, fragte Nele irritiert und reichte mir die Zahnbürste.

»Würde zu ihr passen, so wie du sie mir beschrieben hast.«

»Nee, das ist meine. Linda benutzt lieber einen Kamm.«

Ich sah nur einen Kamm auf der Ablage. »Den da?«

Nele nickte und ließ mich allein im Bad. Kaum war sie draußen, sah ich in die Schränke. Ich fand eine Rolle mit Plastiktüten für den kleinen Mülleimer, der neben der Toilette stand, riss zwei Tüten ab, nahm mit spitzen Fingern Lindas Zahnbürste und Kamm, steckte sie hinein und verstaute die Tüten in meinen Taschen.

Dann ging ich ins Wohnzimmer zurück, erklärte, dass ich rasch meine Zigaretten aus dem Auto holen wollte, und verließ die Wohnung, bevor Nele etwas erwidern konnte.

Draußen wartete Mark neben seinem Auto mit vor der Brust verschränkten Armen und purer Ungeduld im Gesicht. »Mann, was dauert das denn?«

»Auf fünf Minuten kommt's jetzt auch nicht an«, erwiderte ich und überreichte ihm die beiden Asservate. »Ich hab dir noch gar nicht gesagt, dass es einen Hauptverdächtigen gibt.«

»Doch. Gonzo.«

»Nein, Ben, Ben Kummer. Der designierte Bräutigam der Gesuchten.« Ich klärte Mark auf.

»Der Bräutigam wurde mit seiner Braut im Hotel gesehen?«, hakte Mark stirnrunzelnd nach. »Was ist daran verdächtig?«

»Die Blutspuren. Und dass er anscheinend untergetaucht ist.«

Mark versprach, sich darum zu kümmern, und kündigte an, Ben zur Fahndung ausschreiben und in seinem Hotelzimmer die Blutspuren sichern zu lassen.

Als ich in die Wohnung zurückkehrte, schob Nele sich gerade ein Toffifee in den Mund.

»Hast du auch eine für mich?«, fragte sie. Weil ich nicht sofort antwortete, fügte sie hinzu: »Hab vergessen, mir welche zu kaufen, und futter schon die ganze Zeit Jennifers Schmackos.«

»Ach so, die Kippen«, realisierte ich Spätzünder und tastete meine Taschen ab. »Wo hab ich sie denn jetzt …?« Ich hatte die Zigaretten tatsächlich im Auto vergessen. »Alzheimer lässt grüßen«, lächelte ich schief. »Hab auf dem Weg zum Auto schon wieder vergessen, was ich wollte. Na komm, rauchen wir auf der Fahrt.«

14

Schweigend rauchten wir auf der Fahrt in die Altstadt. Ich ließ das Fenster heruntersurren und sog die milde Luft tief durch die Nase. Der Geruch meiner Heimat, ich liebe ihn. Das Thermometer zeigte achtundzwanzig Grad Außentemperatur. Aus dem Radio dudelte passend dazu »Summer in the City« von Lovin' Spoonful.

Ein Blick zur Uhr verriet, dass es auf Mitternacht zuging. Ich dachte an meine ursprünglichen Pläne für den Abend: früh meine Kneipe schließen und zu Hause entspannen. Stattdessen war ich in einen obskuren Vermisstenfall geraten, der mich gewissermaßen zum Privatermittler wider Willen machte.

Je länger ich jetzt auf der Suche nach Linda war, desto stärker fühlte ich die Verantwortung und Verpflichtung, sie auch zu finden. Es war wie in meiner Zeit als Polizist: Ein begonnener Fall musste beendet werden. Ich hasse ungeklärte Fälle.

Mein berühmtester ungelöster Fall hatte mich noch vor K 11 ins Fernsehen gebracht, zu Talkshows und Aktenzeichen XY ungelöst: die sogenannte Bankrauboma, eine ältere Frau, die mehrere Düsseldorfer Banken überfallen hatte. Obwohl Überwachungskameras gestochen scharfe Fotos ihres Gesichts geschossen hatten, konnten wir die Identität der kriminellen Seniorin nicht aufdecken. Publikum und Medien lachten uns aus. Damals schwor ich mir, dass es der letzte ungelöste Fall bleiben würde. Also durfte ich auch jetzt nicht auf halber Strecke aufgeben.

»Wie machen wir weiter?«, hörte ich Nele fragen. »Wieder in die Altstadt und rumfragen? Hast du einen Plan?«

»Mal überlegen … Ihr wart zuerst auf der Bergerstraße im Uerige, dann bei den Kasematten im Gosch, da hat Linda ihre Krone verschenkt, anschließend wart ihr im Oberbayern, dort hat sich Anna verliebt und ihr Projekt Familie beschlossen. Dann hat Linda im Louisiana wild fremdgeknutscht, und ihr Bräutigam ist auf der Bildfläche erschienen. Ab da wissen wir nicht mehr weiter. Am besten fragen wir uns durch die Kneipen zu beiden

Seiten des Louisiana. Oft stolpern die Feiergruppen von einem Laden in den nächsten.«

Ich fand einen Parkplatz am Marktplatz und ging mit Nele auf die Feiermeile Bolker. Auf den wenigen hundert Metern wurde ich vier Mal angesprochen. Zuerst gingen wir zur Villa Wahnsinn, die gegenüber dem Louisiana liegt. Der Laden war voll, die Stimmung ausgelassen – so wie der Name es versprach.

Wir kämpften uns an den Tresen durch, und ich fragte den Wirt, ob er kurz Zeit habe.

»Was liegt an?«, seufzte er unwillig.

»Wir suchen eine Frau, die seit gestern Nacht vermisst wird.« Ich zeigte ihm das Polaroid, deutete auf Linda und erklärte kurz die Hintergründe.

»Ich war zwar gestern hier«, erklärte der Wirt, »aber die Hütte war dermaßen voll …«

»Überlegen Sie doch bitte noch mal«, bat Nele. »Wir sind auf jeden Fall gegenüber im Louisiana gewesen.«

Er musterte Nele. »Tja, Mädchen … Kann sein, dass ich dich hier gesehen hab.«

Nele sah ihn hoffnungsvoll an. »Ja?«

»Kann aber auch nicht sein. Ich weiß es wirklich nicht. Ist schon so lange her.«

Wir probierten es in drei umliegenden Lokalen. Wieder vergeblich. Draußen auf der Straße rauchten wir nachdenklich. Zwei pubertierende Mädchen liefen vorbei. Die eine blieb stehen, hielt ihre Freundin aufgeregt fest und zeigte auf mich.

»Ey, guck mal da, der Typ da, kennste nich, der ist voll promi, der war im Dschungelcamp!« Sie lief auf mich zu. »Ey, du, mach ma Foto mit uns!« Sie zuppelte an meinem Arm und wollte mich zu ihrer Freundin ziehen, die Abstand wahrte.

Ich machte mich rabiat los. »Finger weg!« Wenn Promijäger übergriffig werden und meinen, über mich wie öffentliches Gut verfügen zu können, ist meine Geduld schnell am Ende.

»Ey, Dina, haste gesehen, der hat mich geschlagen«, echauffierte sich die Übergriffige und fuhr hysterisch fort: »Ey, ich ruf die Bullen und zeig dich an, ich verklag dich auf Schmerzensersatz, ich will hunderttausend!«

»Als Schmerzensgeld oder Schadenersatz?«, wollte ich wissen.

»Na klar will ich Geld, ey, ich zeig dich an, du Glatze!«

»Lass ihn in Ruhe, Chantal«, schlug Dina vor, offenbar die Vernünftigere der beiden, und zog ihre Freundin am Arm mit sich.

»Mann, das nervt«, konstatierte ich und sah, wie Nele gegen Tränen kämpfte. »Hey, was ist?«

»Keiner hat Linda gesehen«, jammerte sie unglücklich, »und du wirst dauernd angelabert. Das ist alles so sinnlos! Was machen wir denn jetzt?«

Ich sah zur Uhr. »Ist schon nach eins. Das hat jetzt keinen Zweck mehr. In den meisten Läden ist langsam Kehraus, und in den paar Schuppen, die noch offen sind, sind die Leute unerträglich besoffen. Ich schlag vor, dass ich dich in die Ferienwohnung bringe und wir morgen Vormittag weitersuchen, falls Linda bis dahin noch nicht aufgetaucht ist.«

Nele machte ein unzufriedenes Gesicht. »Ich weiß nicht, ob ich Jennifers Gejammere ertrage. Kann ich nicht mit zu dir kommen?«

»Von mir aus kannst du gerne bei mir übernachten, ich hab ein Gästezimmer. Aber ich muss jetzt erst mal in meine Kneipe.«

»Kein Ding, ich komm gern mit. Hauptsache, nicht Jennifers Geheule.«

»Musst du ihr nicht Bescheid sagen?«

Nele nickte, bat um mein Handy und holte einen Zettel heraus, auf dem sie die Nummer vom Zweithandy des Vermieters notiert hatte.

15

Im NASEBAND'S herrschte Hochbetrieb, wie so oft sonntags um diese Zeit. In der Altstadt war in den meisten Läden schon Schicht im Schacht, sodass die üblichen Verdächtigen und nimmersatte Nachtgestalten bei mir antanzten.

Am Tresen saß der Pirat und unterhielt sich mit Leonie. »Ich sag dir, was ich glaube«, hörte ich den Einäugigen dozieren, »die Braut hat nicht mehr zurück zur Ferienwohnung gefunden und pennt jetzt in 'nem Hotel ihren Rausch aus.«

»Einauge!« Ich schlug ihm auf die Schulter. »Beglückst du die Welt mit deinen Theorien?«

»Holla, Nasenglatz«, begrüßte er mich. Heute trug er eine Häkelmütze mit bauschigem Bommel, wie ich sie als Kind beim Skifahren getragen hatte.

»Glaub dem kein Wort«, sagte ich zu Nele, »der sieht nicht nur aus wie ein Pirat, der ist auch einer.«

»Echt jetzt? Wählst du die Piraten?«

Der Gefragte holte sein Portemonnaie aus der Gesäßtasche seiner Jeans, fischte seinen Mitgliedsausweis der Piratenpartei hervor und hielt ihn Nele stolz vor die Nase.

»Mitglied der ersten Stunde! Schon vor dem Hype.«

»Und vor dem Niedergang«, ätzte ich und bat Leonie um zwei Alt.

»Piraten geben niemals auf«, erwiderte er. »Wir kommen zurück. Unser Boot ist noch nicht gesunken.«

Der Pirat gehört zum Inventar des NASEBAND'S seit der ersten Stunde. Oder zumindest seit der ersten Woche. Der gebürtige Kölner hat als Taxifahrer vor zwei Jahren unter Alkoholeinfluss einen Unfall verursacht und dabei sein rechtes Auge verloren. Seitdem ist der Studienabbrecher arbeitslos und trägt eine Augenklappe, unter der er sein Glasauge verbirgt. Die Kombination aus schulterlangen Haaren und Häkelmützen, die er auch im Sommer trägt, hat dem Siebenunddreißigjährigen seinen Spitznamen Pirat gegeben.

Nach dem Unfall und der damit einhergehenden finanziellen Katastrophe konnte er das Reihenhäuschen in Hürth nicht mehr halten und auch nicht seine Frau, die mit den beiden Kindern zu ihrem Lover in die Kölner Innenstadt gezogen ist. Daraufhin siedelte er ins Feindesland nach Düsseldorf über und entdeckte an seinem ersten Abend seiner neuen Heimat meine Kneipe. Seitdem ist er fast jeden Tag hier.

Ich mag den Einäugigen, er ist ein grundguter und manchmal zu gutmütiger Kerl, mit dem man alles machen kann und der sich mit einem fröhlichen Lächeln im Gesicht gerne ausnutzen lässt. Er freut sich immer, wenn er Kisten und Fässer in meinen Vorratskeller schleppen darf. Hinter seiner vermeintlichen Naivität verbergen sich Empathie und Intelligenz. Deshalb hat er seine Kölner Herkunft auch erst preisgegeben, nachdem er sich mit mir angefreundet hatte. Ihm war bewusst, dass er als Kölner bei einem Urdüsseldorfer wie mir auf Vorurteile und Widerstand stoßen würde.

Ich stellte Nele dem Piraten vor und ging dann hinter den Tresen, um Leonie abzulösen. »Das wird aber auch Zeit«, maulte sie, »so lange wollte ich eigentlich nicht bleiben. Überhaupt, meinen Sonntag hab ich mir anders vorgestellt.«

»Ich mir auch.« Ich öffnete die Kassenschublade und nahm Scheine heraus. »Wie lange warst du hier? Zehn Stunden?«

»Elf!«

»Okay, elf mal zweiundzwanzig …«

»Mal siebenundzwanzig fünfzig! Wir haben hundertfünfzig Prozent vereinbart.«

»Ich muss verrückt geworden sein.«

Leonie tippte etwas in ihr Handy. »Dreihundertzwei Euro und fünfzig Cent«, verkündete sie dann.

»Alter!«, stieß ich entsetzt hervor. »Du ruinierst mich.«

»Dreihundert sind auch okay. Plus zwanzig fürs Taxi.«

»Mehr als dreihundert Öcken für 'ne simple Barschicht …«

Kopfschüttelnd zählte ich das Geld ab. »Dafür müsstest du nackt auf dem Tresen tanzen.«

»Au ja«, mischte sich der Pirat ein. »Dafür würde ich sogar ein anständiges Trinkgeld geben.«

»Wär ja mal was ganz Neues«, sagte Leonie. »Vielleicht sollte ich's mir überlegen.«

»Mach lieber dein Studium fertig«, schlug ich vor, »bevor du noch auf dumme Gedanken kommst.«

»Auf die du mich gebracht hast«, erwiderte sie frech und schnappte sich die Scheine. »Danke und tschüss.«

Sie nahm sich ihr Seidenjäckchen und Louis-Vuitton-Täschchen und schüttelte Neles Hand. »Hat mich gefreut. Und mach dir keinen Kopf, deine Freundin kommt bestimmt zurück. Wer in Düsseldorf untertaucht, taucht auch wieder auf.«

»Dein Wort in Gottes Ohr«, lächelte Nele.

Leonie winkte in die Runde und genoss bei ihrem Abgang die Blicke meiner männlichen Gäste auf ihrem Hintern.

Der Pirat hielt sein leeres Glas hoch. »Ich nehm noch so einen.«

»Was für einen?«

»Hemingway Daiquiri.«

»Du kannst mich mal. Das ist Leonies Spezialität, keine Ahnung, wie der geht.«

»Nicht dein Ernst. Der schmeckt phantastisch.«

»Gin Tonic auch. Oder Wodka Lemon. Such dir eins aus.«

»Ts! Du bist mir ein Wirt … Dann mach mir ein Pils. Und der Kleinen auch, geht auf mich!«

Während ich mich um die Getränke kümmerte, kam Benno herein. Mein ältester Freund, mit dem ich zur Schule gegangen bin und seitdem nie den Kontakt verloren habe. Seit der Eröffnung meiner Kneipe sehen wir uns häufiger, denn Benno beliefert meine Kneipe mit Wein. Ein gebildeter und vermögender Lebemann und so ziemlich der Einzige aus meinem Freundeskreis, der seiner Frau, mit der er eine erwachsene Tochter hat, treu ist. Außen solider Geschäftsmann, innen Charlie Sheen, der gerne mal das halbe NASEBAND'S unter den Tisch säuft und Independent-Musik liebt, obwohl er wie ich auf die fünfzig zumarschiert.

Ich stellte ihm Nele vor und goss ihm seinen Lieblings-Burgunder ein.

»Aber heute nur den einen«, betonte Benno. »Nicht wieder

abfüllen wie beim letzten Mal. Muss morgen früh raus, Termin bei der Bank.«

»Dann erst recht abfüllen«, rief der Pirat, »anders übersteht er das nicht.«

»Nee, nee, nee.« Benno wedelte mit dem Zeigefinger. »Wirklich nur ein Absacker. Madame steigt mir aufs Dach, wenn ich so strack wie letztes Mal ins Bett falle. Die wundert sich sowieso, warum ich nicht längst zu Hause bin, aber nach dem Trauerspiel …« Er schüttelte den Kopf. »In der Nachspielzeit, nicht zu fassen.«

»Tja, so ist Fortuna«, rief der Pirat mit schadenfrohem Grinsen, »immer große Klappe, aber wenn's drauf ankommt, einfach nur grottenschlecht.«

»Vorsicht, Einauge«, warnte ich ihn mit erhobenem Zeigefinger, »sonst kannste wieder zurück in dieses Köln samt Effzeh und kriegst Hausverbot!« Ich meinte es fast ernst, so redet man nicht in meiner Kneipe über Fortuna, auch wenn sie tatsächlich wieder mal richtig grottenschlecht gespielt haben.

»Ja was?«, erwiderte der Pirat provokant. »Schau dir meinen FC an. Vor ihrem Spiel heute sagen sie selbst, wir sind klarer Außenseiter, und was ist? Drei zu null! So ist Kölle!« Zufrieden trank er von seinem Pils.

Oje, dachte ich, jetzt geht's los, das Fanal zum Angriff. Offenbar hatte der Pirat seinen Pegel erreicht, ab dem er einen Krieg der Gäste provozierte: Köln gegen Düsseldorf. Oder besser gesagt: ein Kölner gegen Düsseldorf.

»Du meinst wohl, du hast nichts mehr zu verlieren«, nahm Benno den Fehdehandschuh auf, »weil du schon alles verschissen hast. Frau weg, Arbeit weg, Geld weg, Auge weg. Aber solange du noch dein Leben hast, solltest du als Asylant im Feindesland dein Maul nicht so aufreißen.«

»Er ist kein Asylant«, verbesserte ich, »bloß weil er aus Asiland kommt. Kölner dürfen bei uns grundsätzlich kein Asyl beantragen, das war schon seit der Stadtgründung so.«

»Als ihr euer Schnöseldorf gebaut habt«, höhnte der Einäugige, »wurde bei uns im Dom schon für euch Siedler an der Düssel gebetet – dass sie sich bloß niemals als Stadt großtun und die Landesregierung an sich reißen. Letztlich der Beweis dafür, dass Gott nicht existiert.«

Oje, dachte ich ein zweites Mal, wenn er obendrein Gott ins Spiel bringt, kann es ja noch heiter werden. Die Städtefeindschaft gepaart mit einem Religionsstreit kann über Stunden ergebnislos ausgefochten werden.

Und so geschah es dann auch. Benno und ich verbündeten uns gegen den Piraten, der von Nele unterstützt wurde. Die Optikerin solidarisierte sich mit dem Einäugigen. Hoffentlich bereut sie das nicht, ging es mir durch den Kopf.

Klar kann ich verstehen, dass es Vorurteile gegenüber Düsseldorf gibt. Ein bisschen was ist schon dran am Klischee als Schickimicki-Stadt. Aber es ist unvermeidlich, immerhin ist die Landeshauptstadt bedeutsames Wirtschafts- und Finanzzentrum und Mekka für Mode und Werbung, Medien und Sport. Da bleiben Dekadenz und Glamour nicht aus. Auf der Kö herrscht vermutlich eine der weltweit höchsten Dichten an Armbanduhren und Fahrzeugen im sechs- und siebenstelligen Preissegment.

Dementsprechend gibt es nicht wenige versnobte und arrogante Düsseldorfer. Aber die allermeisten Menschen hier sind nicht nur völlig normal, sie sind ausgesprochen herzlich und lebenslustig, offen und nett, von rheinischer Leichtigkeit beseelt, ohne Hintergedanken, ohne Erwartungen. Ich kenne keine andere Stadt in Deutschland, in der man so leicht in freundlichen bis freundschaftlichen Kontakt kommen kann. Außer vielleicht noch in Köln. Das muss man selbst als Düsseldorfer eingestehen.

Als der Streit beim Karneval angelangt war, dem Kernthema unserer Erzfeindschaft, schlug ich vor, ihn spielerisch auszufechten, und stellte lederne Knobelbecher samt Würfeln auf den Tresen.

Und so wurde gebechert und geknobelt und geschrien und gelacht. Angst und Sorge um Linda wurden in den nächsten Stunden vollständig weggespült. Es schien Nele gutzutun, die Gedanken an ihre beste Freundin für eine Weile auszublenden, um nicht schier verrückt zu werden vor Sorge.

Bei jedem neuen Glas Rotwein beteuerte Benno, das sei jetzt

aber wirklich das letzte, und ließ sich dann doch immer noch zu einer weiteren Runde überreden.

Als sich die Nacht um vier Uhr dem Ende zuneigte und die Dämmerung des Montagmorgen anbrach, kassierte ich meine Gäste ab, schmiss sie in ihrem eigenen Interesse raus, schloss ab, rief ein Taxi und fuhr mit Nele zu mir nach Hause.

16

»Schöne Wohnung«, stellte Nele beeindruckt fest und hickste beschwipst. »Hab ich mir ganz anders vorgestellt.«

»Wie denn?«

»Weiß nicht. Anders halt. Nicht so stilvoll.«

»Du meinst, Cops und Cop-Darsteller haben keinen Stil?«

»Doch, aber halt eher so Bullen-Stil. Nüchtern, pragmatisch, kühl.«

Ich zeigte Nele das Schlafzimmer. »Du kannst hier schlafen, wenn du willst, Brigitta hat das Bett frisch bezogen.«

»Brigitta? Deine Freundin?«

»Meine Haushälterin.«

»Und wo willst du schlafen?«, fragte Nele und machte einen Schritt auf mich zu.

»Im Arbeitszimmer steht ein Gästebett.«

Nele schmiegte sich plötzlich an mich und legte ihren Kopf an meine Brust. Der Geruch von Haarshampoo, Parfüm und Schweiß stieg in meine Nase und machte mich etwas nervös.

»Das Bett ist doch groß genug für uns beide«, flüsterte sie.

Ich musste schlucken. Damit hatte ich nicht gerechnet. Ich sah, wie Nele ihren Kopf hob und mich küssen wollte.

»Ähm, Nele … Ich glaube, das ist keine gute Idee.«

»Da haben wir einen anderen Glauben.«

»Nein, ehrlich, du bist emotional aufgewühlt und hast einen im Tee. Morgen wirst du es bereuen.« Das war nicht der einzige Grund für meine Zurückhaltung. Das Bild der Toten ohne Gesicht blitzte in mein Bewusstsein.

»Das glaube ich nicht …«, lallte sie und startete Anlauf Nummer zwei.

»Sorry, Nele«, bedauerte ich aufrichtig, »aber ich möchte das jetzt nicht.«

Das war gelogen. Nur die strenge Stimme in meinem Kopf machte auf vernünftig. Das kam allerdings nicht von ungefähr. In meiner Zeit bei der Polizei war es immer wieder mal zu emotionalen Momenten und beinahe intimen Situationen mit Zeuginnen oder Angehörigen von Gewaltopfern gekommen. Wenn ein Mensch verschwunden oder tot ist oder jemand überfallen oder misshandelt wird, ist das für alle Beteiligten eine außergewöhnliche Situation. Mit seltsamen Folgen.

Auch in meiner Zeit als Polizeichef im Kosovo gab es zahllose Möglichkeiten zu Intimität. Das Verhalten der Menschen in Kriegsgebieten unterscheidet sich grundlegend von Bewohnern friedlicher Regionen. Die Präsenz des Todes schürt die Lebenslust. Und nicht nur die.

»Du hast recht«, sagte Nele, »hast du eine Zahnbürste für mich?«

Ich gab ihr Handtücher, Zahnbürste und ein T-Shirt für die Nacht. Während sie duschte und sich bettfertig machte, trank ich noch ein Bier, rauchte und ließ den Tag Revue passieren. Dabei fiel mir ein, dass sich der Rezeptionsheini nicht gemeldet hatte. Ich suchte im Internet die Nummer des Hotels und rief dort an. Der Nachtportier war von seinem Kollegen über meinen Rückrufwunsch informiert worden. Doch Ben Kummer war noch immer nicht ins Hotel zurückgekehrt.

Das verhieß nichts Gutes. Lindas künftiger Ehemann hatte sein Zimmer verlassen, ohne seine Sachen und sein Handy mitzunehmen. Wieder sah ich das Bild der gesichtslosen Toten vor mir. Ich kniff die Augen zusammen und schüttelte den Kopf, um es loszuwerden. Half aber nicht viel.

Nele kam aus dem Bad, ein großes Handtuch um den Körper gewickelt. Mit einem kleineren Tuch rubbelte sie sich die Haare trocken. Ratzfatz setzte sich in meinem Männerhirn ein anderes Bild zusammen, das ich mir sofort mit einer ausgiebigen Wechseldusche auszutreiben versuchte.

Nach fünf viel zu kurzen Stunden wurde ich von einer barschen Stimme unsanft geweckt: »Aufstehen! Genug geschlafen, raus aus das Bett!«

Ich stöhnte gequält. Wie kann ein Mensch nur so rücksichtslos und vor allem so laut sein?

»Hopp, hopp! Sonne scheint, schöne Tag, nix mehr schlafen!«

Brigitta stampfte am Bett vorbei, zog ruppig die Vorhänge zurück und riss die Fenster auf.

»Ist ja schon gut«, gab ich gereizt zurück und rappelte mich aus dem Bett. »Geht das nicht auch ein bisschen netter?«

»Wie soll ich schaffen, wenn Sie in Bett, Frau in Bett, alles Unordnung? Wie soll ich arbeiten, wenn alle nur stören?«

Ich sparte mir Widerworte. Brigitta war zu wach und ich zu müde. Obwohl das keinen großen Unterschied machte, auch im umgekehrten Fall ist Widerspruch gegen das massige Energiebündel zwecklos.

Meine Putzfrau, Haushälterin und Helferin im NASEBAND'S heißt Brigitta Gruszczewski, ist neunundfünfzig Jahre alt und eine Erbschaft. Ich habe sie beim Kauf meiner Wohnung von dem vorherigen Eigentümer übernommen, bei dem sie fünfzehn Jahre lang geputzt hatte. Aus der geringfügig Beschäftigten habe ich vor Kurzem eine Vollzeitangestellte gemacht. Sie kümmert sich nicht nur um Haushalt und Wohnungen von mir und meinem Sohn Mike, sie putzt auch die Kneipe und bereitet kleine Speisen vor. Mal fängt sie morgens im NASEBAND'S an und fährt dann zu unseren Wohnungen, dann macht sie es umgekehrt, ganz so, wie es ihr passt. Sie hat ihren eigenen Kopf – einen sturen Stierkopf.

Die Matrone ist gebürtige Polin. Obwohl sie schon fünfunddreißig Jahre mit ihrem Mann und vier Kindern in Düsseldorf lebt, ist ihr Deutsch auf dem Niveau eines Sprachschülers, der stets die erste Unterrichtsstunde wiederholt.

Man könnte sie eine gute Seele nennen, doch dazu ist sie nicht gutmütig genug. Sie schimpft und flucht und zetert lautstark über alles und jeden, insbesondere den Düsseldorfer an sich und seine großspurige Mentalität. Und natürlich über mich und Mike. Ihre Abscheu über die Naseband'sche Schludrigkeit und vermeintliche Verschwendungssucht äußert sich in rabiaten Zurechtweisungen und Wutpredigten.

So auch jetzt: »So ein Saustall! Voller Aschenbecher, Kippen und Bier auf Boden! Stinkt wie Kneipe, pfui!«

Ich erinnerte mich, dass ich die letzte Bierflasche vorm Schlafengehen umgeschmissen hatte und zu faul gewesen war, einen Lappen zu holen.

Nele kam mit umgewickeltem Handtuch aus der Dusche und wünschte einen guten Morgen. Sie wirkte müde und niedergeschlagen.

»Hat die Furie dich auch aus dem Bett gescheucht?«, wollte ich wissen.

Sie nickte matt. »Hast du vielleicht ein T-Shirt für mich? Einen frischen Ersatz-Slip hab ich immer dabei, aber kein Shirt.«

Ich überlegte, wo das Teil war, das ich zu heiß gewaschen und dadurch um zwei Größen geschrumpft hatte. Dann fiel mir ein, dass ich noch ein paar Kartons voller Fan-T-Shirts mit meinem Konterfei hatte, und suchte eines in Größe S heraus. Während sich Nele anzog, ging ich ins Bad.

Als ich zehn Minuten später frisch geduscht wieder herauskam, zog Kaffeeduft in meine Nase. Nele saß in der Küche vor einer dampfenden Tasse und beendete gerade ein Telefonat.

»Ich hoffe, es ist okay, dass ich dein Handy benutzt hab.« Frustriert steckte sie den Zettel mit der Nummer vom Zweithandy des Fewo-Vermieters ein. »Jennifer hat kaum geschlafen vor Sorge. Noch immer keine Spur von Linda.«

Im Wohnzimmer wurde der Staubsauger eingeschaltet. Ich schlug vor, dass wir nach dem Kaffee Brigitta das Feld überließen, bevor sie mit weiteren Tiraden nervte. »Aber bevor wir Linda suchen, brauch ich erst mal ein richtiges Frühstück«, sagte ich nach einem Blick in den Kühlschrank, der bis auf Flüssigbrot weitgehend leer war.

»Im NASEBAND'S?«

»Ich hätte nichts dagegen, mal was anderes zu sehen.«

Wir stürzten den Kaffee hinunter und brachen auf. Nele blieb im Flur stehen und betrachtete grinsend das Foto auf meinem ungültig gestempelten Dienstausweis, der an einer Pinnwand hing. »Da hast du ja noch Haare«, stellte sie belustigt fest.

»Ja, sogar ich hatte mal welche. Ist lange her.« Ich betrachtete mich als Blondschopf mit zweiunddreißig Jahren. Dabei kam mir ein Gedanke.

»Geh schon mal vor«, bat ich Nele, »ich komm gleich nach.«

17

Vor dem Haus hielt ich ein Taxi an und überlegte, wo wir frühstücken sollten. In Flingern, Düsseldorfs Prenzlauer Berg, gibt es gute Cafés für die dort ansässige Boheme. Ich kenne das Viertel noch als unterentwickelt und unbeliebt, bevor auch in diesem Gebiet die Gentrifizierung einsetzte.

Doch um halb elf an einem Montagmorgen sind die meisten Cafés und Kneipen dort noch geschlossen. Mir fiel das Madrid auf der Bolkerstraße ein. In dem Café frühstücke ich gelegentlich, wenn das NASEBAND'S Ruhetag hat und Brigitta mich viel zu früh aus dem Bett jagt. Und es war ein günstig gelegener Ausgangspunkt für die Weitersuche.

Ich nannte dem Fahrer das Fahrtziel und die schnellste Route. Wir fuhren an der Kunstsammlung NRW und der Deutschen Oper am Rhein vorbei Richtung Altstadt, bis wir das Persil-Haus genannte Wilhelm-Marx-Haus vor uns sahen, das erste Hochhaus Düsseldorfs und eines der frühesten in Deutschland, ein Büroturm mit gotischen Krönchen.

Weil die Altstadt größtenteils Fußgängerzone ist, stiegen wir am U-Bahnhof Heinrich-Heine-Allee aus und gingen die letzten Meter zu Fuß.

An einem Tisch vor dem Madrid saß der spanische Besitzer und schlürfte einen Espresso. Dem kleinen Mittfünfziger, der ein bisschen an den Paten erinnert, gehören neben diesem Café an die zwanzig weitere spanische Gaststätten. In der Schneider-Wibbel-Gasse, die von der Bolker abgeht, besitzt er alle dort befindlichen Lokale. Ein Patriarch alter Schule. Ich mochte ihn.

»Holla Primo, alles frisch?«

»Hola Commissario.« Er blieb sitzen und schlug in meine Hand ein. »Cómo estás?«

»Gut, gut, und selbst?«

»Da fragst du?« Er zeigte nach oben. »Ich habe meiner Heimat die Sonne gestohlen und Düsseldorf geschenkt.«

»Dann bring sie mal schön wieder zurück. Hält man jetzt

schon kaum aus, und es ist nicht mal elf. Vorgestern hieß es heißester Tag, gestern wieder heißester Tag, heute noch mal heißester Tag. Wie heiß soll es denn noch werden?«

»Für mich kann's nicht heiß genug sein.« Er zeigte zu den Stühlen und bot an, dass wir uns zu ihm setzten. Ich lehnte dankend ab und sagte, wir hätten wenig Zeit und müssten uns besprechen.

Wir nahmen zwei Tische weiter unter der großen Markise Platz. Kaum hatten wir einen Blick in die Karte geworfen, eilte schon eine Bedienung heran und nahm unsere Bestellung auf. Nele entschied sich für ein spanisches Frühstück, Chocolate con Churros, das krapfenartige Fettgebäck in Form monströser Fritten.

Mir stand mehr der Sinn nach etwas Deftigem, ich bestellte Rührei mit Käse und Schinken. Dazu orderten wir Koffeinbomben: Nele einen großen Cappuccino mit dreifachem Espresso, ich extrastarken Kaffee mit kalter Milch.

Bis die Sachen kamen, telefonierte ich. Zunächst rief ich Lindas Nummer an. Wie gestern Freizeichen und Mailbox. Nele machte ein trauriges Gesicht und verschwand auf die Toilette. Kaum war sie außer Hörweite, rief ich Mark an und fragte ihn, wie weit die Obduktion sei.

»Stress mich nicht«, bellte er gereizt, »ich komme gerade aus der Rechtsmedizin zurück. Mein Schreibtisch bricht vor lauter unerledigtem Kram zusammen, in zehn Minuten beginnt das Gruppenmeeting, und danach muss ich zum Fitness-Check.«

Seine gereizte Stimmung konnte ich nachvollziehen. In seiner aktuellen Genussphase stellte der jährliche Leistungsnachweis, zu dem die Polizei NRW seit einigen Jahren durch einen sogenannten Sporterlass verpflichtet wurde, eine kaum zu bewältigende Aufgabe dar.

»Jetzt sag schon«, verlangte ich, »ist die Tote Linda?«

»Du weißt doch, wie lange so ein DNA-Vergleich dauert. Wenn wir Glück haben, erfahren wir das heute Abend, wahrscheinlich erst morgen.«

»Oh Mann«, stöhnte ich genervt. »Gibt es denn sonstige Ergebnisse?«

»Ja, gibt es. Die Liegezeit im Wasser beträgt ein bis zwei Tage. Könnte also zu der Gesuchten passen. Ertrunken ist die Frau nicht, sonst hätte sie Wasser in der Lunge. Offenbar war sie schon tot, als sie ins Wasser geworfen wurde. Wie und woran sie starb, ist noch unklar. Klar ist nur, dass die Tote in eine Schiffsschraube geraten ist, die ihr das Gesicht und die halbe Brust weggefetzt hat.«

»Autsch.«

»Da ist noch ein Autsch. Die Frau hatte K.-o.-Tropfen im Blut und Hautverletzungen und Hämatome an den Innenschenkeln.«

»Shit!«

»Ja, Riesenshit.«

Erschüttert schloss ich die Augen und musste an Jennifer denken. Vermutlich war sie tatsächlich missbraucht worden. Mir wurde der Fall immer unheimlicher.

»Zum Glück für uns«, fuhr Mark fort, »konnten unter mehreren Fingernägeln Hautspuren festgestellt werden, vermutlich hat sich das Opfer gegen den Täter gewehrt und ihn gekratzt.«

»Also brauchen wir Speichelproben von Verdächtigen. Was ist mit Ben, dem Bräutigam?«

»Der ist nach wie vor spurlos verschwunden, die Fahndung läuft.«

»Hast du schon sein Handy orten lassen?«

»Das liegt in seinem Hotelzimmer.«

»Stimmt. Mist. Hast du schon Spusis ins Hotel geschickt zur Beweissicherung?«

»Natürlich. Ob das Blut von der Gesuchten stammt, wird sich nach dem DNA-Abgleich zeigen.«

»Sonst gibt es keine Anhaltspunkte?«

»Nein. Doch«, verbesserte sich Mark sofort, »die Tote hatte ein Einlassbändchen am Handgelenk, vom Freakout.«

»Was ist das?«

»Der After-Hour-Schuppen in der Karlstraße.«

»Kenn ich nicht.«

»Technoladen, hat vor einem Jahr aufgemacht. Bis mittags können dort unermüdliche Partytiere das Leben feiern. Das Bändchen muss zwar nichts bedeuten, aber vielleicht war die Frau in dem Club, bevor sie ums Leben kam.«

»Hm«, überlegte ich laut, »Nele und die anderen Frauen hatten kein Bändchen. Dann ist die Tote vielleicht doch nicht Linda.«

»Du weißt ja nicht, wann der Frauentrupp sich getrennt hat und wo die Braut abhandenkam. Vielleicht war sie ja alleine oder mit einer Begleitung dort und ihre Freundinnen woanders.«

Als Nele an den Tisch zurückkehrte, bedankte ich mich bei Mark und beendete den Anruf.

»War das dein Polizeifreund?«

»Ja. Gibt leider noch keinen Hinweis auf Linda.«

»Du sagtest doch gestern was von einem Zeugen.«

»Da hat Mark jetzt gar nichts zu gesagt«, log ich, ohne sie anzublicken. »Aber die Vermisstenmeldung wird jetzt aktiv bearbeitet, das heißt, Lindas Daten und Beschreibung werden an alle Polizeistreifen ausgegeben.«

Beim Frühstück besprachen wir, wo wir die Suche nach Linda fortsetzen sollten. »Hier gibt es so viele Kneipen«, klagte Nele. »Wir können überall gewesen sein.«

»Junggesellenabschiede finden meist auf ausgetrampelten Pfaden statt«, erklärte ich. »Je später der Abend, desto häufiger sieht man die in der Kurzen Straße. Versuchen wir es da mal.«

18

Wir gingen durch die Mertensgasse und bogen nach links in die Kurze Straße, die parallel zur Bolker verläuft und ihrem Namen entsprechend höchstens hundert Meter lang ist.

In der Brauerei Kürzer und den Kneipen Engelchen und Schaukelstühlchen wurden wir vergeblich vorstellig. Blieb der Knoten als letzte Hoffnung.

Der Knoten ist eine Institution, die ultimative Feierkneipe. Seit mehr als vierzig Jahren gibt es den Laden schon.

Wir hatten Glück, dass jetzt, um dreizehn Uhr, die Tür offen stand, denn unter der Woche öffnet die Kneipe erst abends. Zwei Personen, ein Mann und eine Frau, beide in den Dreißigern, nahmen Bier- und Colaflaschen aus Getränkekisten und füllten die Kühlschubladen hinterm Tresen auf. »Könnt ihr nicht lesen«, blaffte der Mann, »ist noch zu.«

Ich schilderte unser Anliegen und fragte, ob sie Samstagabend Barschicht gehabt hatten. Beide bejahten. Das machte mir Mut. Vier Augen sehen mehr als zwei. Wenn Linda mit ihren Freundinnen hier war, müsste sich einer der beiden Mitarbeiter erinnern können. Hoffnungsvoll zeigte ich ihnen die Aufnahme der Sofortbildkamera.

»Ja klar«, nickte der Blaffer, »die wollte Servietten. Hat geblutet wie Sau.«

»Geblutet?«, wiederholte Nele alarmiert. »Wieso geblutet?«

»Die hat doch Ohrringe getauscht mit dieser Tunte. Die war so breit, dass sie ihr eigenes Teil nicht abbekam, da hat sie es sich einfach rausgerissen.«

»Du meinst die da«, unterstellte ich und zeigte auf Tamara.

»Ja klar. Da hat sie das Teil doch noch am Ohr.«

»Anscheinend hat sie sich köstlich amüsiert«, sagte ich zu Nele.

»Die hat sich fast totgelacht dabei«, warf der Barmann ein.

»Dann ist der Ohrring in ihrer Tasche von dem Schwulen«, sagte Nele, »und der hat vermutlich ihre Kreole.«

»Und was ist mit der da?«, fragte ich die Barleute und zeigte auf Linda. »Ist die dabei gewesen?«

Der Barmann konnte sich nicht erinnern, doch die Barfrau nickte bestätigend. »Die hat ein paar Runden Tequila bestellt. Dann sind sie weitergezogen.«

»Gemeinsam?«, vergewisserte ich mich. »Sind die fünf Frauen zusammen gegangen?«

»Ja, glaub schon. Mit den beiden.« Sie zeigte auf das Polaroid, zu den Typen mit Silberkrawatte und Gladbach-Trikot.

»Die Schweine waren die ganze Zeit dabei?« Nele schien es nicht glauben zu können. Oder nicht zu wollen.

»Wisst ihr noch, wann der Mädelstrupp hier gewesen ist?«, fragte ich.

»Hm, wann war das?«, überlegte die Barfrau laut. »Muss vor Mitternacht gewesen sein. Als der Schwule Schampus bestellt hat, um zum Geburtstag seines Freundes anzustoßen, war die Gruppe schon weg.«

»Ist die Gesuchte danach noch mal hier aufgeschlagen?«

Doppelte Verneinung.

Wir bedankten uns und verließen den Feierpalast.

»Wir sind wieder auf Spur«, stellte ich fest. »Jede Wette, dass ihr auch im Spiegel wart.«

Ich ging mit Nele zurück auf die Bolker. Neben dem Louisiana liegt Dä Spiegel. Noch eine Institution der Altstadt, oftmals abfällig als Restefickerladen tituliert, weil zu späterer Stunde deutlicher Herrenüberschuss vorherrscht. Wenn ich mit Freunden ausgehe, endet unsere Tour nicht selten dort, weil auch dann noch was los ist, wenn die anderen Läden schon geschlossen haben und die Nacht vorüber ist.

Für den Besitzer habe ich während meines Studiums bei der Polizei im Schlösserzelt auf der Kirmes gekellnert. Er kann es sich schon länger leisten, so gut wie nie mehr selbst in seinem Laden zu stehen.

Ein älterer Angestellter mit altmodischer rotbrauner Hornbrille trug einen Stehtisch aus der Kneipe und stellte ihn ab.

»Gibt's schon was zu trinken?«, fragte ich. »Hab einen Mörderbrand.«

»Später«, knurrte er unfreundlich, bevor er zu mir sah und mich erkannte. »Ach, der Naseband. Was darf's denn sein?«

»Große Apfelschorle. Und für dich?«, fragte ich Nele.

»Nehm ich auch.«

»Kommt sofort«, versprach Hornbrille und eilte in die Kneipe.

»Als Promi hat man schon Vorteile«, fand Nele. »Fühlt sich das nicht komisch an, dass Leute dich anders behandeln, sobald sie dich erkennen?«

»Ist schon eigenartig«, gab ich ihr recht. »Vor allem ist es entlarvend. Fast jeder unterschreibt die Forderung, dass alle Menschen gleich sind und gleich behandelt werden müssen, ohne mit der Wimper zu zucken. Wenn ein Promi vor Gericht steht, heißt es, der muss genauso büßen wie jeder Normalo, bloß keine Sonderbehandlung, nix Promibonus. Aber nicht wenige Menschen werden selber devot wie die Büttel eines Königs, wenn sie einen Z-Promi zu Gesicht bekommen.«

Als der Bebrillte die Apfelschorlen brachte, stellte ich meine üblichen Fragen.

Erneut hatten wir Glück. »Und ob ich mich erinnere!«, polterte er. »Hab die doch hochkant rausgeschmissen. Sind doch kein Swingerclub! Die ist ja wie ein wildes Tier über den hergefallen, hat ihm auf der Tanzfläche die Hose runtergerissen, wie eine ausgehungerte Nymphomanin. Und als ich sie ermahnt hab, hat sie den Kerl aufs Klo gezerrt.«

»Langsam«, beschwor ich ihn, »eins nach dem anderen. Die Braut hat mit einem Typen rumgemacht?« Ich hielt ihm das Polaroid vors Gesicht.

»Doch nicht die! Die Dicke.« Er tippte energisch auf Jennifer. »Hat sich einen Besoffski gekrallt, der sich kaum noch auf den Beinen halten konnte, und sich's aufm Klo besorgen lassen.«

»Sicher?« Ich konnte es nicht glauben – war Jennifer freiwillig entjungfert worden?

»Ganz sicher! Hab die beiden doch aus dem Klo gezerrt und rausgekickt. Die Dicke hat gestrahlt, als hätte sie ihren ersten Orgasmus gehabt.«

Erleichtert blickte ich zu Nele, die mit offenem Mund die Hornbrille anstarrte.

»Und Linda?«, fragte sie verdattert. »Und die anderen? Sind wir mit rausgegangen?«

Jetzt erst bemerkte Hornbrille, dass eine der fünf Frauen vom Foto vor ihr stand. »Stimmt, du warst ja auch mit dabei. Aber 'ne Krone hatte die in der Mitte nicht auf, als sie hier war.«

»Aber sie war auf jeden Fall hier und ist nach dem Rausschmiss der Fülligen gegangen?«, vergewisserte ich mich.

»Ja, ja, die sind dann alle raus, mit ihren Kumpels.« Er meinte die beiden suspekten Männer vom Polaroid. »Ich hab sie nach nebenan zur Hausbar geschickt.«

»Kam die Braut später noch mal hier angetanzt?«

Hornbrille schüttelte den Kopf. »Hier kam keine mehr angetanzt.«

»Bin ich froh«, äußerte Nele erleichtert, als wir die Kneipe verließen, »dass Jennifer nicht ... du weißt schon.«

»Ja«, nickte ich, »wenigstens etwas Positives.« Dass sich Lindas Schicksal vermutlich nicht so harmlos aufklären würde, behielt ich für mich.

Wir gingen zur Nachbarkneipe, der Hausbar. Dort geht es etwas gepflegter zu als in den Rummelbuden drumherum. Von den Mitarbeitern am Ausschank arbeitete eine Frau, die am Samstag Dienst hatte. Sie konnte sich aber nicht an den Junggesellinnenabschied erinnern und zeigte sich davon überzeugt, dass die Girls-Truppe in ihrem Outfit garantiert nicht reingelassen worden sei.

Deshalb probierten wir es nebenan im Ballermann 6, einer Disco über mehrere Etagen und mit einem Partyprogramm, das seinem Namen entspricht.

Es gibt einen sehr netten Türsteher, den ich schon seit vielen Jahren kenne. Er ist etwa so alt wie ich und Bodybuilder. Weil das Schicksal es gut mit uns meinte und der Zufall es so wollte, saß er am Tresen der Disco, die gerade geputzt und für den Abend hergerichtet wurde, und trank eine Cola.

»Nasebond«, rief er mir entgegen, »was willst du denn hier? Null Null Null in geheimer Mission?«

»So geheim nicht. Die Polizei ermittelt auch schon.«

Er runzelte die Stirn. »Was nicht in Ordnung?«

»Es geht um eine Frau, die vermisst wird …« Ich spulte meinen Text herunter und legte ihm das Foto vor. Sekundenlang blickte er angestrengt darauf. »War das nicht die, die vom Tresen gestürzt ist?«

»Die Braut?«

»Nee, die Lange«, verbesserte mich Frank und zeigte auf Tamara. »Die mit dem blutigen Ohr.«

»Wieso ist die vom Tresen gestürzt? Man steht doch vor dem Tresen und nicht darauf.«

»Normale Leute schon. Aber die war nicht mehr normal. Voll bis Oberkante Unterlippe. Auf den Tresen, T-Shirt aus und gib ihm, volles Brett.« Er simulierte eine ausgelassen tanzende Person, die am ausgestreckten Arm ihr Shirt über dem Kopf kreisen lässt. »Ich glaub, die hat gar nicht gemerkt, dass sie nicht auffer Tanzfläche ist. Schritt ins Leere, zack, liegt sie da und lacht. Kann keinen Schritt mehr laufen, weil sie sich den Fuß gebrochen hat, aber lacht sich scheckig. Ich sag dir, Weiber, ja …« Er winkte ab und trank von seiner Cola.

»Siehst du«, meinte ich zu Nele, »so langsam klärt sich alles auf. Tamaras Verletzungen sind ganz normale Kollateralschäden des Feierns. Nix Psychos und Vergewaltiger.«

Nele griff das Stichwort auf und fragte nach den beiden Männern auf dem Polaroid. »Waren die auch dabei?«

»Die haben doch mit euch noch diskutiert. Weißt du das nicht mehr?«

»Ich weiß nichts mehr, absolut gar nichts.«

»Worüber haben die diskutiert?«

»Die Weiber wollten bleiben, aber die zwei Kerle haben sie überredet, sich am Burgplatz ein Großraumtaxi zu schnappen. Wir fahren ins Freakout, hat der mit der Krawatte gemeint.«

Verdammt, dachte ich alarmiert, dann ist die Tote doch Linda?

»Und die Mädels sind mitgegangen?«, hakte ich nach. »Alle fünf, auch die Braut?«

»Mitgezählt hab ich nicht. Aber die Braut war definitiv dabei, die ist als Erste vorneweg marschiert, das weiß ich noch.«

Ich fragte mich, wieso nur die Tote ein Bändchen umhatte, Nele und die anderen Frauen aber nicht.

»Weißt du auch noch, wann das war?«

»Hm …« Frank dachte nach. »Früher Sonntagmorgen, vielleicht zwei, drei, vier. War noch nicht hell.«

Das machte Sinn. Gegen sechs Uhr morgens hatten Nele, Tamara, Jennifer und Anna am Hauptbahnhof ein Taxi zurück zur Ferienwohnung genommen. Also musste Linda zwischen Freakout und Taxi abhandengekommen sein. Wir kamen der Wahrheit näher.

19

Wir näherten uns dem Freakout im Schneckentempo. Wegen einer Baustelle konnte die Immermannstraße nur einspurig befahren werden, und die provisorische Ampel schien nur aus Rotlicht zu bestehen.

»So viele japanische Geschäfte«, stellte Nele erstaunt fest. »Porzellan, Supermarkt, Suppen, Möbel.«

»Deswegen heißt es Japaner-Viertel«, sagte ich und zeigte zu einem modernen Hotelgebäude. »Das Nikko ist auch japanisch, erstklassiges Hotel. Und da vorn in der Klosterstraße liegt das Nagaya, das beste japanische Restaurant der Stadt. Ich glaub, die haben sogar einen oder zwei Michelin-Sterne.«

»Bestimmt nicht billig.«

»Aber sagenhaft gut.«

Ich bog rechts ab in die Oststraße und dann nach links in die Bismarck. »Und jetzt fahren wir durchs Schwulenviertel.«

»Wie das klingt. Hast du was gegen Homosexuelle?«

»Nö, gar nicht«, antwortete ich wahrheitsgemäß, »das ist einfach Fakt. Im Comeback und im Wilma siehst du einige junge Stricher und ältere Schwule. Ist manchmal auch als Hetero ganz lustig, wenn man mit den richtigen Leuten unterwegs ist. Und hier«, ich zeigte zu einem weiteren Lokal, »im Lauren's kannst du nachts um vier ein richtig gutes Wiener Schnitzel essen.«

Ich zündete mir eine Zigarette an und ließ das Fenster einen Spaltbreit herunter.

»Und damit die Führung oder besser *Fahrung* durchs Bahnhofsviertel komplett ist«, fuhr ich fort und bog nach links ab, »fahren wir durch die Charlottenstraße. Unser Straßenstrich.«

Wir sahen eine Handvoll Frauen im Abstand von zwanzig Metern am Straßenrand lungern, eine kaputter als die andere.

»Ist das erlaubt?«, wunderte sich Nele.

»Natürlich nicht. Hier ist Sperrbezirk.«

»Und warum tut die Polizei nichts?«

»Weil die Fräuleins die ärmsten Würstchen unter der Sonne sind. Drogennutten. Alles Junkies.«

»Ich dachte immer, so was gibt es nur in Hamburg und Berlin.«

»Bei uns gibt es alles, von edel bis Elend.«

Ich bog wieder auf die Immermannstraße ein und fuhr bis zur Karlstraße, in der unser Ziel lag. Überall in der Gegend hatten neue Bars, Clubs und Restaurants eröffnet. Die Ausweitung der Feierzone von der Altstadt bis zum Hauptbahnhof schien allen Wirtschafts- und Finanzkrisen zu spotten.

Vor dem Freakout, das in einem klobigen Betonbau aus den siebziger Jahren beheimatet war, fand ich einen Parkplatz. Beim Aussteigen sah ich, wie ein Betrunkener aus der Disco geschubst wurde und gegen einen Laternenmast stolperte.

»Feierabend!«

Bevor der Rausschmeißer die Tür zuschlagen konnte, lief ich zu ihm. »Halt, Augenblick!«

Der Türsteher winkte ab. Seine Arme waren vollständig mit Tattoos übersät. Genau wie sein Hals und sein Gesicht, in dem zahllose Piercings steckten. Unter seinen Stoppelhaaren auf dem Kopf konnte ich Narben sehen. »After Hour ist zu Ende, wir haben zu.«

Spontan und ganz natürlich holte ich meinen alten Dienstausweis aus der Hose und hielt ihn hoch. »Kripo. Hauptkommissar Naseband, meine Kollegin Sommer.« Erst als ich das gesagt hatte, fiel mir ein, wie riskant die Täuschung war. Immerhin war Nele wahrscheinlich erst vorletzte Nacht hier gewesen und konnte wiedererkannt werden.

Nele ließ sich ihre Überraschung nicht anmerken. Anders als das Tattoo-Monster. Argwohn sprach aus seinem Blick. Aber weder Neugier noch Interesse an meinem Ausweis. Den steckte ich rasch wieder ein und sprach schnell weiter: »Wir ermitteln in einem Vermisstenfall und haben ein paar Fragen an Sie und die Barmitarbeiter. Wo können wir uns in Ruhe unterhalten? Gehen wir doch rein.«

Zielstrebig lief ich an ihm vorbei in den Club, gefolgt von Nele und dem verunsicherten Türsteher. Die stickige Luft, die uns entgegenschlug, enthielt eine abstoßende Gestankmischung aus Körperausdünstungen, Bier, Rauch und Kotze. Im nüchternen Neonlicht und ohne Musik machte der Club vermutlich einen noch tristeren Eindruck als üblich, die puristische Einrichtung wirkte kühl und wenig einladend.

Auf dem Weg zur Bar, hinter der ein junger Mann aufräumte und vor der ein Mittdreißiger Geldscheine zählte, überholte uns der Türsteher. »Besuch!«, rief er den beiden entgegen. »Polizei.« Sowohl der junge Typ hinter als auch der ältere vor der Bar unterbrachen ihr Tun und schauten uns mit ernsten Mienen entgegen.

Der Jüngere war ein dünner Schlaks mit blassem, verhuschtem Gesicht und dunklen Ringen unter den Augen. Seine verstrubbelten Haare reichten über die Ohren und bis in den Nacken. Könntest mal wieder zum Friseur, dachte ich.

Und du die Haare waschen, dachte ich über den Geldzähler, dessen blonde Haare strähnig am Kopf klebten. Er hatte aufgedunsene, unreine Haut von zu viel Alkohol und zu viel ungesundem Lebenswandel.

»Sind Sie der Boss hier?«, fragte ich ihn.

»Bin ich. Hasso Lüttgers. Womit kann ich dienen? Stimmt was nicht?«

»Wir sind auf der Suche nach einer Frau, die hier war und seitdem verschwunden ist.«

»Ich hab euern Kollegen doch schon alles gesagt. Keine Ahnung, ob die hier war oder nicht und was mit der passiert ist. Hier ist sie jedenfalls nicht, oder meint ihr, ich hab sie im Keller versteckt?«

»Wann sind meine Kollegen denn hier gewesen?«, fragte ich irritiert und bemerkte Neles verständnislosen Blick. Ich hatte nicht damit gerechnet, dass Mark so schnell hier sein würde.

»Na, vor sechs Wochen.« Jetzt war es der Fetthaarige, der irritiert wirkte.

»Verstehe«, sagte ich. »Die Kollegen sind wohl wegen einer anderen Vermisstensache hier gewesen.«

»Seit sechs Wochen ist die verschwunden und nie wieder aufgetaucht?« Nele sah mich entsetzt an.

Ich wusste nichts von der anderen Vermissten und wollte nicht zu plump nachhaken.

»Wir suchen eine Frau, die seit Samstagnacht beziehungsweise Sonntag früh verschwunden ist«, erklärte ich sachlich. »Wer hat hier an der Tür und der Bar gearbeitet?«

Der Boss deutete mit dem Kopf zum tätowierten Muskelprotz. »Hanno war an der Tür. Und Tim«, er nickte zum Schlaks, »an der Bar. Die anderen …«

»Die Herzchen!«, rief Nele aufgeregt dazwischen. Sie bückte sich und hob zwei rote Stoffherzchen vom Boden. »Linda hatte die an ihrem T-Shirt. Männer durften die abschneiden für einen Kuss der Braut.«

Ich räusperte mich. »Kollegin, heißt das, die Gesuchte ist hier gewesen?«

Nele verstand, schlüpfte in ihre Rolle und wurde professionell: »Davon gehe ich aus, die Vermisste muss hier gewesen sein.«

Ich nickte und holte das Polaroid hervor. Auf dem Foto konnte man die Herzchen sehen, die an Lindas rosa T-Shirt angenäht waren. Ich zeigte den Männern das Foto und verdeckte dabei mit dem Daumen Neles Gesicht. »Die Frau mit Goldkrone in der Mitte wird vermisst. Erinnert sich jemand?«

Kopfschütteln, Schulterzucken.

Die Männer hatten nur einen kurzen Blick auf das Bild geworfen. »Sehen Sie sich das Foto bitte genau an. Die anderen drei Frauen müssten auch hier gewesen sein.«

»Vier«, verbesserte mich Nele, die nicht sehen konnte, dass ich ihr Konterfei mit dem Daumen verbarg.

»Hier waren tausend Leute«, erklärte der blasse Bartender. »Da kann man sich nicht an einzelne Gesichter erinnern.«

»Bekommen eigentlich alle Gäste diese Einlassbändchen?«, fragte ich den Türsteher.

»Was ist das für 'ne Frage, natürlich.«

»Ich frage, weil die Frauen hier waren, aber kein Bändchen umhatten.«

»Manche wollen halt keins. Wenn die zwischendrin nicht woanders weiterfeiern und wiederkommen wollen, brauchen sie's ja auch nicht.«

Plötzlich ertönte aus einer Schublade hinter der Bar der Klingelton eines Handys: Spiel mir das Lied vom Tod. Wie altmodisch und einfallslos, dachte ich.

»Wann geht endlich der Akku aus?«, fragte Lüttgers genervt.

»Wollen Sie nicht rangehen?«

»Bin ich Telefonist oder die Auskunft, oder was? Das hat ein Gast vergessen.«

»Das ist Lindas!«, stieß Nele hervor. »Ähm, die Gesuchte, Frau Brandt, hat diese Melodie! Laut … einer Freundin.«

»Zeigen Sie uns bitte das Handy«, verlangte ich.

Der Barmann holte es aus der Schublade, als die Klingelmelodie erstarb. Nele riss es ihm aus der Hand. »Natürlich, das ist Lindas!«

Ich hüstelte in die Faust und warf Nele dabei einen strengen Blick zu, den sie auffing und prompt den Rücken gerade drückte.

»Das hab ich Sonntagmorgen auf dem Tresen gefunden«, erklärte der Barmann.

»War's das?«, fragte Lüttgers ungeduldig. »Wir müssen noch aufräumen und wollen alle ins Bett. War ein langes Weekend.«

Ich nickte. »Fürs Erste war's das.«

»Wie ist Ihr Name noch mal?«, wollte er wissen.

»Naseband.«

»Ich hab Sie doch schon mal gesehen. Waren Sie nicht im Fernsehen?«

»War ich. Polizeidoku.«

»Stimmt«, warf der Türsteher ein. »Auf SAT1, Kommissare ermitteln. Ich dachte immer, das ist Fake.«

»Falsch gedacht«, erwiderte ich und verließ mit Nele den Club.

»Tut mir leid«, sagte Nele, als wir draußen waren, »bin wohl nicht die beste Kripokollegin.«

»Hauptsache, die haben's gefressen«, erwiderte ich und eilte zum Wagen, um den Strahlen der hoch stehenden Mittagssonne zu entkommen. Im Auto schaltete ich Zündung und Klimaanlage an und bat Nele, mir Lindas Handy zu reichen. Zum Glück war es entsperrt.

»Die letzten Anrufe und der von eben stammen von einer ausländischen Rufnummer«, wunderte ich mich. »Was ist das denn für 'ne Vorwahl? 0061 …«

»Australien. Lindas Eltern sind vor vier Jahren ausgewandert und leben in Brisbane. Sie fliegen am Freitag nach Deutschland, einen Tag vor der Hochzeit.«

»Dann wollen wir sie mal nicht unnötig beunruhigen und rufen besser nicht zurück.«

Ich musste daran denken, welchen Schock die Eltern erleiden würden, wenn sie von dem fernen Kontinent zur Hochzeit ihrer Tochter reisten und erfuhren, dass ihre Tochter tot war und sie ihr nicht mal zum Abschied ins Gesicht blicken konnten.

»Was ist?«

»War in Gedanken. Lass uns mal die Bilder anschauen.«

Wir sahen uns auf dem Smartphone die Fotos an, die Linda am Samstag geschossen hatte. Sie bebilderten, was wir bei unserer Rekonstruktion der Ereignisse schon erfahren hatten. Die ersten Bilder wurden auf der Kö gemacht, vormittags beim Shoppen der Frauen. Dann Fotos aus dem Spielcasino in Duisburg. Klamottenwechsel an den Schließfächern des Düsseldorfer Hauptbahnhofs. Das Brauhaus Uerige in der Bergerstraße. Das Gosch an den Kasematten. Gonzo und seine Freundin, der Linda ihre Krone geschenkt hatte. Trubel auf der Bolkerstraße. Im Oberbayern knutscht Anna mit Tobias und hält stolz den Vertrag Projekt Familie in die Kamera. Tausch ihrer geerbten Kette mit Tobias' Armbanduhr. Im Louisiana Footballspieler, die Beutestücke aus Lindas Bauchladen vor die Linse halten.

Der Auftritt des eifersüchtigen Ben war nicht dokumentiert, vermutlich hatte Nele die Szene auf ihrem Handy festgehalten. Nach dem Louisiana Bilder aus dem Knoten. Eine Nahaufnahme von Tamaras blutendem Ohr und ihr lachendes Gesicht. Tamara Arm in Arm mit dem Schwulen, der ihre Kreole hochhält, sie seinen Ohrring. Dä Spiegel: Die pummelige Jennifer leckt einem kräftigen Mann, dessen Augen betrunken weggerollt sind, durchs Gesicht. Kniet auf dem nächsten Bild auf der Tanzfläche vor ihm und zerrt seine Hose runter. Der ältere

Mitarbeiter mit rotbrauner Hornbrille, bei dem wir vorhin eine Apfelschorle getrunken hatten, geht auf dem folgenden Foto dazwischen. Ballermann 6: Tamara tanzt auf dem Tresen. Auf dem nächsten Bild liegt sie lachend auf dem Boden und hält sich den Knöchel.

Die letzten Fotos waren im Freakout gemacht worden. Der Typ mit Silberkrawatte hielt seine Hand vor die Linse. Offenbar wollte er nicht fotografiert werden. Am Bildrand erspähte ich das Gladbach-Trikot seines Kumpels.

»Immer wieder diese Scheißtypen«, stellte Nele fest. »Von Anfang bis Ende sind die dabei gewesen.«

Ich nickte nachdenklich. »Die werden euch gleich am Anfang was verabreicht haben, als ihr von deren Flachmann getrunken habt, und haben euch dann wahrscheinlich im Freakout noch mehr Gift verpasst. Ich vermute, dass die euch auch die Handys und die Kohle abgezockt haben.«

Was hatten diese Kerle mit Lindas Verschwinden oder ihrem Tod zu tun?

Die vier Freundinnen hatten nicht lange nach den letzten Bildern ein Taxi in die Ferienwohnung genommen. Ohne Linda und ohne die beiden Typen.

Was war danach geschehen? War Ben seiner künftigen Braut bis zum Freakout gefolgt und hatte sie von dort in sein Hotel gelockt oder gegen ihren Willen verschleppt?

»Wieso ist Lindas Handy auf dem Tresen geblieben?«, hörte ich Neles verwunderte Stimme.

»Ja, eigenartig«, nickte ich nachdenklich. »Vielleicht hat sie's beim Bestellen liegen lassen.«

Ich nahm mein klingelndes Handy aus der Hosentasche und sah aufs Display. Die Nummer kam mir bekannt vor, aber ich hatte sie nicht eingespeichert.

»Ja?«, fragte ich ins Handy.

»Herr Naseband, hier ist das Hotel Central, ich sollte Sie doch anrufen, wenn der Gast aus Nummer 23 wiederkommt.«

Den Rezeptionisten hatte ich in den letzten Stunden komplett aus meinem Bewusstsein verbannt, umso überraschter war ich. »Ist er wieder da?«

»Er ist gerade auf sein Zimmer und hat gesagt, dass er in einer halben Stunde auschecken und abreisen will.«

»Halten Sie ihn auf, wenn er abhauen will, wir sind in fünfzehn Minuten da!«

20

Normalerweise hätte die Fahrt nicht länger als zwanzig Minuten gedauert, doch in Düsseldorf war nichts mehr normal seit dem Ausbau der U-Bahn. Überall Baustellen und Staus. Ich ärgerte mich, dass ich nicht den Motorroller genommen hatte, in der Innenstadt das beste Fortbewegungsmittel. Damit hätten wir uns an den Blechkarawanen vorbeischlängeln können. Und Nele hätte mich fest umschlungen und ihren Körper an mich gedrückt. Ich wusste nicht, was nerviger war: die Verkehrssituation oder meine Gedankenlosigkeit und mangelnde Voraussicht.

Auf der Corneliusstraße drückte ich aufs Gas, um die Ampel an der Herzogstraße noch bei Dunkelgelb zu erwischen. Etwa zweihundert Meter weiter stand ein Uniformierter auf der Straße und winkte mich mit seiner Stopp-Kelle auf einen Parkplatz, auf dem mehrere Polizeiautos standen.

»Scheiße!« Offenbar hatte ich das Zivilfahrzeug übersehen, das vermutlich vor der Ampelkreuzung am Seitenstreifen stand und Geschwindigkeitskontrollen durchführte.

Ich folgte der Aufforderung und fuhr auf den Parkplatz. Ein zweiter Uniformierter kam an die Fahrerseite. Ich ließ das Fenster herunter.

»Wie schnell war ich?«

»Ach, der TV-Kommissar«, sagte der Kollege süffisant. »Immer in Eile, was? Nach Abzug der Toleranz bleiben noch einundsiebzig. Satte einundzwanzig zu viel. Macht achtzig Euro und einen Flensburger. Ausweis und Fahrzeugschein, bitte.«

»Hörma, Kollege, ich halt mich normal immer an die Regeln, wisst ihr doch, aber ich bin in einem dringenden Einsatz, Notfall, wir haben's wirklich eilig.«

»Ja, ja, natürlich«, höhnte der Uniformierte. Er gehörte anscheinend zu jener Sorte Polizisten, die mich nicht ausstehen konnten. Neid, Missgunst und Frust war ich häufiger begegnet, seit ich den Polizeiberuf aufgegeben und beim Fernsehen angeheuert hatte.

Ungerührt hielt er die Hand auf. »Papiere, bitte.«

Seufzend händigte ich ihm das Gewünschte aus.

»Können Sie sich bitte beeilen?«, drängte Nele.

Der Polizist strafte sie mit einem vernichtenden Blick und nahm in aller Seelenruhe meine Personalien für die Anzeige auf. Ich mahlte mit den Kiefern und wechselte einen Blick mit Nele. *Gaanz ruhig*, sagte ich mir.

Schließlich gab er mir meine Papiere zurück. »Bitte schön.«

Ich schnappte sie ihm aus der Hand. »Schönen Tach auch«, wünschte ich bissig und fuhr zurück auf die Straße.

»Promimalus«, sagte Nele.

»Hä?«

»Das Gegenteil von Promibonus müsste Promimalus sein. Bonus ist das Gute und Malus das Schlechte.«

»Ich weiß, so viel ist noch übrig von meinem kleinen Latinum.«

Ich lenkte den Mercedes vors Hotel und stellte ihn auf dem Gehweg ab. Wir sprangen aus dem Wagen und sprinteten ins Foyer. »Ist er noch da?«, rief ich unserem Freund an der Rezeption zu, der von seinem Stuhl aufsprang und nickte. »Ja, glaub schon.«

Das hast du beim letzten Mal auch geglaubt, dachte ich, sprang mit Nele die Treppen zum zweiten Stock hoch und rannte zum Zimmer 23. Mit der Faust hämmerte ich gegen die Tür.

»Aufmachen!«

Ein Mann Mitte dreißig öffnete. Mit seiner mittelschlanken Statur, den dunkelblonden Haaren und dem nichtssagenden Gesicht sah er aus wie ein Langweiler.

Verblüfft schaute er mich an. »Kenn ich Sie nicht?«

»Jetzt lernen Sie mich kennen.« Ich fasste ihn an den Schultern und schubste ihn rückwärts ins Zimmer.

»Hey, aber …«, protestierte er und entdeckte dann Nele, die hinter mir ins Zimmer drängte. »Nele?«

»Wo ist Linda?«, schrie sie. »Was hast du mit ihr gemacht?«

»Hä, was?«

»Tu nicht so ahnungslos! Du hast uns nachspioniert und Linda in dem Amischuppen eine Monsterszene gemacht!«

»Linda ist zu weit gegangen«, rechtfertigte sich Ben. »Wie eine Stripperin hat sie sich betatschen und abknutschen lassen!«

»Ihren letzten Abend in Freiheit kann sie gestalten, wie sie will«, entgegnete ich. »Finden Sie das normal, Ihrer Zukünftigen aus Vechta nachzureisen und hinterherzuschnüffeln?«

»Ich wollte wissen, was sie treibt. Wie sie sich verhält, wenn ich nicht dabei bin. Ich muss doch wissen, mit wem ich bis ans Ende meines Lebens zusammen bin.«

»Wo ist Linda?«, schrie Nele erneut.

»Woher soll ich das wissen?«

Ich bemerkte Kratzspuren an seinem Hals und drückte ihn grob gegen die Wand. »Lüg doch nicht! Wo kommen die Wunden an deinem Hals her?«

»Hä, was für Wunden?«

»Gib's doch zu, dass die Kratzer von Linda sind. Wir haben unter den Fingernägeln der Leiche Hautpartikel entdeckt!« Erst als ich es ausgesprochen hatte, bemerkte ich meinen Fauxpas.

Nele sah mich aus großen Augen an. Ben rief entgeistert: »Linda ist tot?«

»Jetzt sag schon«, verlangte ich, »wo kommen die Kratzer her?«

Konsterniert befühlte Ben mit den Fingern seinen Hals und begriff. »Ach, das meinen Sie … Ich hab mich besoffen rasiert und blöderweise vorher die Klinge ausgetauscht.«

»Und das Blut im Bett? Von wem ist das?«

»Woher wohl – die hatte ihre Tage.«

»Linda?«, rief Nele.

»Doch nicht Linda, die heißt Manu.«

»Du wurdest hier mit Linda gesehen!«, beharrte Nele.

»Wie soll das gehen?«, fragte er verständnislos. »Ich hab Linda doch gar nicht mehr getroffen nach diesem Amiladen. Ich bin mit Manu hier gewesen.«

»Moment mal, eins nach dem anderen«, sagte ich. »Was haben Sie nach dem Louisiana gemacht? Haben Sie Linda aufgelauert? Haben Sie Scheiße gebaut?«

»Nein! Ich bin durch die Kneipen gezogen und hab mir die Kante gegeben. Meinen Frust ertränkt.«

»Und dann wieder an den Mädels-Trupp rangehängt, oder wie?«

»Nein, hab ich nicht! Was soll denn das?«

»Was haben Sie denn gemacht? Die ganze Nacht gesoffen?«

»Ja, bis ich in irgend 'ner Altstadtkneipe Manu kennengelernt hab. Die hab ich dann mit ins Hotel genommen.«

»Wer soll das glauben?«, argwöhnte ich. »Wo ist denn diese Manu, und wo bist du die ganze Zeit gewesen?«

»Na, bei ihr. Wir sind gestern frühstücken gewesen und danach zu ihr nach Hause. Dort hab ich übernachtet.«

»Das werde ich überprüfen«, kündigte ich streng an. »Wie heißt diese Manu mit Nachnamen, und wo wohnt sie?«

»Ph, keine Ahnung!«

»Du Lügner!«, brüllte Nele, stürzte sich wie eine Furie auf ihn und hämmerte mit beiden Fäusten auf ihn ein.

»Ey, au, hör auf, das ist die Wahrheit!«

»Du lügst! Was hast du mit Linda gemacht?«

»Gar nichts, verdammt!«

Ich hielt sie zurück. »Nicht, Nele, das nützt nichts. Lass ihn reden.« An Ben gewandt fragte ich: »Wieso keine Ahnung? Ich denke, Sie sind bei ihr gewesen.«

»Ja, schon, aber ich hab doch nicht drauf geachtet, wo wir sind und was für ein Name auf der Klingel steht.«

»Aber Sie müssen doch wissen, in welcher Straße die Frau wohnt. Wie sind Sie denn zurück ins Hotel gekommen?«

»Ich bin heut Mittag aus dem Haus raus und nach links gegangen, wie Manu mir den Weg zum Hotel beschrieben hat. Aber dann hab ich mich irgendwie verlaufen und bin eine Stunde durch die Stadt geirrt.«

»Was ist denn das für eine beschissene Ausrede!«, schleuderte ihm Nele hasserfüllt entgegen. »Steh doch einfach zu dem, was du getan hast, du Feigling!«

»Ich hab überhaupt nichts gemacht«, beteuerte Ben. »Was soll denn der Scheiß, was ist mit Linda? Ist ihr was passiert? Ist sie wirklich …?«

»Linda ist weg!«, schnitt Nele ihm aufgebracht das Wort ab. »Spurlos verschwunden!«

»Ich warne Sie«, äußerte ich und drohte Ben mit dem Zeigefinger, »sollte ich herausfinden, dass Sie gelogen haben, bekommen Sie ein richtig großes Problem ...«

»Ich lüge nicht!«, beharrte Ben.

»Das wird sich zeigen.«

Ich zückte mein Handy und fotografierte sein Gesicht.

»Ich hab nichts getan«, beteuerte Ben verunsichert.

»Überlegen Sie sich schon mal, was Sie in der Vernehmung sagen werden.«

Ich rief Mark an, schilderte ihm die Situation und bat ihn, Kollegen zur Festnahme von Ben Kummer vorbeizuschicken.

Zehn Minuten später wurde Ben in Handschellen zum Polizeipräsidium gebracht.

21

Nele hatte bis zum Eintreffen der Polizei und während Bens Festnahme bedrückt geschwiegen. Als der Streifenwagen mit Ben im Fond losgefahren war, sah sie mich ernst an.

»Hast du deswegen Lindas Kamm und ihre Zahnbürste mitgenommen – für einen DNA-Test zur Identifizierung?«

Das Wort Verblüffung entstand auf meiner Stirn. »Du hast es bemerkt?«

»Für wie blöd hältst du mich denn? Also, was ist jetzt – ist Linda wirklich tot?«

»Unsinn, nein, also ich mein, das wissen … also bisher gibt es keine Anhaltspunkte«, stammelte ich und erzählte ihr nach einer kurzen Besinnungspause von dem Leichenfund. »Tut mir wirklich leid, dass ich dir das verschwiegen habe. Aber ich wollte dich nicht unnötig beunruhigen, es ist wirklich überhaupt nicht sicher, dass es sich bei der Toten um Linda handelt.«

Nele nickte nur und begann plötzlich zu weinen. Ich ließ sie in meinen Armen schluchzen und sagte: »Bitte, Nele, solange die Identität nicht geklärt ist, dürfen wir die Hoffnung nicht aufgeben.«

Sie nickte und schluchzte weiter.

»Du musst total am Ende sein. Ich fahr dich jetzt zur Ferienwohnung. Du musst Jennifer doch wenigstens die eine gute Nachricht bringen.«

Nele verstand nicht.

»Die frohe Botschaft, dass das Sperma nicht gegen ihren Willen in ihrem Höschen gelandet ist. Und Tamara solltest du anrufen und ihr erzählen, wo ihre Kreole ist und wie sie sich den Fuß verletzt hat. Und dann solltest du dich mal richtig ausschlafen. Morgen ist auch noch ein Tag.«

Ich fuhr Nele in die Undinenstraße. Dann fuhr ich zu meiner Kneipe. Über der Brautsuche hatte ich mein eigenes Leben vernachlässigt – das NASEBAND'S. Es war schon kurz vor vier und meine Bar noch immer geschlossen.

Kaum hatte ich sie betreten, fühlte ich mich besser. In meinem Element. Endlich Ruhe, dachte ich.

Pustekuchen. Denn kaum hatte ich das gedacht, kam Roland herein. Auf die Schleimwarze hatte ich jetzt absolut keinen Bock. Roland Gerster, ein Gastronom Mitte fünfzig mit käsiger Haut und einer unschönen Warze auf der rechten Backe, betrieb ein Bistro keine hundert Meter von meiner Kneipe entfernt auf der gegenüberliegenden Straßenseite. Der Ostberliner hatte früher im Republikpalast gekellnert, worauf er wahnsinnig stolz war.

Schon am Tag der Eröffnung kam er ungebeten vorbei und lud sich zur Einweihungsparty ein. Er hatte weder eine Flasche als Geschenk dabei, noch bedankte er sich bei der Verabschiedung. Nicht einmal Glück und Erfolg hatte er mir gewünscht, aber tüchtig Wein gebechert. Von Anfang an fand ich ihn unsympathisch, aber das schien er nicht zu bemerken, oder es war ihm egal. Ein Ignorant vor dem Herrn.

»Hallo, Michael«, begrüßte er mich mit einem schleimigen Grinsen, »ich dachte schon, du hast aufgegeben und dichtgemacht.«

»Weil ich an einem ordinären Montag später aufmache als sonst?«

»Bis jetzt hast du fast immer pünktlich geöffnet.«

»Woher willst du das wissen? Überwachst du mich aus deiner Bude?«

Roland lachte. »Sach doch mal. Hast du neue Öffnungszeiten?«

»Ich öffne, wann es mir passt, egal, was auf dem Schild steht. Was kann ich dir antun? Wein?«

»Nee, lass ma, danke, wollte nur mal nach dem Rechten sehen. Wie läuft's denn so?«

»Es läuft und läuft und läuft. Und bei dir?«

»Um die Zeit … Montag. Na ja. Aber sonst, alles bene.«

Durch die Scheiben sah ich Benno näherkommen, einen Karton mit Weinflaschen im Arm. Ein Glück, dachte ich, genau im richtigen Moment. »Du, Roland, jetzt kommt meine Weinlieferung, vielleicht quatschen wir ein andermal.«

»Na klar, machen wir. Wenn du mal Hilfe brauchst oder ich was für dich tun kann, sag Bescheid. Ich bin immer für dich da.«

»Jo, das ist nett, Roland, danke«, sagte ich, lief zur Tür und hielt Benno die Tür auf. »Mein Dionysos, willkommen!«

»Nicht schwatzen, tragen!«, befahl Benno und drückte mir den Karton in den Arm. »Ich hol gleich den nächsten.« Benno lief wieder zu seinem Wagen.

Roland blieb neben mir an der Tür, die ich mit der Schulter für ihn offen hielt, stehen und musterte die Kartonaufschrift. »Edles Tröpfchen.« In Kennermanier nickte er anerkennend. »Was zahlst'en die Flasche?«

»Fünf«, antwortete ich und konnte ein leicht genervtes Stöhnen nicht unterdrücken.

»Nur fünf? Ich muss meinen Lieferanten wechseln!«

»Ist ein Freundschaftspreis. Glaub nicht, dass du ihn so günstig kriegst.«

Rolands Gesicht bekam einen verkniffenen Gesichtsausdruck, fast beleidigt. »Wenn das so ist …« Er tippte mit dem Finger an den Karton. »Der Jahrgang soll nicht so besonders sein. War zu nass für die Trauben. Dem fehlt der Tiefgang.«

Und dir fehlt der Abgang, du Schleimwarze. Ich konnte den Gedanken für mich behalten, weil Roland mich erlöste und ging, als Benno mit dem zweiten Karton ankam.

»Mann, hab ich'n Schädel«, stöhnte Benno. »Der Absacker bei dir war zu viel.«

»*Die* Absacker meinst du. Wenn ich dich nicht vor zwölf Stunden rausgeschmissen hätte, säßest du hier immer noch.«

Wir stellten die Kartons auf den Tresen und holten weitere Kisten aus Bennos Kombi. Dabei fragte ich ihn, wie viel er Roland für eine Flasche von dem Guten abknöpfen würde.

»Weißt doch, was eine Kiste kostet. Dreißig.«

»Was?« Ich schwankte zwischen Überraschung und Empörung. »Ich dachte, ich krieg 'nen Freundschaftspreis.«

»Kriegste doch auch«, grinste Benno. »Lass dich doch nicht veräppeln. Normalpreis ist fünfzig pro Karton.«

»Also über acht Euro pro Flasche?«

»Wieso fragst du? Willst du ihn mit Gewinn weiterverkaufen? Dann nehm ich ihn gleich wieder mit.«

»Wehe!« Ich nahm eine Flasche aus dem Karton. »Komm, wir trinken ein Gläschen gegen die Kopfschmerzen.«

»Überredet.«

Aus dem Gläschen wurden zwei und eine launige Rekapitulation des vergangenen Abends. Benno erkundigte sich nach Nele und der gesuchten Braut. Als ich ihm die ganze Geschichte erzählt hatte, stürzte Benno sein drittes Glas herunter und brach auf.

Mit meinen Gedanken und Gefühlen für Nele blieb ich nur kurz allein, denn Mike rief an. Ich hatte schon ein paar Tage nichts von meinem Sohn gehört, was ungewöhnlich ist. Er fragte, ob er gleich vorbeikommen könne, er sei in der Nähe. Geheimnisvoll fügte er an, dass er jemanden mitbringe.

Also hatte es mit Lea, der Tänzerin vom Ballett am Rhein, offenbar geklappt. Deswegen hatte ich so lange nichts mehr von meinem Jung gehört. Mike hatte am vorherigen Wochenende sein erstes Date mit ihr gehabt.

Ich war zufrieden, mein Sohn entwickelte sich genau so, wie ich mir als Vatta einen Jungen wünschte: gut in Sport und Spiel, nicht ganz so gut in Schule und Studium. Und nun eine Beauty am Start. Mike hatte mir vor seinem Date Fotos von ihr auf der Website der Ballett-Company gezeigt. Eine schmal gebaute Grazie mit brünettem Pagenkopf.

Eine Zeit lang habe ich mir vorgestellt, dass Mike auch mal Polizist werden würde. Aber ich bin froh, dass er einen anderen Weg eingeschlagen hat. Er hat sich für ein duales Studium entschieden. Drei Tage in der Woche arbeitet Mike in einem Sportmediendienst in Düsseldorf, zwei Tage studiert er Marketing und BWL an einer privaten Uni in Köln.

Sein Herz schlägt wie bei Vatta für Fußball und für Fortuna. Von mir hat er auch seine Schlampigkeit geerbt: Schmutziges Geschirr und dreckige Wäsche lässt er gerne für Brigitta liegen. Am Wochenende lädt er seine Freundinnen und Kumpels ständig ins NASEBAND'S ein, selbstverständlich ohne zu bezahlen. Auch leiht er sich gerne mal mein Auto oder den Roller aus, um das

Gefährt dann mit kleineren und größeren Macken zurückzugeben. Natürlich ist es nie seine Schuld.

Noch während ich über meinen Jungen sinnierte, kam er herein. In Begleitung einer Frau mit langen braunen Haaren, die er mir als Eleana vorstellte.

Ich war baff. Und musterte sie entsprechend ausgiebig. Schlank, ebenmäßiges Gesicht, elegant gekleidet, für meinen Geschmack etwas zu elegant und zu stark geschminkt, offenbar noch stärker aufs Äußere bedacht als Leonie.

Eleana entschuldigte sich und ging zur Toilette.

»Was ist mit Lea?«, fragte ich sofort, als sie außer Hörweite war. »Hattest du nicht ein Date mit ihr?«

»Ja, hatte ich. Das lief auch super. Ich hätte fast einen spontanen Malle-Urlaub mit ihr gebucht. Aber am nächsten Morgen … Ich hab auf dem Heimweg im Bus Eleana kennengelernt. Ich glaub, das könnte die Traumfrau sein, von wegen Liebe auf den ersten Blick und so.«

Amüsiert schüttelte ich den Kopf. »Was treibt die so?«

»Verkäuferin bei Hermès auf der Kö.«

So sieht sie auch aus, dachte ich, behielt es aber für mich.

»Ich will sie gleich schick zum Essen ausführen. Roberts Bistro.«

»Gute Wahl«, bestätigte ich. In Roberts Bistro gibt es Nouvelle Cuisine zu humanen Preisen. Auf schlichten Holzbänken sitzend speist man hervorragend. »Und Lea?«

»Die weiß natürlich nichts. Verplapper dich bloß nicht, du darfst nichts verraten!«

»Hömma, Jung, du kannst natürlich machen, was du willst, bist ja schon fast groß. Aber lass dich von Vatta warnen: Am Ende wirst du alleine dastehen, wenn du ein doppeltes Spiel treibst.«

Mike rollte mit den Augen. »Ich mach das schon. Weswegen ich hier bin«, druckste er.

»Nee, nee, ich will nicht schon wieder für dich latzen. Letztes Wochenende hab ich dir 'nen Fuffi extra gegeben, damit du dir mit Lea eine geile Zeit machen kannst.«

»Ich bräuchte noch mal fünfzig. Nur das eine Mal.«

»Das eine Mal kenn ich schon. Wie viele eine Male soll ich noch sponsern?«

Ich holte einen Zwanziger und einen Zehner aus meinem Portemonnaie und knallte die Scheine auf den Tisch. »Mehr ist nicht. Und diesen Monat gibt's nix mehr.«

»Aber der Monat hat grad erst angefangen!«

»Dann teil's dir besser ein.«

Eleana kam zurück. Ich fragte, was sie trinken wollte, doch Mike zog es vor, mit ihr woanders hinzugehen.

Keine fünf Minuten war ich allein, dann trudelten nach und nach Gäste ein, eine Gruppe schwäbischer Touristen, zwei Pärchen und ein paar Stammgäste. Bis halb acht war ich pausenlos mit Ausschank und der Ausgabe kleiner Speisen, die Brigitta vorbereitet hatte, beschäftigt. Dann erschien meine fest angestellte Bartenderin zum Dienst. Sie übernahm die Bar, sodass ich nach hinten in mein Büro gehen und mich um die Umsatzsteuervoranmeldung kümmern konnte. Lästig, aber unvermeidlich.

Während ich die Summen der Kassenbons addierte, schweiften meine Gedanken ständig ab. Zurück zu Nele und Linda. Zu der Leiche ohne Gesicht. Zu Ben und den suspekten Typen, die den ganzen Abend über die Frauen beschattet hatten.

Ich nahm das zerknitterte Polaroid, das ich ebenso wie den Vertrag über Projekt Familie behalten hatte, aus der Tasche und sah mir die Kerle an, die den Frauen höchstwahrscheinlich Betäubungsmittel verabreicht hatten.

Wieso sind Silberkrawatte und der Mann im Trikot bis zuletzt mit den Frauen zusammen gewesen und haben dann von ihnen abgelassen? Wurden ihre Pläne durchkreuzt? Oder haben sie Linda aus dem Freakout verschleppt und ihr was getan?

Es ließ mir keine Ruhe, dass die Jungs frei durch die Gegend liefen und womöglich längst weitere Frauen mit ihren giftigen Tropfen betäubt hatten.

Eine weitere Sache ging mir durch den Kopf: das Freakout und die andere verschwundene Frau. Die Disco erschien mir suspekt. Auf meine Intuition konnte ich mich stets gut verlassen. Irgendwas stimmte mit dem Schuppen nicht. Ich wollte wissen, was.

»Mensch, Michael«, seufzte ich für mich. Du bist jetzt Wirt, sagte ich mir, hast alles hinter dir, hast lange genug ermittelt, Hunderte Fälle als Oberkommissar, fast tausendneunhundert Fälle als TV-Hauptkommissar – irgendwann ist auch mal Schluss. Andererseits …

Ich hatte Blut geleckt. Ich spürte, wie meine Ermittlergene reaktiviert wurden, wie ich Lust bekam, mal wieder ein bisschen rumzuschnüffeln und den alten Cop raushängen zu lassen, wie Mark es mir unterstellt hatte.

Ich rief ihn an.

»Du störst«, bellte er mir entgegen.

»Nicht länger als 'ne Minute«, erwiderte ich. »Habt ihr Ben schon in die Mangel genommen?«

»Haben wir. Herr Kummer ist bei seiner kümmerlichen Version geblieben. Wir haben ihn durch die halbe Stadt kutschiert, doch er konnte sich angeblich nicht mehr daran erinnern, wo diese Manu wohnt, bei der er angeblich gewesen ist.«

»Ist das realistisch? Doch wohl eher 'ne Schutzbehauptung, oder?«

»Schwer zu sagen. Er war angeblich so aufgewühlt und in Gedanken, dass er kein Stück darauf geachtet hat, wie die Häuser aussehen und was da für Geschäfte sind. Ausschließen kann man's nicht, dass er die Wahrheit sagt. Die Aufregung um seine Braut, der viele Alk, dann Ersatzbraut aufgetan, zwei Tage gerammelt, kaum geschlafen – wissen wir doch aus eigener Erfahrung, wie aufmerksam man in so 'nem Zustand ist.«

»Was macht denn der DNA-Abgleich von dem Blut in seinem Zimmer mit der Rheinleiche?«

»Lässt noch auf sich warten, genauso wie der DNA-Abgleich der Toten mit Linda Brandt. War's das, Herr Oberkommissar im Ruhestand?«

»Nein, noch lange nicht. Es gibt da anscheinend noch einen Vermisstenfall, zumindest …«

»Sag mal, geht's noch«, fiel Mark mir ins Wort. »Erstens hab ich doch gesagt, dass du störst. Ich weiß gar nicht mehr, wo mir der Kopf steht vor lauter Arbeit. Zweitens bist du Gastronom und kein Polizist mehr. Und drittens sehen wir uns übermorgen, wenn ich meinen All-inclusive-Abend einlöse, dann kannst du mir gerne den Detektiv vorspielen.«

»Bist du morgen Mittag im Präsidium?«

»Äh, wieso?«

»Dann essen wir Schnitzel zusammen. Tschö mit ö!«

Bevor er etwas entgegnen konnte, hatte ich aufgelegt.

22

Früher als üblich überließ ich meiner Barfrau das Feld und ging um Mitternacht nach Hause. Müdigkeit hatte mich überfallen, und ich musste den vergangenen kurzen Nächten nach brütend heißen Tagen Tribut zollen.

Neun Stunden schlief ich wie ein Stein, bis Brigitta mich am Dienstag um zehn aus dem Bett schmiss, wie gewohnt unsanft. Ausgerechnet am heiligen Dienstag, dem Ruhetag des NASEBAND'S, meinem einzigen freien Tag in der Woche. Ich beeilte mich, ihr zu entkommen, und fuhr ins Café Madrid zum Frühstücken.

»Wie geht's Jennifer?«, fragte ich Nele, die ich auf dem Handy des Vermieters angerufen hatte.

»Erst war sie total erleichtert über die Nachricht, dass ihr niemand was Böses getan hat. Aber dann kam die Scham durch. Sie hat sich in ihr Bett verkrochen und will auch trotz der Hitze noch nicht aufstehen.«

»Und ich muss mich abtrocknen«, sagte Nele, »komm grad aus der Dusche.«

Ich versprach, sie später wieder anzurufen, und nach einem kleinen Rührei, O-Saft und reichlich Kaffee brach ich auf.

Diesmal war ich mit dem Motorroller unterwegs und genoss den heißen Fahrtwind, der mir unter dem halb offenen Helm ins Gesicht schlug. Dieser Kopfschutz entspricht zwar nicht der DIN-Norm, sieht aber gut aus. Im Ernstfall ist er maximal dafür gedacht, dass das Gehirn nicht so weit spritzt. Sicherheit sieht anders aus.

Es kam mir weniger heiß vor als an den Vortagen, obwohl die regenfreie Hitzeperiode, die das Azorenhoch Sonia mit sich brachte, laut Wetterbericht noch einige Tage anhalten sollte.

Das Polizeipräsidium am Jürgensplatz ist in einem Gebäude untergebracht, das an die Bauten der Nationalsozialisten erinnert. Zur Zeit der Weltwirtschaftskrise und *Great Depression* Ende der zwanziger Jahre wurde der Grundstein gelegt. Vieles in dem Gebäude wirkt seit den mehr als achtzig Jahren seiner Fertigstellung unverändert.

Aktuell wurde das Präsidium umgebaut und erweitert, weil es einfach zu eng geworden war. Einige Dienststellen waren in Containern vor dem Präsidium untergebracht. Die Bauarbeiten würden wieder ewig dauern, weil ständig Geld fehlte. Der Umbau des Polizeigewahrsams vor anderthalb Jahrzehnten hatte sich auch über Jahre hingezogen.

Ich umfuhr die Parkplatzschranke und stellte den Roller vorm Eingang ab. Während ich auf die Tür zuschritt, wurde der Summer betätigt. Ich bedankte mich winkend beim Pförtner und betrat die Eingangshalle: ein runder Lichthof mit Steinboden, in dessen Mitte ein Mosaik mit preußischem Reichsadler im Zentrum prangt.

Sternförmig gehen Flure ab und zu beiden Seiten des Rondells Treppen zu den oberen Etagen und ins Untergeschoss, in dem zahlreiche Gewahrsams- und Gemeinschaftszellen für jeweils bis zu hundert Personen liegen.

Im Erdgeschoss befinden sich die Wache und die Kriminalwache. Die Kommissariate, unter anderem das KK11 für Tötungsdelikte, sind in den oberen Stockwerken beheimatet.

Aus nostalgischen Gründen nahm ich statt der Treppen den Paternoster und fuhr damit in den zweiten Stock, wo ich durch den endlos langen Flur auf mein Ziel zuging. Der antike Linoleumboden und die Holztüren verströmten einen angestaubten Geruch, in dem die Patina der Zeit verborgen lag.

Ich betrat durch die offene Tür Marks Büro, das genauso armselig, alt, winzig und beengt ist wie fast alle Büros in dem Gebäude.

Statt Mark traf ich seine Kollegin Marietta an, der ich im Medienhafen beim Fund der gesichtslosen Leiche begegnet war. Sie aß einen Salat.

»Hallo«, sagte ich. »Ich hoffe, ich stör nicht.«

»Ach was, komm ruhig rein.«

Ich ging zu ihr und reichte ihr die Hand. »Ich hab mich dir vorgestern gar nicht richtig vorgestellt«, sagte ich.

»Nicht nötig«, entgegnete sie, »wer kennt dich hier nicht?«

Sie erklärte, dass Mark jeden Moment von einem Einsatz zurückkommen müsste. Sie solle mir ausrichten zu warten.

Ich erkundigte mich, ob die Todesursache der Rheinleiche mittlerweile feststünde.

»Der Obduzent geht davon aus, dass die Kombination aus Alkohol und einer massiven Überdosis an K.-o.-Tropfen zu Kreislaufversagen und in der Folge multiplem Organversagen geführt hat.«

Die Information machte mich betroffen. Womöglich waren Nele, Jennifer, Anna und Tamara nur durch Glück und Zufall dem gleichen Schicksal entronnen.

»Da isser ja schon!« Mark platzte herein und boxte mir an die Schulter. »Komm, wir futtern was, ich schieb Kohldampf.«

In der Kantine, die sich seit meinem Weggang vor elf Jahren nicht verändert hatte, begrüßte ich ein paar Kollegen von früher und wechselte Floskeln. Dann holte ich mir wie Mark das obligatorische Schnitzel und eine Cola, obwohl ich noch keinen Hunger hatte, und setzte mich mit ihm an einen freien Tisch.

»Also sag an, was treibt dich her?«

Ich berichtete ihm, dass mir die verdächtigen Begleiter des Junggesellinnenabschieds keine Ruhe ließen.

Mark zuckte mit den Schultern. »Wenn die noch nicht gerichtsfest in Erscheinung getreten sind … kann man nichts machen.«

»Doch, du könntest mich mal an die Datei mit den üblichen Verdächtigen lassen.«

»Du bist nicht mehr im Dienst, Kollege!«

»Du sagst es: Kollege. Kannst doch einem alten Kollegen nicht das Hilfsangebot abschlagen. Will mich doch nur nützlich machen.«

Mark rollte mit den Augen und seufzte. »Okay, nach der Pause. Aber wenn dich jemand fragt, was du da machst, dann bist du ein ordinärer Zeuge, okay?«

»Okay. Ich will, dass diesen Typen das Handwerk gelegt wird. Kann doch nicht sein, dass die über die Bolker laufen und ahnungslosen Mädels K.-o.-Tropfen verpassen, um sich an denen zu vergreifen.«

Mark nickte. »Die Sitte registriert in den letzten Jahren eine massive Zunahme an Date-Rape-Fällen. Auch im Raubkommissariat haben wir damit zu tun.«

»Bei den Girls wurden gleich zwei Substanzen im Blut gefunden, Liquid Ecstasy und Roofies. Wie kommen die Kerle an das Zeug?«

»Manche Sachen gibt's im Internet, zum Beispiel GBL, aus dem du GHB gewinnen kannst. Aber das meiste wird natürlich über die Dealer in Kneipen und Clubs vercheckt oder an den üblichen Orten, Bahnhofsgegend, Kölner Straße, Worringer Platz.«

»Fehlt nur noch, dass sie es hier auf dem Parkplatz verchecken.«

»Nee«, widersprach Mark, »da stehen ja jetzt die Container.« Er spülte den letzten Bissen mit Cola runter. »K.-o.-Tropfen sind das eine Problem, Crystal Meth das größere. Die Stadt wird seit einem Jahr überschwemmt von dem Dreck.«

Mark berichtete, dass sich im letzten Jahr die Zahl der Patienten, die mit einer Überdosis eingeliefert wurden, mehr als versechsfacht hatte.

»Das Zeug kommt nicht mehr nur aus Tschechien, seit die Bayern und Sachsen und Thüringer ihre Grenzkontrollen massiv verschärft haben. Mittlerweile kommt es auch aus Holland. Über Jahrzehnte haben die Dealer Schmuggelrouten für Marihuana, Ecstasy und Kokain aufgebaut, und die nutzen sie jetzt und stellen Crystal einfach selbst her, statt zuzusehen, wie der Ostblock ihnen mit billig produziertem Meth das Geschäft versaut. Die haben hinter der holländischen Grenze mittlerweile Großlabore wie in ›Breaking Bad‹.«

»Den Mist kann man ja in jeder Küche selbst zusammenbrauen«, entgegnete ich. »Batteriesäure, Rohrreiniger, Lampenöl und Hustenmittel, viel mehr braucht man doch nicht.«

»Unglaublich, oder? Aus den giftigsten Substanzen eine Party- und Sexdroge zu mixen?«

»Ich versteh nicht, was die Leute an Crystal so toll finden.«

Ich musste an meine eigenen Drogenerfahrungen denken. Ein paarmal habe ich an Gras- oder Haschisch-Joints gezogen, aber entweder hab ich dann die Kloschüssel umarmt oder bin eingeschlafen oder beides. Deswegen habe ich auf weitere Erfahrungen mit illegalen Substanzen verzichtet.

»Früher haben vor allem Trucker und Taxifahrer das Zeug genommen«, sagte Mark, »oder die Rikschafahrer in Thailand, damit sie volle Power haben. Das Zeug macht ja bis zu achtundvierzig Stunden hellwach und energetisch. Deswegen findet es auch im Büroleben immer stärkere Verbreitung und unter Schülern und Studenten.«

»Tja«, erwiderte ich, »wir leben in einer Leistungsgesellschaft, da passt Crystal perfekt rein. Es ist billig und verursacht einen Megaleistungsschub.«

»Und danach gnadenlose Depressionen.«

»Umso verrückter, dass ausgerechnet die Jugend diesen Giftmix als Partykick nimmt.«

»Es geht ja nicht nur ums Wachsein, du darfst das High nicht unterschätzen. Crystal erzeugt einen einzigartigen Glückskick.«

»Klingt so, als wolltest du Werbung dafür machen. Hast du es etwa schon mal probiert?«

»Bist du verrückt, niemals! Das ist ja das Tückische – dieser phänomenale Glücksrausch kommt davon, dass irrsinnig viel Dopamin ausgeschüttet wird, dieses Glückshormon in unserem Hirn. Von Natur aus haben wir ja nur zwei Quellen für ordentliche Dopaminausschüttungen und entsprechende Glücksgefühle: Essen und Sex. Bei Kokain und Heroin wird ungefähr die dreifache Menge an Dopamin ausgeschüttet, die wir bei einem Orgasmus haben. Crystal Meth sorgt für eine unnatürliche Ausschüttung von mehr als dem Zehnfachen.«

»Nicht schlecht … vielleicht sollte ich das doch mal probieren.«

»Lass bloß die Finger davon! Crystal löst angeblich einen Kick aus, wie du ihn niemals vorher und niemals nachher wieder erleben wirst in deinem Leben.«

»Außer du nimmst wieder was.«

»Selbst dann … das Gefühl des ersten Kicks wirst du nie wieder erreichen. Das ist ja das Fatale. Die Leute werden süchtig, weil sie diesen ersten Kick noch mal erleben wollen, doch es ist wie bei allem: Beim ersten Mal ist es am schönsten … Nur bist du nach Crystal-Konsum oft schon ab dem ersten Mal süchtig. Und die Dopaminzellen werden zerstört, und du kannst bald ohne den Dreck nicht mehr glücklich werden, weil das Hirn auf natürlichem Wege kein Dopamin mehr produzieren kann.«

»Na schön, belassen wir's beim Schnitzel für unseren Dopaminschub.« Wir brachten unsere Tabletts weg, holten uns noch ein Eis am Stiel, grüßten in die Runde und gingen zurück zu Marks Büro.

23

Marietta kam uns aus dem Raum, den sie sich mit Mark teilte, entgegen.

»Wo willst du hin?«, wollte Mark wissen. »Schon wieder Überstunden abfeiern?«

»Bingo, du hast es erfasst. Wenn du keine Lust mehr auf Polizei hast, könntest du es als Gedankenleser versuchen.«

»Das ist mir zu einfach. Viel Spaß beim Baden.«

»Werde ich haben. Bis morgen.«

Wir gingen ins Büro. Mark setzte sich auf Mariettas Bürostuhl, legte die Füße auf ihren Schreibtisch und schleckte genüsslich sein Eis. Pure Zufriedenheit.

Er zeigte zu seinem Platz. »Wenn du die Datei nach deinen Verdächtigen durchforsten willst, solltest du den Computer einschalten.«

Ich startete Marks Computer und fragte ihn nach dem Passwort. Er nannte es mir und erklärte mir, wie ich die Fotokartei aufrufen konnte.

Während ich seine Anweisungen befolgte, erzählte ich ihm, dass ich bei der Suche nach der verlorenen Braut auch im Freakout gewesen und auf einen weiteren Vermisstenfall gestoßen war. Ich fragte, ob er darüber etwas wisse.

»Du meinst Annika Hobrecht?«

»Weiß nicht, wen ich meine. Eine Frau, die offenbar nach ihrem Besuch im Freakout verschwunden ist und nach der ihr in dem Club gefragt habt.«

»Annika Hobrecht, Erzieherin aus Jever. Dürfte etwa sechs Wochen her sein, dass die verschwand. Eine Freundin, mit der sie in dieser Disco gewesen ist, hat sie vermisst gemeldet.«

»Was ist dieses Freakout für ein seltsamer Laden?«, fragte ich und wählte dabei meine spärlichen Kriterien für die Suche in der Kriminellenkartei: männlich und zwanzig bis dreißig Jahre alt. Mehr wusste ich nicht über den Burschen mit der Silberkrawatte und seinen Kumpel im Fantrikot.

»Hat letztes Jahr aufgemacht. Betreiber ist ein Ossi aus Frankfurt/Oder.«

»Hasso Lüttgers.«

»Du kennst ihn?«, fragte Mark überrascht.

»Ich hab ihm gestern mit Nele einen Besuch abgestattet, wegen Linda. Habt ihr den Laden schon mal hochgenommen?«

»War mal im Gespräch. Wir haben vor 'nem halben Jahr einen Crystal-Konsumenten geschnappt. Der hat uns gesteckt, dass er seinen Stoff von einem Dealer in dem Club gekauft hat. Die Kollegen haben dann mal in Zivil die Lage vor Ort gecheckt, aber keinen Hinweis auf Drogenhandel gefunden.«

»Habt ihr den Betreiber abgecheckt?«

»Klar. Der hatte früher einen Club in FFO. Nachdem es dort einen Drogentoten gab, haben die Vopos die Bude gefilzt und bei Besuchern Drogen gefunden, aber keine Dealer. Und dieser Lüttgers hat eine blütenweiße Weste, ist polizeilich nie in Erscheinung getreten.«

»Was nicht heißt, dass er vielleicht doch unsaubere Geschäfte macht. Habt ihr denn nicht mal 'ne klitzekleine Razzia gemacht?«, wunderte ich mich.

»Ohne konkreten Anlass?«

»Vor einem Jahr hat der Club aufgemacht, und seitdem gibt es eine Crystal-Schwemme. Eine Frau aus Jever wurde da zuletzt gesehen, Linda, oder wer immer die Rheintote ist, war da, und der Junggesellinnenabschied war auch da.«

»Ja, und? Die waren aber auch in tausend Läden auf der Bolker! Irgendwo müssen die Leute ja als Letztes gewesen sein, deswegen kann ich doch nicht den Wirten ihre Clubs auseinandernehmen.«

»Und die Drogen? Vielleicht hat der Lüttgers mit seinem freakigen Freakout ja was mit der Crystal-Schwemme zu tun«, insistierte ich. »Hast du da schon mal drüber nachgedacht?«

»Nein«, gab Mark unwillig zu, »das kann doch auch Zufall sein.«

»Kann. Aber wenn sich Zufall an Zufall reiht, kann man kaum noch von Zufall sprechen.«

»Ein Zufall kommt selten allein.«

»Ihr müsst den Laden mal auseinandernehmen!«

»Ein vager Verdacht ist kein konkreter Anlass.«

»Bei Telefonüberwachungen und Observationen könnte man womöglich einen Anlass finden.«

»Wir haben auch nur begrenzte Kapazitäten«, seufzte Mark, nahm die Beine vom Tisch, warf den abgeschleckten Stiel in den Papierkorb und kam zu mir. Neugierig sah er mir über die Schulter und fuhr fort: »Momentan konzentrieren wir uns auf die Kölner und den Worringer.«

Ich hatte bereits die letzte Seite mit Fotos erreicht. Frustriert warf ich meinen Eisstiel in den Korb.

»Niet. Nada.«

Ich holte das abgegriffene Polaroid aus meiner Hemdtasche und zeigte es ihm. »Vielleicht hast du die Typen ja schon mal gesehen.«

Mark schaute sich das Foto lange an und schüttelte dann den Kopf. »Allerweltsnasen. Aber der hier«, er tippte auf den blonden Krawattenträger, »ist ein typischer Crystal-Kandidat. Diese manisch aufgerissenen Augen, trotz der Sonne weiß wie 'ne Leiche … Und du bist sicher, dass die den Uschis was verabreicht haben?«

»Nahezu hundertpro sicher.«

»Hm. Wenn sie nicht in unserer Datenbank sind …«

»Sind sie bislang ungeschoren davongekommen«, nahm ich ihm das Wort ab. »Aber nicht mehr lange.«

»Wie willst du die Typen finden?«

»Weiß ich noch nicht. Ich weiß nur, dass ich sie finden werde. Hast du Zugriff auf die Dateien der Sitte?«

»Was für Dateien?«

»Anzeigen von Frauen, die Opfer von K.-o.-Tropfen geworden sind.«

»Lass mal sehen«, sagte Mark und hantierte an der Tastatur. Kurz darauf öffnete sich auf dem Bildschirm eine Liste mit Anzeigen, die beim KK12 eingegangen und thematisch nach Rubriken sortiert waren.

Ich öffnete die Berichte unter der Spalte mit der Überschrift K.-o.-Tropfen und überflog die Textfelder mit dem Tatvorwurf und der Täterbeschreibung. Bei der dritten Anzeige wurde ich fündig. Ein junger blonder Mann mit schwarzem Hemd und silberfarbener Krawatte wurde erwähnt. Er sei mit einem kräftigeren Braunhaarigen mit Basecap unterwegs gewesen. Da stand zwar nichts von einem Fußballtrikot, aber ich war mir sicher, dass es sich bei den unbekannten Tätern um die beiden handelte, die ich suchte.

»Die Anzeige ist vor sechs Wochen erstattet worden«, stellte ich fest. »Etwa zu der Zeit, als die Erzieherin aus Jever verschwunden ist.«

»Du meinst, da gibt es einen Zusammenhang?«

»Meinst du nicht?«

»Möglich wär's.«

»Hast du auch Zugriff auf die Vermisstenakte?«

»Kollege«, stöhnte Mark genervt, »langsam wird's stressig mit dir.«

»Ich will doch nur helfen«, verteidigte ich mich.

»Die zuständigen und im Gegensatz zu dir noch aktiven Kollegen tun alles, um den Fall zu klären. Zu viel Köche verderben den Brei.«

»Komm, jetzt lass mich die Akte lesen, dann verzieh ich mich auch.«

Mark war noch nicht überzeugt.

»Ach, hab ich dir schon gesagt, dass Benno heute da war?«, fragte ich scheinheilig. »Alter, der hat einen Dornfelder mitgebracht, da kommen dir die Tränen. Musste morgen Abend unbedingt probieren. Hast ja all-inclusive«, fügte ich betonend hinzu.

Mark verdrehte die Augen, konnte aber ein vorfreudiges Grinsen nicht unterdrücken. »Aber nicht flennen, wenn ich davon 'ne ganze Flasche vernichte.«

»Von mir aus auch zwei.« Ich dachte an den Freundschaftspreis, den Benno mir gemacht hatte.

Mark suchte im Computer nach der Vermisstenakte Annika Hobrecht. Dann sah er zur Uhr. »Scheiße, hab die Besprechung ganz verschwitzt.« Hastig schnappte er sich eine Akte und einen vollgeschriebenen Notizblock. »Mach nichts kaputt«, sagte er und lief aus der Tür. Im Flur drehte er sich noch mal um. »Wir sehen uns morgen Abend, all-inclusive.« Weg war er.

Ich studierte die Akte. Aus den Unterlagen ging hervor, dass die Erzieherin aus Jever in Düsseldorf eine alte Schulfreundin besucht hatte, Simone Beyer. Die beiden Frauen hatten im Freakout in Annikas Geburtstag reingefeiert. Seitdem wurde sie nie wieder gesehen.

24

Im Sekretariat der Joseph-Beuys-Schule, Wirkungsstätte der Anzeigeerstatterin, blickte ich in große Augen. »Na, so was ... Herr Naseband! Dass ich Sie mal persönlich treffe.« Staunend und strahlend stand sie von ihrem Platz auf und kam an den Counter, um mir die Hand zu reichen. Ihr Gesicht erinnerte mich mit der Stupsnase und dem schmalen Mund an ein Eichhörnchen. Dort, wo das Fell bei den kleinen Tieren weiß ist, hatte sie lila Strähnchen. »Das freut mich aber, ich bin ja treuer K11-Fan, von Anfang an. Eine Schande, dass SAT1 das eingestellt hat.«

Ich nickte freundlich. »Finde ich auch. Aber so ist das, alles geht mal zu Ende.«

Bevor ich mein Anliegen vortragen konnte, sprach sie weiter: »Ich vermisse das, dieses Ritual, beim Abendessen oder Bügeln das zu gucken. Wann sieht man Sie denn mal wieder im Fernsehen? Wollen Sie nicht mal im ›Tatort‹ mitspielen?«

»Selbst wenn ich wollte ...«, setzte ich an, doch meine Antwort schien das lila Eichhörnchen nicht zu interessieren.

»Ich guck ja jetzt immer die Soko-Krimis im ZDF. Aber die sind einfach nicht so ... wie soll ich sagen ... so echt. Nicht so realistisch wie K11. Das merkt man gleich, dass die Kommissare nicht echt sind.«

»Kann ich nichts zu sagen, ich sehe kaum fern. Weswegen ich ...«

»Und die Frau Rietz?«, unterbrach sie mich erneut. »Will die denn ›Tatort‹ machen? Oder ist die wieder bei der Polizei?«

»Kann ich auch nichts zu sagen«, behauptete ich. Es war schon halb vier, darum wollte ich meine Zeit nicht mit sinnlosen Gesprächen über die Vergangenheit und das Fernsehen verplempern.

»Hören Sie«, drängte ich vorsichtig, »ich hab leider nicht viel Zeit. Ich bin hier ...«

Diesmal wurde ich vom Telefonklingeln unterbrochen, auf

das die Sekretärin sofort reagierte. »Kleinen Augenblick bitte, bin sofort wieder für Sie da.« Sie nahm den Anruf entgegen.

Ich atmete tief ein und aus. Bloß nicht die Geduld verlieren und unhöflich werden, sagte ich mir und wandte mich der Wand zu, an der ein Tableau mit den Fotos und Namen aller Lehrer hing. Ich entdeckte Simone Beyer, einen Blondschopf mit sympathischem Gesicht.

Kaum hatte die Sekretärin das Telefonat beendet, preschte ich vor: »Ich muss mit einer Lehrerin sprechen, Simone Beyer. Können Sie mir sagen, ob sie im Haus ist?«

»Abba sischi dat«, rheinländerte sie fröhlich und schaute in den Lehrplan. »Kuckwerdochma.«

Bedauernd zog sie die Stirn in Falten. »Schade, die Frau Beyer hat heute nur bis vierzehn Uhr Unterricht. Tut mir leid, die ist schon weg.«

Mist, dachte ich und sagte: »Danke.« Ich hatte mir auch die Wohnadresse aufgeschrieben und wollte es dort versuchen.

»Soll ich ihr was ausrichten?«

»Nein, danke, schon okay.«

Auf dem Weg zur Tür rief sie mich zurück.

»Ach, Moment, Herr Naseband!«

Ich erwartete ihre Bitte um ein Autogramm oder Foto.

»Ich hab ja ganz vergessen, dass heute Lehrerkonferenz ist.« Sie schaute zur Uhr. »Die hat um vierzehn Uhr begonnen, also müsste die eigentlich jeden Moment vorüber sein.«

»Sehr schön«, freute ich mich. »Ich warte draußen.«

»Sie können auch gerne hier warten. Es ist noch Kaffee da.«

»Das ist nett, danke, aber ich geh lieber in die Sonne. Vielleicht beim nächsten Mal.«

»Würd ich mich riesig freuen.«

Ich wünschte ihr einen schönen Tag und ging nach draußen. In der Sonne war es mir zu heiß, ich setzte mich auf eine Parkbank im Schatten und zündete mir eine Lucky an.

In der nächsten Viertelstunde traten nach und nach ein Dutzend Lehrer ins Freie, doch keine Simone Beyer. Ich befürchtete schon, sie verpasst zu haben, stand auf und ging zum Eingang. Aus dem die Gesuchte endlich kam.

Ich sprach sie an, stellte mich vor, sagte, weshalb ich mit ihr reden wollte, und fragte, ob sie ein paar Minuten Zeit für mich habe.

»Nicht wirklich, in sieben Minuten geht meine U-Bahn, ich will kurz nach Hause und dann zum Yoga.«

»Dann begleite ich Sie zur U-Bahn, und wir unterhalten uns auf dem Weg. Wär das okay?«

»Okay, einverstanden.«

Wir gingen zum U-Bahnhof Provinzialplatz, vorbei am Südpark und der Mitsubishi Electric Hall, die früher Philipshalle hieß und in der ich in meiner Jugend viele Konzerte von Weltstars erlebt habe.

Die Lehrerin erzählte, dass sie wie die verschwundene Annika aus Jever stamme. Sie sei zum Studium nach NRW gezogen, Annika habe in Jever eine Ausbildung zur Erzieherin gemacht. Vor sechs Wochen sei Annika zu Besuch gekommen. Am Freitagabend seien die beiden Frauen erst ein bisschen durch die Altstadt gezogen und dann ins Freakout zur Ladies Night, um in Annikas siebenundzwanzigsten Geburtstag reinzufeiern.

»Irgendwann bin ich müde geworden und wollte nach Hause«, sagte sie, »Annika ist noch geblieben.«

»Allein? Oder war zu dem Zeitpunkt jemand bei ihr?«

»Nein, sie war allein. Wollte sie auch. Sie hat alle Anbaggerversuche abgeblockt.«

»Wieso?«

»Weil sie einfach nur die Musik genießen und tanzen wollte.« Simone erzählte, dass Annika psychische Probleme gehabt habe, seit ihre Eltern bei einem Autounfall ums Leben gekommen seien. »Das hat ihr einen Knacks gegeben. Sie bekam schwere Depressionen und musste ein Vierteljahr in die Psychiatrie.«

»Litt sie auch unter Depressionen, als sie hier war?«

»Nein, in letzter Zeit war alles okay. Ich dachte, sie wäre mehr oder weniger geheilt. Deswegen kam sie ja auch zu Besuch und wollte unbedingt in ihren Geburtstag reinfeiern. Okay, vielleicht auch, um nicht allein zu sein. Sie hat ja kaum Freunde und lebt sehr zurückgezogen.«

»Einen Suizid halten Sie für ausgeschlossen?«

»Absolut. Annika hat sich nicht umgebracht – sie wurde umgebracht!«

»Warum sind Sie sich da so sicher?«

»Weil es keine andere Erklärung gibt. Annika verschwindet nicht einfach.« Unglücklich seufzend schüttelte sie den Kopf. »Das werde ich mir nie verzeihen, dass ich nicht noch geblieben und mit ihr zusammen nach Hause gefahren bin.«

»Machen Sie sich keine Vorwürfe«, bat ich sie. »Sie konnten nicht ahnen, dass sie nicht zurückkommt.«

»Warum ist sie auch nicht einfach ins Taxi gestiegen?«

»Was meinen Sie?«

»Ich nehme an, dass sie nach Hause laufen wollte. Und auf dem Weg … muss sie ihrem Mörder begegnet sein.«

»Hat sie einen Freund?«

»Nein, sie war seit zwei Jahren Single. Und das fand sie auch gut so.«

Wir stiegen die Treppen zur U-Bahn hinab. »In zwei Minuten geht meine Bahn«, stellte Simone fest.

»Okay, dann eine Frage noch.« Ich holte die abgenutzte Ablichtung hervor. »Haben Sie die beiden Typen schon mal gesehen? Waren die vielleicht an jenem Freitag im Freakout?«

Simone musterte das Foto eingehend, bevor sie auf die Frage antwortete: »Nein, kann mich nicht erinnern, die schon mal gesehen zu haben.«

Die U-Bahn fuhr ein. Ich bedankte mich herzlich bei der Lehrerin und winkte ihr bei der Abfahrt des Zuges zu. Dann ging ich zurück zur Schule und holte meinen Roller. Während der Fahrt zurück ins Zentrum fasste ich einen Plan.

25

Mein Plan sah vor, die suspekte Disco unter die Lupe zu nehmen. Ich lenkte meinen Roller in die Karlstraße und stoppte vor dem Eingang des Feiertempels. Offenbar war schon oder noch geschlossen. Zumindest für Publikum. Vielleicht ist doch jemand da, dachte ich und fuhr durch die benachbarte Einfahrt in den Hof. Auf einer Tür, neben der ein himmelblauer Cadillac aus den siebziger Jahren parkte, stand »Backstage/Büro«. Aus einem offen stehenden Fenster im ersten Stock drang elektronische Musik.

Ich stellte den Roller ab und ging zur Tür, fand eine Klingel und betätigte sie. Nach einer Minute wurde sie geöffnet. Von Hasso Lüttgers, dem Betreiber. Seine blonden Haare klebten ihm wie am Vortag fettig am Kopf, als würde er sie niemals waschen.

»Sie?« Er schien nicht glücklich über meinen Besuch. »Was wollen Sie?«

»Mit Ihnen reden. Ich hab noch ein paar Fragen. Kann ich reinkommen?«

»Sind Sie allein?«

»Ich denke schon«, antwortete ich und blickte mich um. »Oder sehen Sie mehr als ich?«

»Sind Sie nicht immer im Doppelpack unterwegs? Wo ist Ihre Kollegin?«

»Kommissarin Sommer bummelt Überstunden ab. Ich werde Sie nicht lange aufhalten.«

»Ich bin grad sehr beschäftigt«, sagte er. Der Widerwille stand ihm ins Gesicht geschrieben. »Können Sie nicht wann anders wiederkommen?«

»Nein, kann ich nicht. Aber kein Problem«, behauptete ich betont gleichgültig, »dann machen wir das anders. Sie erhalten in den nächsten Tagen eine Vorladung ins Präsidium.« Ich wandte mich ab.

»Augenblick!«, rief er mich zurück.

Ich drehte mich um. »Ja?«

»Vielleicht erledigen wir das besser jetzt gleich.«

»Ihre Entscheidung.«

Er trat einen Schritt beiseite und ließ mich ein. »Treppe hoch, dann links.«

Ich ging voran in sein mindestens fünfzig Quadratmeter großes Büro, das eher wie das Wohnzimmer einer Horde Punks aussah als nach einem Arbeitszimmer. Abgeranzte Sessel und Sofas verschiedener Provenienz, Unmengen leerer Flaschen, Essensverpackungen und volle Aschenbecher auf Beistelltischchen und dem Boden, die Wände tapeziert mit Veranstaltungsplakaten. Der barocke Schreibtisch aus den vierziger Jahren quoll über vor Papieren.

Hasso Lüttgers zeigte zu einem Stuhl vor dem Schreibtisch und nahm selbst dahinter Platz.

»Bitte. Worum geht's denn? Die verschwundene Junggesellin?«

»Die verschwundene Erzieherin.«

»Ich verstehe nicht.«

»Die Frau, wegen der Sie von meinen Kollegen schon einmal befragt wurden.«

Ich nahm ein Foto von Annika Hobrecht aus der Vermisstenakte, das ich mir in Marks Büro ausgedruckt hatte, und legte es vor dem Disco-Boss auf den Tisch. »Diese Frau suche ich.«

Hasso Lüttgers seufzte genervt, ohne sich das Foto anzusehen. »Ich hab Ihren Kollegen doch schon alles erzählt, was ich zu erzählen habe. Nichts. Ich hab die Frau nicht gesehen, ich guck mir doch nicht jeden Gast an.«

»Gibt es keine Videoüberwachung, nicht mal im Eingangsbereich?«

»Nein, nicht mal im Eingangsbereich.« Er nahm ein Päckchen Roth Händle vom Tisch, schnickte eine Zigarette heraus und zündete sie sich an. »Sie verschwenden Ihre Zeit«, sagte er dann, »hier kann Ihnen niemand helfen.«

»So schnell gebe ich nicht auf«, beharrte ich, holte das Polaroid hervor und legte es neben den Fotoausdruck. »Sehen Sie sich bitte noch mal die beiden Männer an. Die sind in der Nacht von Samstag auf Sonntag mit dem Taxi aus der Altstadt hergefahren.«

Ich vermute, dass sie nicht zum ersten Mal hier waren. Sind das Stammgäste Ihres Clubs?«

Unwillig betrachtete er das Bild und schüttelte dann den Kopf. »Nicht, dass ich wüsste. Bei uns feiern jedes Wochenende an die dreitausend Leute. Klar, ein paar Buddies sieht man immer wieder mal. Aber die zwei ... keine Ahnung.«

Auf dem Tisch klingelte ein Smartphone. Ich konnte auf dem Display den Anrufernamen lesen: Carlos. Der Clubchef nahm das Handy und stand auf. »Moment, bin gleich wieder da.« Während er mit dem Smartphone am Ohr das Büro verließ, nahm er den Anruf an: »Hey, was geht?« Er zog die Tür hinter sich zu. Offenbar wollte er nicht, dass ich Zeuge des Telefonats werde.

Die Gelegenheit zum Schnüffeln. Ich stand auf, ging hinter den Schreibtisch und öffnete die Schubladen. Papiere, Quittungen, Feuerzeuge, Flaschenöffner, Büro- und Werbekram.

Als ich die unterste Schublade schon wieder schloss, hörte ich ein klackendes Geräusch. Ich öffnete sie erneut und fingerte ans Ende der Schublade, wo ich etwas Metallisches ertastete.

Eine Schusswaffe. Ich nahm sie heraus und musterte sie. Heckler und Koch neun Millimeter. Ich nahm mir vor nachzuprüfen, ob Hasso Lüttgers über Waffenschein und Waffenbesitzkarte verfügte.

Ich schob die Schublade wieder zu und stutzte: Auf dem Teppich unter dem Schreibtischstuhl sah ich weiße Pulverreste.

Ich beugte mich hinunter, um etwas davon aufzuheben. Dabei rutschte ich versehentlich mit dem Schreibtischstuhl ein Stück zurück und verschob den Teppich. Jetzt stutzte ich noch mehr: Im Boden kam eine Aussparung zum Vorschein – und der Rand einer Holzklappe.

»Was machen Sie da?«

Der Türsteher des Clubs stand in der Tür. Das Tattoo-Monster runzelte misstrauisch die Brauen.

»Ähm, ich such was«, antwortete ich wahrheitsgemäß. Ich wunderte mich, wieso der Türsteher so früh hier war, die Disco öffnete erst um einundzwanzig Uhr ihre Pforten.

Hasso Lüttgers kam dazu. »Was ist hier los?«

»Der schnüffelt hier rum.«

»Unsinn«, widersprach ich. »Ich suche ein Taschentuch. Bei der Hitze läuft mir die Suppe nur so vom Schädel.«

Der Clubchef musterte mich aus Augenschlitzen. »Im Hauptbahnhof gibt es alles«, sagte er kühl, »Apotheke, Drogerie, Supermarkt. Wir sind doch fertig, oder?«

»Sind wir«, bestätigte ich, nahm das Foto vom Tisch und ging zur Tür. »Zumindest für heute. Wiedersehen.«

Ich spürte die hasserfüllten Blicke der beiden in meinem Rücken. Und musste grinsen.

26

Um Marks Freundschaft und Geduld nicht zu überstrapazieren, verzichtete ich auf einen neuerlichen Abstecher ins Präsidium und fuhr zu mir nach Hause.

Als ich von meinem Roller stieg und den Helm abnahm, rief er mich an.

»Gute Neuigkeiten«, verkündete er, »das Ergebnis des DNA-Vergleichs liegt endlich vor. Wenn die Tote aus dem Rhein ein Gesicht hätte, wäre es nicht das von Linda Brandt.«

»Alter …«, seufzte ich, »du hast keine Idee, wie froh ich bin.«

Obwohl ich Linda noch nie persönlich gesehen hatte und kein Stück kannte, fühlte ich mich ihr durch Nele verbunden.

Meine Erleichterung löste sich schnell in Luft auf. Denn dass die Tote nicht Linda war, bedeutete nicht, dass Linda nicht tot war.

»Ich muss jetzt schnell in die Kantine, bevor sie zumacht«, kam Mark potenziellen Fragen von mir zuvor. »Ich brauch noch ein Eis, die Hitze macht mich fertig.«

»Wen nicht?«, erwiderte ich. »Aber alles hat ein Ende, auch Hoch Sonia.«

Ich verabschiedete mich, ging in meine Wohnung, nahm eine kalte Dusche und wunderte mich, dass in so kurzer Zeit so viel passiert war. Braut Linda verschwindet spurlos, ein paar Wochen vorher Erzieherin Annika, und zwischendrin wird eine Frau ohne Gesicht aus dem Rhein gefischt.

Lag das an der mörderischen Hitze? Drehten die Männer dank Sonia durch und betäubten die halbe Frauenwelt mit K.-o.-Tropfen? Oder waren nur zwei Männer durchgedreht?

Ich rief auf dem Handy in der Ferienwohnung an, um Nele zu informieren, doch es sprang nur die Mailbox des Vermieters an. Seltsam, dachte ich, wieso geht denn niemand ran?

Mit einem flauen Gefühl im Bauch stieg ich in meinen Mercedes und fuhr zur Undinenstraße.

Auf der Fahrt durch die Nachmittagssonne bemerkte ich im

Rückspiegel in einiger Entfernung ein schwarzes Motorrad, auf dem ein dunkel gekleideter Fahrer mit schwarzem Helm saß. Statt mich zu überholen, blieb er in weitem Abstand hinter mir, auch als ich zweimal abbog.

Als ich den Biker auch nach dem dritten Abzweig noch hinter mir sah, hatte ich die Faxen dicke. Ich fuhr an den Straßenrand und hielt an. Das Motorrad ebenfalls. Ich drehte mich herum. Mein Verfolger bog in eine Querstraße, die zwischen uns lag, und ließ den Motor aufheulen. Es klang wie eine Warnung.

Die mir nicht mehr aus dem Kopf ging. Wer hatte mich verfolgt und warum? Hatte sich jemand aus dem Freakout sofort an mich rangehängt? Wollten die Freaks abchecken, wo ich wohne? Vielleicht ahnten sie, dass ich beim Schnüffeln was entdeckt hatte. Und dass ich weiterschnüffeln würde.

Ich sinnierte darüber, wie sich das Leben im Allgemeinen und meine Heimatstadt im Besonderen in den letzten Jahren verändert hatten. Dabei hörte ich Marks Worte in meinem Ohr über die Zunahme an Date-Rape-Fällen und die Schwemme synthetischer und höchst gefährlicher Drogen, die breite Bevölkerungsschichten überflutete.

Globalisierung, Individualisierung und Kommerzialisierung verlangen den Angehörigen moderner Leistungsgesellschaften Übermenschliches ab. Wenn schon Kinder mit Ritalin und Amphetaminen vollgepumpt werden, um zu funktionieren, muss etwas faul sein, nicht nur im Staate Dänemark.

So war auch das Freakout ein Indiz dafür, dass etwas faul ist. Ständig eröffneten solche Elektroclubs in Düsseldorf, Feieroasen, in denen tage- und nächtelang durchgetanzt wurde – eine endlose Technoparty für die Massen. Nüchtern oder nur mit Alkohol konnte man das gar nicht durchhalten. Und wenn jedes Wochenende dreitausend Teens und Twens im Freakout abfeierten, bedeutete das dreitausend drogenverstrahlte Köpfe. In nur einem der zahlreichen Clubs.

Vor meiner Zeit in München gab es weniger dieser Drogentempel. Mir fiel auf, dass ich während der zehn Jahre beim Fernsehen einiges verpasst hatte, was in Düsseldorf ablief. Ich habe zwar meine Wohnung nie aufgegeben und war immer wieder an den Wochenenden hier, doch es sind viele alltägliche Begebenheiten an mir vorbeigegangen, zumal ich in meiner Freizeit oft Drehbücher lesen und mich auf die Dreharbeiten unter der Woche vorbereiten musste.

Mir fiel eine Person ein, die mich auf den neuesten Stand bringen konnte. Ich nahm mir vor, sie später anzurufen.

Erst einmal klingelte ich an der Ferienwohnung. Keine Reaktion. Ich klingelte noch mal. Was war da los? Ich rief auf dem Handy an – und hörte es in der Wohnung klingeln. Beunruhigt lief ich um das Haus herum in den Garten und spähte durch die verschlossene Terrassentür. Niemand zu sehen. Ich lief zurück und wollte gerade im ersten Stock beim Vermieter klingeln, als ich Neles Stimme hörte: »Hier bin ich!« Sie trottete mit einer Bäckerstüte die Straße entlang. »Hab mir ein paar Krapfen geholt.«

»Wieso nimmst du denn das Handy nicht mit? Wo ist Jennifer?«

»Abgereist.« Nele schloss auf und ging mit mir ins Wohnzimmer.

»Ohne persönliche Verabschiedung?«

»Es war ihr alles so peinlich. Sie hat sich nicht getraut, dir unter die Augen zu treten. Aber ich soll dich schön grüßen und mich in ihrem Namen bedanken, dass du das klären konntest.«

»Ich konnte noch mehr klären«, sagte ich. »Die Tote aus dem Rhein ist nicht Linda.«

Nele ließ sich mit einem Seufzer auf einen Stuhl sinken. »Ein Glück!«

»Ja, wenigstens etwas.«

»Aber wo ist sie dann? Was ist mit Linda geschehen?«

Nele sah mich traurig an. »Wie geht es weiter? Ich muss die Wohnung morgen früh um zehn räumen, da kommen die nächsten Gäste. Wo soll ich bloß hin?«

»Am besten fährst du auch zurück nach Hause«, schlug ich nach kurzem Überlegen vor. »Du kannst hier jetzt absolut nichts mehr tun.«

Plötzlich schluchzte sie auf, bevor ein wahrer Sturzbach an Tränen über ihr Gesicht lief. Und über mein Hemd.

»Lindas Schicksal wird sich klären«, sagte ich leise. »Ich werde nicht lockerlassen, ich will helfen, diese Typen zu finden, die euch die K.-o.-Tropfen verpasst haben. Und das gilt auch für meinen Polizeikumpel, der gibt auch nicht auf.«

Nele bebte weiter vor sich hin und sagte eine gefühlte Ewigkeit keinen Ton. Dann spürte ich, wie sie sich einen Ruck gab. Im nächsten Moment sah sie zu mir auf. »Okay. Du hast recht, ich sollte zurückfahren. Mein Chef war eh nicht begeistert, dass ich mir spontan freigenommen hab. Und ich bin ja doch nur ein Klotz an deinem Bein.«

»Nein, Nele, das bist du ganz sicher nicht«, widersprach ich. »Im Gegenteil, ich …«

»Am besten pack ich sofort und fahr jetzt gleich«, unterbrach sie mich und stand auf. »Könntest du mich in die Stadt mitnehmen und am Bahnhof rauslassen?«

»Natürlich.«

Nele ging ihre Sachen packen. Mein Blick fiel auf die Zeitung auf dem Tisch. Mir fiel ein, wen ich anrufen und möglichst bald treffen wollte. Ich zückte mein Handy.

27

Saskia Riemann arbeitet seit Abschluss ihres Germanistikstudiums vor vierzehn Jahren in der Düsseldorfer Lokalredaktion des Rhein-Kuriers. Wir lernten uns kennen, als sie während ihres Studiums ein Praktikum beim Express absolvierte. Als ich sie jetzt anrief, um mich mit ihr zum Abendessen zu verabreden, sagte sie sofort zu. Manchmal ist es eben besser, eine chronische sexuelle Spannung zwischen zwei Leuten nicht durch akuten Sex aufs Spiel zu setzen. Das höchste der Gefühle ist ein Beinahe-One-Night-Stand. Diese Regel hat uns schon viele schöne BONS-Abende beschert. Und immer mal wieder interessante Infos. Da das auf Gegenseitigkeit beruht, werden wir den Teufel tun, das von unseren niederen Trieben ruinieren zu lassen.

Vor dem Treffen brachte ich erst einmal Nele zum Bahnhof. Dort rauchte ich mit ihr zum Abschied eine Zigarette und umarmte sie dann ausgiebig. Es geht nicht immer darum, cool zu sein.

»Du meldest dich, nicht wahr?«

»Auf jeden!«

»Danke, Michael.« Sie gab mir einen Kuss auf den Mund, wandte sich ab und lief zum Schalter. Verdattert sah ich ihr nach. Sie drehte sich nicht noch mal um.

Ich fühlte ein kurzes Stechen in der Brust. Seufzend machte ich mich auf den Weg zu meiner Verabredung.

Um Punkt neunzehn Uhr saß ich im Brauhaus Füchschen und trank ein Alt, während ich auf Saskia wartete.

Das Füchschen liegt in der Ratinger Straße, von manchen als Yuppie-Altstadt bezeichnet.

Dort befinden sich außer dem Füchschen weitere berühmte Traditionskneipen: Zur Uel, Zum goldenen Einhorn, Ohme Jupp, Meilenstein und der Ratinger Hof, der ehemalige Stammclub der Toten Hosen.

Und das Kreuzherreneck, eines meiner Lieblingslokale,

eine urige alte Einraumkneipe mit einem ebenso alten Wirt, der meist sein bester Gast ist und stark angeheitert die Gäste abknutscht.

Schräg gegenüber vom Kreuzherreneck befindet sich eine Kneipe namens Kneipe. Gut geeignet zur Düsseldorf-Taufe mit dem Hausschnaps namens Stress, ein orangefarbenes, ungenießbares Schnapsgemisch mit Tabasco, an dem man sich den Mund verbrennt.

Das Füchschen ist noch älter als das Uerige und ebenfalls seit Generationen in Familienbesitz. Der aktuelle Inhaber ist nicht nur cool und schwul, er ist auch ein sehr geschäftstüchtiger Spross des Gastro-Clans. Er hat das im Lauf der Jahrzehnte angestaubte Image des Brauhauses modernisiert und trendy gemacht. Es war zwar auch schon früher Treff der Avantgarde, der Düsseldorfer Künstler, Intellektuellen und Bohemiens, doch ihm ist eine radikale Verjüngung des Füchschen gelungen.

Oggy, ein kumpelhafter Kellner mit Glatze und Plautze, kam an meinen Tisch und brachte mir ein neues Alt, obwohl ich das erste noch nicht geleert hatte. »Du trinkst ja langsamer, als die Polizei erlaubt«, grinste er und winkte auffordernd nach dem leeren Glas, »mach hin, sonst verdurstest du noch.«

Mein Date ließ mich zwanzig Minuten warten. Typisch Saskia. Und typisch ihr Auftritt: Schwungvoll und mit wehendem Haar stürmte sie herein und sah sich um wie ein Kommissar auf Verbrecherjagd. Sie trug ein kariertes Sommerkleid und darüber ein weißes Sommerjäckchen. Ihre dünnen Lippen waren knallrot geschminkt und auch der Rest ihres Gesichts reichlich bemalt. Sofort war sie wieder da, die sexuelle Spannung. Jedenfalls bei mir.

»Wartest du schon lange?«, fragte sie, während wir uns Wangenbussis gaben.

»Na ja, ich war pünktlich.«

Sie lachte, zog ihr Jäckchen aus und hängte es über den Stuhl.

»Bist du alt genug für Alzheimer, oder ist unser letztes Date so lange her? Ich versuch doch immer, pünktlich zu sein, und schaffe es nie.«

»Beides, schätze ich. Komm, wir bestellen erst mal«, sagte ich und reichte ihr die Speisekarte, die so ziemlich alle rheinländischen Spezialitäten zu bieten hat.

Saskia entschied sich für einen Rheinischen Sauerbraten, ich wählte Himmel und Ähd, das aus gebratener Blutwurst, Kartoffelpüree, Röstzwiebeln und Speck besteht. Der Vegetarier-Alptraum ist eines meiner heimatlichen Lieblingsgerichte.

Wir gaben bei Oggy die Bestellung auf und nahmen uns ein Alt von seinem Tablett. Dann stießen wir an, Saskia mit ihrem ersten Bier, ich mit dem dritten.

»Schön, dass du dir so spontan Zeit genommen hast«, sagte ich.

»Für dich habe ich immer Zeit«, lächelte sie anzüglich.

»Bist du immer noch solo?«, fragte ich.

»Ich arbeite zu viel«, seufzte sie. »Kommt viel zu oft vor, dass ich bis Redaktionsschluss bleibe.«

»Das heißt, bis Mitternacht, bevor das Blatt in Druck geht?«

Sie nickte. »Das heißt es.«

»Das heißt aber auch, dass du bestens informiert bist. Besser als die meisten Eingeborenen.«

»Ich bin Eingeborene, schon vergessen? Meine Urgroßeltern sind Düsseldorfer. Ich bin ein echtes Urgestein, so wie du.« Sie grinste, während sie ergänzte: »Nur weicher. Nicht so ein harter Brocken.«

»Außen hart, innen zart, weißt du doch, Sassi. Aber noch mal zurück zu deiner Arbeit. Du hast doch bestimmt mitgekriegt, dass eine Tote aus dem Rhein gezogen wurde, ohne Gesicht.«

»Gruselig«, nickte Saskia, »einfach nur gruselig. Und niemand weiß, wer sie ist, das find ich fast noch unheimlicher.«

»Weißt du Näheres darüber?«

»Nicht mehr als die Polizei. Wieso interessierst du dich dafür?«

»Reine Neugier. Du weißt dann sicher auch, dass vor sechs Wochen eine Erzieherin aus Jever verschwunden ist.«

»Liest du den Rhein-Kurier gar nicht? Wir hatten die Story groß auf dem Titel. Wieso, was ist mit der, kennst du sie?«

»Nein, ich will einfach nur wissen, was mit ihr passiert ist. Düsseldorf ist doch kein schwarzes Loch, in dem man einfach so verschwindet. Was denkst du denn darüber?«

»Ich weiß nicht, was ich denken soll. Wir haben natürlich alle Möglichkeiten durchdacht – Flucht in ein neues Leben, entführt und als Hausklavin missbraucht, Suizid, zur Zwangsprostitution verschleppt, Ausbruch aus der Existenz, Spontanreise mit einer Zufallsbekanntschaft, Sexualmord …«

Oggy brachte unsere dampfenden und duftenden Speisen und wünschte Guten Appetit. Das wünschten wir uns auch gegenseitig und fingen an zu essen.

»Habt ihr bei euren Recherchen nichts rausbekommen?«, fragte ich mit dem ersten Stück Blutwurst im Mund. »Keinen einzigen Hinweis?«

»Nicht mal eine winzige Fährte. Ihre Spur verliert sich in einem Club in der Nähe des Hauptbahnhofs.«

»Das Freakout«, nickte ich. »Was weißt du über den Laden?«

»Was habt ihr denn alle nur mit dieser Disco?«, wunderte sich Saskia.

»Alle?«

»Mein Kollege Arndt führt investigative Recherchen über den Laden durch. Er glaubt, dass es einen Zusammenhang zwischen dem Club und dem massiven Aufkommen von Crystal Meth in der Stadt gibt. Er vermutet, dass in dem Club oder über den Betreiber Drogen vertickt werden.«

»Hat er schon was rausgekriegt?«

»Vermutlich schon. Arndt ist ein Streber, ein Terrier, echter Wadenbeißer, der beißt sich fest, wenn er Lunte gerochen hat.«

»Wenn er irgendwas weiß, muss er damit zur Polizei.«

»Das wird er kaum tun. Arndt träumt von einer Mitarbeit im ICIJ.«

»Was ist das?«

»Dieses internationale Konsortium investigativer Journalisten, die den Offshore-Leaks-Skandal aufgedeckt haben.«

»Die Sache mit den Steuerparadiesen«, erinnerte ich mich.

Saskia nickte. »Hunderttausend Deutsche haben ihr Vermögen in Offshore-Finanzplätzen versteckt.« Ihre Verachtung für diese Tatsache klebte an jedem Wort.

»Und was hat dieses Konsortium mit deinem Kollegen und seinen Erkenntnissen zu tun?«

»Damit er im ICIJ aufgenommen wird, muss Arndt eine richtig heiße Story vorweisen können. Mit der Geschichte übers Freakout will er sich seine Sporen verdienen. Deshalb recherchiert er neben und nach seiner normalen Arbeit gegen den Club und hofft, einen Scoop landen zu können. Er ist der Ansicht, dass die Polizei pennt und nicht begreift, dass die Freakout-Macher die Quelle der gefährlichsten Droge überhaupt sind.«

»Ich würde mich gern mal mit ihm unterhalten.«

»Glaub nicht, dass der mit einem Bullen spricht.«

»Ich bin kein Bulle!«

»Ach nein?« Sie ließ ein Stück Sauerbraten, das sie auf die Gabel gespießt hatte, auf dem Weg zum Mund in der Luft hängen und hob amüsiert die Brauen. »Wieso werde ich dann den Eindruck nicht los, dass du gerade wieder in diese Rolle schlüpfst?«

»Du kannst ihm ausrichten, dass ich alles für mich behalten werde. Ich störe seine Recherchen nicht.«

»Glaub mir, Arndt wird dir nichts sagen.« Sie schob das Fleisch in den Mund und zerkaute es gründlich.

»Och komm, Sassi«, insistierte ich. »Ich werd ihm hoch und heilig versprechen, dass ich seine Story nicht störe. Vielleicht nützt es ihm sogar, wenn er mit mir spricht.«

»Wie sollte ihm das nützen?«

»Vielleicht habe ich ja ein paar brandheiße Insider-Infos über den Laden«, deutete ich geheimnisvoll an, »von denen weder Polizei noch sonst wer was weiß.« Ich merkte, dass ich dabei war, mich zum eiskalten Lügner zu wandeln. Doch es diente einzig und allein der Aufklärung, besänftigte ich mein Gewissen. »Je eher wir uns treffen, desto schneller kommt er an seine Story.«

Saskia rollte mit den Augen. »Versteh schon, ich soll ihn jetzt gleich anrufen.« Sie atmete durch. »Hast du gleich noch was vor?«, fragte sie dann gedehnt, klimperte übertrieben mit den Wimpern und lachte.

»Kommt drauf an«, antwortete ich gemäß unserem Spiel und zeigte dann mit meinem Blick auf ihre Tasche.

Saskia legte ihr Besteck beiseite und kramte ihr Handy aus der Tasche. »Wann willst du dich denn mit ihm treffen?«

»Am besten gleich morgen früh. Bevor er in die Redaktion fährt, so um acht?«

»Ich versuch, ihn zu überreden. Versprechen kann ich nichts«, sagte sie und wählte eine Nummer. »Hallo, Arndt, Sassi hier. Kann ich kurz stören?«

Um zehn vor acht am Mittwochmorgen setzte ich mich auf eine Parkbank im Hofgarten und gähnte ausgiebig. Wann hatte zum letzten Mal mein Wecker um halb sieben in der Früh geklingelt, fragte ich mich, während mein Blick durch den Park strich. Der Hofgarten des Steigenberger Parkhotels liegt gegenüber dem erst vor Kurzem neu angelegten, kunstvoll gestalteten Kö-Bogen, in dem sich Luxuskaufhäuser angesiedelt hatten. Was nicht verwunderlich war, denn das neue Gebäudeensemble liegt am Ende der berühmtesten und teuersten Düsseldorfer Straße, der Königsallee.

Ich sah zur Uhr. Punkt acht. Als ehrgeiziger Streber ist Saskias Kollege hoffentlich auch pünktlich, dachte ich. Ich zündete mir eine Lucky an und sah in den Himmel. Beim Rauchen leerte ich den Kaffee. Dann warf ich den Becher in den Müll, trat die Kippe aus und stand auf. Zehn nach acht. Na ja, dachte ich, viele Schreiber sind eher Nachtigallen als Lerchen. Mach ihm gleich bloß keine Vorwürfe, ermahnte ich mich. Immer schön freundlich bleiben, auch wenn er erst um halb neun kommt.

Um halb neun war er immer noch nicht da. Ich ärgerte mich, dass mir Saskia seine Telefonnummer nicht gegeben hatte. Und er hatte auch meine nicht. Wenn ihm was dazwischengekommen war, konnte er mir nicht absagen.

Mit einem genervten Seufzer stand ich auf, stützte die Hände an die Lehne der Parkbank und machte Dehn- und Streckübungen. Du musst wieder mehr Sport treiben, sagte ich mir in Gedanken. Seit der Eröffnung meiner Kneipe hatte ich das Fitnessstudio, in dem ich seit einem Jahr Mitglied bin, nicht mehr betreten.

Sobald ich ins Schwitzen kam, beendete ich die Übungen. Es war wieder ein heißer Tag, den Azorenhoch Sonia uns bescherte. Zu heiß für Sport.

Um kurz vor neun gab ich auf. Arndt würde bestimmt nicht

mehr kommen, er hatte mich eiskalt versetzt. Vielleicht hatte er es sich einfach anders überlegt.

Na gut, beruhigte ich mich, dann kannst du mal pünktlich aufmachen und vorher noch tanken und das Auto durch die Waschstraße fahren. Das tat ich auch und erreichte um zehn Uhr mit meinem blitzenden Mercedes die Mühlenstraße.

Als ich den Wagen vorm NASEBAND'S abstellte und ausstieg, erstarrte ich. Auf der großen Scheibe neben der Tür prangte ein in Neonpink gesprühtes Graffiti: VERPISS DICH!

»Ey nee!«, entfuhr es mir.

Ich ging hin, befühlte die Schriftfarbe und versuchte testweise, mit dem Fingernagel etwas davon abzukratzen. Keine Chance, fester Farblack.

»Scheiße aber auch!«, fluchte ich und ging in meine Kneipe, in der es nach Reinigungsmittel und Kaffee roch.

Brigitta kam aus der Küche und trocknete sich die Hände mit einem Geschirrtuch. »Schlimm, schlimm, schlimm«, konstatierte sie und zeigte zur Scheibe. »Ich nicht kriegen ab. Brauchen Spezialreinigungsmittel.«

»Schon klar, das ist Sprühlack. Das geht nur mit Lösungsmittel ab. Ich hol gleich was aus der Drogerie.«

»Ich kann machen.« Sie hielt die Hand auf.

Ich nahm mein Portemonnaie und gab ihr einen Zehner.

»Ich gehen zu Drogerie und dann wischen ab die Farbe.« Schon war sie draußen.

Ich atmete durch und machte mir einen Kaffee. Dann rief ich Saskia an und beklagte mich über ihren Reporterkollegen.

»Seltsam«, meinte sie besorgt, »normalerweise ist Arndt absolut zuverlässig. Er ist auch noch nicht in der Redaktion erschienen. Bleib mal dran, ich ruf ihn vom Festnetz an.« Nach einer Minute hörte ich ihre Stimme. »Sein Handy ist aus. Echt komisch.«

»Witzig find ich das nicht«, entgegnete ich säuerlich.

»Ich auch nicht, Michael. Ich versuch rauszukriegen, was da los ist. Vielleicht erreich ich seine Freundin. Wenn ich was weiß, meld ich mich.«

»Ja, bitte. Möglichst schnell.«

29

Kaum hatte ich den ersten Schluck von meinem Kaffee genommen und mir eine Lucky angezündet, kam Roland, der ostdeutsche Bistrobesitzer aus der Nachbarschaft, herein und zeigte beim Näherkommen zur Scheibe. »Sauerei! Diese Schmierfinken, was soll denn das?«

»Das wüsste ich auch gerne. Du hast Glück gehabt, bei dir ist nichts. Bei den anderen in der Straße auch nicht.«

»Im Gegensatz zu dir habe ich mehr Verstand als Glück«, erwiderte Roland hochmütig.

»Was soll das denn heißen?« Wollte der mich als Dummkopf beleidigen?

»Ich habe kein Glück gehabt«, belehrte er mich, »sondern Kameras. Steht auch an der Tür, dass alles überwacht wird. Scheint zu funktionieren. Solltest du auch mal drüber nachdenken.«

»Du, Roland, nix für ungut, aber ich hab jetzt keine Zeit zum Plaudern.«

»Ich auch nicht. Hab nur die Sauerei gesehen und wollte mal hören, was das soll. Bin schon weg. Schönen Mittwoch noch«, sagte er und verließ meine Kneipe.

»Hat das NASEBAND'S einen neuen Namen?«, fragte Leonie, während sie hereinschneite. »Ziemlich originell: ›Verpiss dich‹ Hoffen wir, dass die Kunden das nicht wörtlich nehmen.«

Ich war überrascht. »Müsstest du nicht in der Uni sein?«

»Was heißt schon müssen?«, antwortete sie vergnügt.

Jetzt sah ich, was sie unterm Arm trug und weshalb sie so gut aufgelegt war. Sie stellte es auf den Tresen, einen Hund in der Größe eines fetten Meerschweinchens.

»Was ist das?«, fragte ich ungläubig.

»Das ist Louis«, antwortete sie stolz. »Ein Pomeraner. Kennst du nicht ›Boo, the cutest dog in the world‹? Musst du mal auf Youtube suchen. Pomeraner sind sooo süß!«

Ich war fassungslos. Leonie wurde Paris Hilton immer ähnlicher.

»Wo hast du den her?«, wollte ich wissen.

»Aus dem Hundewelpen-Supermarkt. Zoo Zajac in Duisburg, das größte Zoofachgeschäft der Welt.«

»Ich pack's nicht – du kaufst einen Wühltischwelpen? Das kannst du doch nicht bringen.«

»Kann ich ja wohl«, entgegnete sie eingeschnappt. »Ich wollte schon immer einen Hund haben.«

»Aber das ist doch kein Hund, das sieht aus wie ein kleines Plüschtier. Oder ein großer Hamster.«

»Wenn du Louis beleidigst«, sagte Leonie beleidigt, »dressiere ich ihn darauf, dich zu beißen. Das ist halt ein kleiner Hund.«

»Eins ist klar«, erklärte ich, »zum Tresendienst bringst du den nicht mit.«

»Aber natürlich«, widersprach Leonie, »Louis kommt überall mit hin.«

»Nein, Leonie«, hielt ich entschlossen entgegen, »ich will keinen Köter in meinem Laden.«

»Das ist kein Köter! Hör auf, Louis zu beleidigen.«

Eigentlich habe ich ja nichts gegen Hunde. Aber ein bisschen bin ich im Hinblick auf Hunde wie gläubige Muslime, für die Hunde als unrein gelten. Alles andere zu behaupten gleicht krankhafter Realitätsverdrängung. Sie rennen nun mal nackt und barfuß über die Straße, wälzen sich auf der dreckigen Erde, reiben sich an pissegetränkten Sträuchern und suhlen sich in anderer Tiere Kacke, die sie gerne auch mal zum Dessert verspeisen, nur um danach aufs Sofa zu hüpfen und Frauherrchen durchs Gesicht zu schlabbern.

Louis kümmerte unser Gezanke nicht, er lag auf der Seite und leckte sich hingebungsvoll sein Fell.

»Leonie, glaub bitte nicht, dass deine Position als Tresenaushilfskraft unantastbar ist. Ich hab dich deinem Daddy zuliebe eingestellt, kann dich aber mir zuliebe auch jederzeit wieder ausstellen.«

»Du drohst mir mit Rausschmiss?« In Leonies Augen konnte ich Zorn lesen. »Dann steck ich dem Amt, dass du Leute in der Küche rauchen lässt!«

Wir warfen uns noch ein paar Drohungen und Beleidigungen an den Kopf, bis es in Leonies Handtasche klingelte. Sie fummelte ihr goldenes Porsche-Handy aus ihrem Louis-Vuitton-Teil und sah aufs Display. Irritiert runzelte sie die Stirn. »Hä? Oh Shit«, fiel ihr etwas ein. Sie wandte mir den Rücken zu und nahm den Anruf an. In erschrockenem Tonfall sagte sie ins Handy, dass sie das ganz verpeilt habe, sie sei in zehn Minuten da. Sie steckte das Handy in die Tasche und stürzte panisch zur Tür. »Verdammt!«, klagte sie weinerlich. »Ich muss zum Test! Wenn ich den nicht mitschreibe, kann ich das Semester in die Tonne treten.«

»Und Louis?«

»Den hol ich später«, antwortete sie und rannte raus.

»Hey, aber …«, rief ich ihr nach. Zu spät.

Louis rappelte sich auf die Pfoten und schüttelte sich. Dann sah er mich erwartungsvoll an und leckte sich über die Schnauze.

»Hast du Durst?«, fragte ich ihn.

Der Pomeraner wiederholte das Schlecken.

Ich füllte einen sauberen Aschenbecher mit Wasser und stellte ihn auf den Tresen. Louis schlabberte ihn gierig leer. Offenbar war er dehydriert. Typisch Leonie und ihr Verantwortungsgefühl.

»Hossa, Nasenglatz!« Der Pirat betrat die Bar. »Hast du das für mich an die Scheibe geschmiert?«

»Woher weißt du das?«

»Das Pink hat was. Du solltest es dran…« Er brach ab, als er Louis erblickte, dem ich den aufgefüllten Ascher hinstellte. »Du hast dir einen Hund zugelegt? Der ist ja putzig.«

Ich klärte ihn auf und stellte ihm ungefragt ein Alt hin.

Für Louis legte ich Salzstangen und Erdnüsse auf die Theke, denn vermutlich hatte er auch noch nichts zu fressen bekommen, seit Leonie ihn aus dem Supermarkt geholt hatte.

Das lebende Plüschtier schnüffelte an meinen Gaben, verschmähte sie jedoch.

»Verwöhntes Drecksvieh!«

»Du kannst ihm doch keine salzigen Sachen geben«, hielt der Pirat mir vor. »Hat er kein richtiges Futter?«

»Nee. Oder doch, warte.«

Ich ging in die Küche und kam mit einem Wiener Würstchen zurück.

»Nein, nicht!«, warnte mich der Einäugige noch, doch Louis

hatte mir die Wurst bereits aus der Hand geschnappt. »Schweinefleisch ist nicht gut für Hunde«, fuhr er fort, »da kriegen die Durchfall und die Kotzerei von.«

»Echt?« Ich versuchte, die Wurst zurückzuholen, doch Louis knurrte mich an und rückte sie nicht mehr heraus. Kurz darauf hatte Leonies Würstchen das Würstchen verschluckt.

»Scheint ihm ja zu schmecken«, konstatierte ich. »So, jetzt zeig mal, was du kannst«, verlangte ich. »Mach Sitz! Platz!«

Louis schleckte Wasser.

»Mach Salto, hopp! Ja kannst du denn gar nichts außer Gestreicheltwerden?«

Ich wollte ihm den Nacken kraulen, doch bevor ich sein Fell erreichte, schnappte Louis nach meiner Hand.

»Hey, Vorsicht, Kollege!«, ermahnte ich ihn säuerlich. »Ich pimpere dich hier, und was ist der Dank?«

Der Pirat fand es lustig.

»Okay, letzter Versuch«, sagte ich, nahm einen Bierdeckel und warf ihn als Frisbee durch den Raum. »Hol's! Hol das Stöckchen!«

»Das ist doch kein Flughund«, lachte der Pirat.

Aber Louis interessierte sich sowieso nicht für mich, er erkundete den Tresen und beschnupperte alles neugierig.

»Bist du Autist, oder was ist mit dir falsch?«, fragte ich kopfschüttelnd und wandte mich ab, um Einauge ein neues Alt zu zapfen. Ich wandte mich zu früh ab und verpasste Louis' Antwort, auf die mich der Pirat in lässig-frechem Tonfall aufmerksam machte: Der Hund hob das Bein und pinkelte auf mein iPhone, das genau in jenem Moment klingelte.

»Hey!«, rief ich, nahm mein Handy mit spitzen Fingern in die Hand und wischte es mit dem Spüllappen ab. »Ich glaub, es hackt, was sind denn das für Manieren?«

Auf dem Display sah ich Saskias Namen. Eilig trocknete ich das penetrant klingelnde Handy mit Zellstoff ab und nahm den Anruf an.

»Sassi, noch dran?«

»Er ist tot«, hörte ich ihre konsternierte Stimme. »Arndt ist tot!«

30

Ich war so perplex, dass ich nicht antworten konnte.

»Hast du gehört?«

»Was ist passiert?« Ich bemerkte den Blick des Piraten. Er kräuselte verwundert die Stirn, als er den Schock in meinem Gesicht wahrnahm.

»Seine Freundin sagt, er hatte einen Unfall.«

»Was für ein Unfall?«

»Er ist gestern Abend, als wir uns im Füchschen amüsiert haben, zu Recherchen im Freakout gewesen. Er war zu Fuß unterwegs. Auf dem Nachhauseweg ist er an der Kreuzung Steinstraße Ecke Oststraße überfahren worden.«

»Scheiße!«, entfuhr es mir. »Und er hat es nicht überlebt?«

»Er ist noch an der Unfallstelle gestorben. Ein Zeuge meinte, dass der Unfallfahrer viel zu schnell unterwegs war und Rot gehabt hätte.«

»Was ist denn mit dem Fahrer?«

»Abgehauen, Fahrerflucht.«

»Hat der Zeuge sich das Kennzeichen gemerkt?«

»Nein, der hat nur gesehen, dass es ein dunkler Transporter war. Fabrikat oder Farbe konnte er im Dunkeln nicht erkennen. Ist das nicht unglaublich? Ich bin noch völlig unter Schock.«

»Ich auch«, gab ich zu. »Aber das kann doch niemals Zufall sein«, dachte ich laut nach.

»Du meinst, er ist absichtlich überfahren worden? Das war Mord?«

»Seit wann hat Arndt gegen das Freakout ermittelt?«

»Seit zwei Monaten etwa. Wieso? Glaubst du, das hat was damit zu tun?«

»Würde mich nicht wundern. Woher könnten die gewusst haben, dass dein Kollege an ihnen dran ist?«

»Vielleicht ist er aufgeflogen. Hat sich verraten. Keine Ahnung.«

»Oder es gibt eine undichte Stelle in der Redaktion«, spekulierte ich. »Wer von deinen Kollegen hat sich noch für seine Arbeit interessiert?«

Saskia stieß hörbar Luft aus und überlegte einen Moment. »Niklas hat öfters mit Arndt gequatscht, der ist Musikredakteur. Aber ich glaub, der ist einfach nur neugierig, der löchert auch unsere Polizeireporterin ständig.«

»Was ist dieser Niklas für einer?«

»Ich hab mit dem nicht viel zu tun. Der hat letztes Jahr bei uns angeheuert, vorher hat er für irgendein Käseblatt im Osten geschrieben.«

»In Frankfurt/Oder?«, hakte ich nach.

»Ja. Wie kommst du darauf?«

»Wie heißt er weiter?«

»Fuhrmann. Niklas Fuhrmann. Ich versteh nicht, warum du das wissen willst. Glaubst du etwa, Niklas ist irgendwie in den Unfall verwickelt? Hat er Arndt überfahren?«

»Nicht unbedingt er selber«, sinnierte ich. »Aber er könnte dem Fahrer einen Tipp gegeben haben.«

»Mir ist das alles so unheimlich. Kann ich heute Abend bei dir übernachten?«

»Na klar. Aber ich kann nicht vor Mitternacht aus meiner Kneipe weg.«

»Kein Problem, ich hol dich um Mitternacht ab.« Im nächsten Moment hatte Saskia aufgelegt.

»Auweia, das klang ja gar nicht gut.« Der Pirat schob mir sein leeres Altglas zu.

»Nein, das war auch nicht gut«, entgegnete ich, spülte sein Glas und füllte es, »hier läuft gerade was vollkommen ungut … Drei Frauen sind in kürzester Zeit verschwunden, eine wurde tot und ohne Gesicht aus dem Rhein gefischt, und niemand vermisst sie, von den anderen gibt es keine Spur, und letzte Nacht ist ein Reporter, von dem ich mir wertvolle Infos versprochen habe, bei einem mysteriösen Unfall ums Leben gekommen.«

»Das klingt ja richtig beschissen. Da siehste mal, wie gestört euer Düsendorf ist. Nur Kranke unterwegs! Im friedlichen Kölle wär das nicht passiert.«

»Alter Laberkopp«, stöhnte ich und rief Mark an.

Von dem tödlichen Unfall mit Fahrerflucht hatte er schon gehört. Nicht aber von meinem Mordverdacht.

»Nimm dich mal nicht so wichtig«, ermahnte er mich. »Bloß weil du dich mit ihm heute treffen wolltest und er ein paar Stunden vorher überfahren wurde, musst du da nicht gleich die große Verschwörung draus machen.«

»Bitte, Mark, tu mir wenigstens den einen Gefallen und check, ob auf diesen Lüttgers vom Freakout oder den Redakteur Niklas Fuhrmann ein dunkler Transporter zugelassen ist.«

»Wenn du dann Ruhe gibst, mach ich's sofort.«

»Bitte.«

Mark seufzte und hantierte am Computer. Es dauerte einige Minuten, bis er sagte: »Weder noch. Auf den Redakteur ist gar kein Fahrzeug zugelassen und auf Hasso Lüttgers ein Cadillac und ein BMW.«

»Gibt's doch nicht.«

»Doch, das gibt es sogar in unserem schönen Düsseldorf – dass ein übermüdeter Lieferwagenfahrer nachts 'ne rote Ampel übersieht und wen überfährt und abhaut. War's das, Herr Superdetektiv? Ich hab echt Besseres zu tun, als deinen Hirngespinsten nachzuforschen.«

»Schon gut«, murrte ich, »schau dir wenigstens mal den Unfallbericht an, okay? Wir sehen uns heut Abend.«

»All-inclusive«, sagte Mark und legte auf.

Ich Idiot, fluchte ich innerlich. Ich hatte vergessen, Mark von meinem gestrigen Waffenfund in Hasso Lüttgers' Schreibtisch zu berichten. Das musste ich heute Abend unbedingt nachholen.

Brigitta kam mit einer Tüte voller Reinigungs- und Lösungsmittel durch die Tür. Als sie den Hund entdeckte, kam sie begeistert näher.

»Nein, Brigitta, das ist nicht meiner«, nahm ich ihr sofort den Wind aus den Segeln.

Dankenswerterweise übernahm der Pirat die Erklärung, sodass ich meine Barfrau anrufen und sie bitten konnte, heute früher zu kommen, damit ich einen Termin wahrnehmen konnte.

Den Termin hatte ich nach dem Telefonat mit mir selber vereinbart – ein Termin beim Freakout. Es würde mich nicht wundern, wenn ich im Hof der Disco einen dunklen Transporter entdecken würde.

»Ich könnte dich auch vertreten«, rief der Pirat dazwischen.

»Nee, lass ma«, lehnte ich ab. »Das überlass mal den Profis.«

Brigitta kraulte Louis mit ihren wurstigen Fingern den Nacken. Er schloss die Augen und genoss es.

Eine Stunde später erschien meine Barfrau zum Dienst. Brigitta entfernte den Spruch von der Scheibe und der Pirat sein fünftes Alt aus dem Altglas.

Beim Aufbruch überlegte ich, den Hund in der Obhut meiner Bartenderin, die sich sofort in das Plüschtier verliebte, und des Einäugigen zu lassen, doch ich wollte nicht ebenso verantwortungslos wie Leonie sein. Ab dem zehnten Alt konnte der Pirat komisch werden. Und für den kleinen Plüschhamster gefährlich.

Also klemmte ich mir Louis unter den Arm und nahm ihn mit. Ein Blick zur Uhr verriet: zwölf Uhr. High Noon.

31

Die ersten Minuten blieb Louis brav auf dem Beifahrersitz und streckte sich von dort an die Seitentür, um rausgucken zu können. Doch weil das bei seinen Ausmaßen nicht richtig funktionierte, sprang er auf meinen Schoß und versuchte es mit meiner Tür. Durch den Zugewinn an Höhe konnte er zwar etwas sehen, dafür war es auf meinem Oberschenkel wackeliger.

Louis schaukelte eine Zeit lang hin und her, drehte sich dann plötzlich vom Fenster ab, als hätte er etwas Widerliches gesehen, würgte und kotzte mir in den Schoß.

»Oh nee!« Ich trat auf die Bremse, riss das Steuer herum und fuhr in eine Parklücke vor dem Burgerladen What's Beef in der Immermannstraße. Ich hob den plüschigen Kotzbrocken aus meinem Schoß und stellte ihn in den Fußraum der Beifahrerseite, holte ein Päckchen Taschentücher aus dem Handschuhfach und wischte die Sauerei mit Wiener Würstchen von meinen Shorts.

»Ich fass es nicht! Warum sagst du denn nicht was? Kannst mich doch nicht einfach vollkotzen! Zum Kotzen ist das!« Ich konnte mich kaum beruhigen.

Louis blickte mich aus treudoofen Augen an und fiepte.

»Komm mir nicht so, ja! Dackelblick zieht bei mir nicht. Pomeranerblick erst recht nicht. Dumme Pomeranze, du!«

Louis intensivierte sein Fiepen.

Ich war wirklich angefressen. Am liebsten hätte ich das Vieh sofort aus dem Fenster geschmissen. Aber dann kam mir eine bessere Idee.

»Weißt du was? Dein Frauchen kann mich mal. Sie hat es so gewollt, und du hast es auch so gewollt.«

Ich stieg aus, warf die Papiertaschentücher in einen Mülleimer am Laternenpfahl neben meinem Parkplatz, ging zur Beifahrerseite, öffnete die Tür, hob Louis aus dem Fußraum, schnappte mir seine mit Strasssteinen verzierte Leine vom Sitz, befestigte sie an seinem Halsband und hängte die Handschlaufe der Leine an die Befestigung des Mülleimers.

Der Hund pieselte und schaute dabei treuherzig zu mir auf. Ich schüttelte den Kopf. »Zu spät, Louis, du hast deine Chance gehabt«, sagte ich mit aller Hartherzigkeit, zu der ich fähig bin.

Dann ging ich in den Imbiss und dort auf die Toilette. Gründlich wusch ich mir mit heißem Wasser und Seife die Kotze von den Shorts. Danach betrachtete ich im Spiegel mein Werk. Und schloss seufzend die Augen: ein riesiger, nasser Fleck im Schritt.

Als ich vom Klo kam und der Geruch gebratener Burger in meine Nase stieg, bekam ich Appetit. Ich holte mir einen Cheeseburger mit Gurkensalat und eine Cola und setzte mich draußen an einen Tisch. Beim Essen hatte ich Louis im Blick. Bettelnd sah er zu mir und fiepte verzweifelt. Und hörte gar nicht mehr auf damit.

Das Gewissen nagte an mir. Konnte ich wirklich so herzlos sein? Wer weiß, wer ihn mitnimmt, fragte ich mich, vielleicht landet er nicht im Tierheim, sondern bei jemandem, der noch verantwortungsloser ist als Leonie und ihn verdursten lässt. Vielleicht wird er geschlagen. Oder gequält.

Ich schluckte den letzten Bissen mit der Cola hinunter und ging zu Louis. »Ist ja schon gut, hör auf zu fiepen, ich nehm dich wieder mit. Aber nur unter einer Bedingung«, ermahnte ich ihn mit erhobenem Zeigefinger, »keine Ausscheidungen von Körpersekreten in geschlossenen Räumen!«

Louis wedelte mit seinem Pummelschwänzchen.

Auf der Weiterfahrt blieb er brav auf dem Beifahrersitz. Ich bog in die Karlstraße ein und lenkte den Mercedes in den Hof des Freakout. Statt eines Lieferwagens sah ich wieder den himmelblauen Cadillac. Und ich sah, wie ein dunkel gekleideter Mann mit raspelkurzen Haaren von einem schwarzen Motorrad stieg und den Backstageeingang betrat. In einer Hand hielt er seinen schwarzen Helm, in der anderen eine schwarze Sporttasche.

War das nicht der Typ, der mich gestern verfolgt hatte?

Ich wendete den Wagen und parkte ihn rückwärts in einer im Schatten liegenden Ecke des Hinterhofes, von der aus ich den Hintereingang der Disco im Blick hatte. Als ich den Motor ausstellte, sprang Louis auf meinen Schoß, stellte die Pfoten aufs Lenkrad und blickte durch die Frontscheibe in die gleiche Richtung wie ich.

Zunächst zückte ich mein iPhone und fotografierte das Kennzeichen des Motorrads aus FFO, Frankfurt an der Oder. Dann zündete ich mir eine Lucky an, ließ das Fenster hinunter und dachte nach. Noch einmal allein als falscher Polizist da reinzuschneien könnte gefährlich sein. Denn wenn die Schmiererei an der Scheibe meiner Kneipe von dem Biker stammte, bedeutete das meine Enttarnung. Die Freaks hatten womöglich spitzgekriegt, dass ich kein echter Bulle bin. Oder hatte Mark etwa doch recht, und ich litt unter Paranoia und Hirngespinsten?

Ich sah, wie Clubbetreiber Hasso Lüttgers am offenen Fenster seines Büros im ersten Stock auftauchte und eine Kippe rausschnickte. Er wirkte gereizt und unzufrieden.

Ich musste wissen, was da vor sich ging und wer der Biker war. Also machte ich die Zigarette aus, nahm Louis aus meinem Schoß, setzte ihn auf die Beifahrerseite, stieg aus dem Auto, lief zu einem großen Müllcontainer unterhalb des offenen Bürofensters, kletterte auf den Container, stellte mich auf die Zehenspitzen und lauschte.

»Wie oft denn noch?«, wetterte Lüttgers.

»Chill mal, Hasso«, hörte ich eine mir unbekannte Stimme. Vermutlich der Biker. »Die Karre wird repariert. Morgen ist sie fertig und am Start.«

»Verdammt«, fluchte der Clubbetreiber, »raffst du's nicht, das wird mir langsam zu brenzlig! Wir hatten eine klare Abmachung. Warum hast du denn nicht 'n andern Wagen genommen?«

»Ich wollte auf Nummer sicher gehen.«

Unterhielten die sich etwa über den Unfall? Hatte der Biker den Reporter überfahren?

»Ah Mensch, ausgerechnet«, regte sich Lüttgers weiter auf. »Jetzt ist der Wagen endlich mal hier, und du musst ihn ausgerechnet für diese Aktion benutzen!«

»Hey Mann, das war nicht meine Idee, okay«, verteidigte sich der Angegriffene, »Carlos wollte das so. Er meinte, wir müssen das Feuer löschen, bevor daraus ein Buschbrand wird.«

»Aber hier brennt es auch, verdammt«, donnerte Lüttgers und

schlug dabei wohl mit der Hand auf den Tisch, jedenfalls hörte es sich so an. »Das weiß Carlos ganz genau! Wir haben im Moment fast jede Woche Bullenalarm. Wenn die hier weiterschnüffeln und was riechen und den Laden auseinandernehmen, sitzen wir verdammt noch mal in der Scheiße, und zwar alle!«

Bingo. Ich hatte recht mit meiner Vermutung, dass in dem Club krumme Dinger liefen.

»Relax, Hasso, relax.«

»Nein, verdammt! Ich kann nicht relaxen, solange das nicht geklärt ist! Wir können hier nicht Riesenmengen lagern, solange das Problem nicht beseitigt ist.«

»Okay, okay … Ich red gleich mit Carlos, wenn ich ihm den Stoff bringe. Vielleicht kann ich den Wagen ja morgen schon abholen, dann kümmern wir uns um das Problem, ich fahr Freitag wieder hoch und bring die Ware am Samstag mit der Karre.«

Mit Stoff und Ware konnten doch nur Drogen gemeint sein.

»Aber nicht wieder so spät. Wir brauchen das Zeug, bevor wir aufmachen.«

»Kein Ding, geht klar.«

»Gut, dann fahr jetzt zu Carlos. Er wartet schon auf dich.«

Ich hörte, wie Stühle gerückt wurden. Aufbruch.

Hastig sprang ich von der Tonne und lief zu meinem Wagen. Mein Plan war, dem Biker zu folgen, um herauszufinden, wer dieser Carlos war. Als ich ins Auto stieg, fing Louis an, aufgeregt zu kläffen. Bislang hatte ich nur sein Fiepen gehört und war überrascht, wie laut der Kleine bellen konnte.

Ich nahm ihn auf meinen Schoß und versuchte, ihn durch Streicheln zu beruhigen. Zum Glück gelang es mir.

Aber leider nur kurz. Als der Clubbesitzer mit dem Biker aus der Tür kam, fing Louis wieder an zu kläffen. Ich versuchte, ihm die Schnauze zuzuhalten und ihn in meinen Fußraum zu verfrachten, wobei ich versehentlich mit dem Kopf auf die Hupe drückte.

Aufgeschreckt vom Hupen blickten die beiden Typen zu mir. Ich war drauf und dran, die Kläfftöle mit einer Hand zu zerquetschen. Tausend Todesarten für das Viech fielen mir in Sekundenbruchteilen ein. Als ahnte er die Todesgefahr, gab Louis seit dem Hupen keinen Laut von sich.

Ich sah Hasso Lüttgers auf mein Auto zusteuern. Eilig startete ich den Motor und wollte aus dem Hof fahren, doch der Clubboss stellte sich vor die Zufahrt und versperrte mir den Weg. Es gab nur zwei Möglichkeiten: ihn überfahren oder anhalten.

Ich hielt an, legte lässig meinen Ellbogen auf den Holm und steckte den Kopf aus dem Fenster. »Was gibt's?«

Er schlenderte an meine Seite. »Das wollte ich auch grad fragen.« Sein Blick fiel auf den nassen Fleck in meinem Schritt. Um seine Mundwinkel zuckte ein höhnisches Lächeln.

Er drehte sich zu seinem Kumpel, unter dessen kurz geschorenen Haaren ich ein rundliches Gesicht mit kleinen Schweinsaugen erblickte, und schrie: »Jetzt pissen sich die Bullen schon voll, wenn sie mich sehen!«

Ich schloss kurz die Augen und atmete einmal durch.

»Also, was gibt's?«, fragte er.

»Ich hab hier nur kurz geparkt, gibt ja kaum Parkplätze in der Gegend.«

Hasso Lüttgers verengte die Augen. »Kurz geparkt? Hier? Ausgerechnet?«

»Ich musste pinkeln.«

»Spätzünder, he?« Er blickte in meinen Schoß. »Bisschen spät gemerkt, he?«

»Urkomisch«, erwiderte ich gereizt. »Wenn ich Zeit hab, lach ich.«

»Der Hof hier ist kein Klo und kein Parkplatz, der ist für Lieferwagen und Notdienste. Krankenwagen, Polizei ...«

»Is klar, bin ja schon weg.«

Ich ließ das Fenster hochfahren und wartete, dass er einen Schritt zurück machte, was er erst nach langen Sekunden, in denen er mich mit misstrauischen Blicken durchbohrte, schließlich tat.

Als ich vom Hof fuhr, sah ich im Rückspiegel, wie die zwei Typen unbeweglich dastanden und mir hinterhersahen. Mir schwante nichts Gutes.

32

»Vielen Dank auch, Louis«, sagte ich zu meinem plüschigen Begleiter. Meine Verfolgungsfahrt konnte ich mir jetzt abschminken. Verdammt! Ich hätte zu gern gewusst, wer dieser Carlos war. Frustriert fuhr ich zurück zum NASEBAND'S.

Dort brachte ich Louis in mein Büro und stellte ihm Wasser hin, von dem er gierig schlabberte. Dann gähnte er mich an. Ich verstand. Ich ging in die Küche, leerte einen Bananenkarton, kleidete die Wände mit Barschürzen aus, legte ein Sitzkissen hinein und stellte den provisorischen Hundekorb unter meinen Schreibtisch im Büro.

Kaum hatte ich Louis hineingehoben, ließ er sich erschöpft auf die Seite fallen und streckte alle viere von sich. Er schmatzte zufrieden und schlief kurz darauf ein.

Ich setzte mich an den Schreibtisch, schaltete den Computer ein und gab bei Google die Suchkombination Düsseldorf Club Freakout Carlos ein. Als Antwort spuckte die Suchmaschine fast eine halbe Million Treffer aus. Na super. Meine Augen flogen über die Snippets und die Texte angeklickter Websites. Mal war Carlos ein DJ, der im Freakout aufgelegt hatte, dann ein Besucher des Clubs, der in irgendeinem Forum eine Bewertung hinterlassen hatte, doch keiner dieser Carlosse schien in einem direkten Zusammenhang mit dem Club zu stehen. Die typische Googel'sche Zeitverschwendung.

Mein Frust hinderte mich nicht daran, weitere Suchanfragen zu starten. Ich forschte nach Hinweisen auf die verschwundenen Frauen, las die Berichte des Rhein-Kuriers über die Erzieherin aus Jever und die unbekannte Rheintote, Artikel über die Zunahme an Crystal-Meth-Konsumenten und Vorkommnissen mit K.-o.-Tropfen.

Dabei rauchte ich und trank anderthalb Flaschen Wasser. Ehe ich mich versah, waren die Stunden nur so davongeritten, ohne dass ich etwas Brauchbares gefunden hatte. Unzufrieden seufzte ich und stand auf. Louis schlief tief und fest. Ich wollte kurz vorne nach dem Rechten sehen und dann weiterrecherchieren, denn ich hatte noch nicht nach Hasso Lüttgers gegoogelt.

Als ich in den Gastraum zurückkehrte, sah ich am Tresen Mark, der die Einladung zu Freigetränken einlösen wollte. Er verlangte sofort nach dem versprochenen Edeltropfen. Ich füllte zwei Gläser mit dem Dornfelder und bedankte mich noch einmal für seine Unterstützung.

»Gibt es noch immer keinen Hinweis auf die Braut?«, wollte ich dann wissen.

»Leider nein«, schüttelte Mark den Kopf. »Ihr Konterfei kennt jedes Streifenhörnchen, die Vermisstenstelle tut, was sie kann. Wenn die Braut irgendwo in der Stadt auftaucht, wissen wir es sofort.«

»Und die Tote aus dem Rhein? Hat die mittlerweile ein Gesicht?«

»Noch mal leider nein. Ihre Fingerabdrücke und DNA sind nicht in unserem System, und vermisst wird sie offenbar auch noch nicht.«

»Warum startet ihr nicht einen öffentlichen Aufruf?«

»Weil wir hoffen, dass wir ihre Identität auch ohne rauskriegen. Weißt doch, was für ein Aufriss das immer ist.«

Ja, das war nicht von der Hand zu weisen. Öffentliche Aufrufe bedeuteten stets einen hohen Organisations-, Personal- und Zeitaufwand. Schließlich musste jedem Hinweis nachgegangen werden. Das Problem: Bei einer Öffentlichkeitsfahndung gehen meist zahllose Hinweise ein, nicht selten von Spinnern, Denunzianten und Leuten, die einfach nur die Polizei und den Staat ärgern wollen. Deswegen kam diese Fahndungsform immer nur als letztes Mittel in Erwägung.

»Hast du dir eigentlich den Unfallbericht mal angeschaut?«

Mark stöhnte. »Ja, hab ich. Aber da gibt's nicht allzu viel zu berichten. Es wurden schwarze Lackpartikel an der Unfallstelle und an den Klamotten des Redakteurs gefunden.«

»Das ist ja schon mal was. Wir suchen also nach einem schwarzen Transporter. Kann man anhand des Lacks auf die Fahrzeugmarke schließen?«

»Nicht unbedingt. Wenn es keine Sonderlackierung ist, kann

man den Typ höchstens eingrenzen. Aber bevor das KTI so aufwendige Untersuchungen startet, müssen wir erst mal glaubhaft machen, dass es kein normaler Unfall war.«

»Das war kein normaler Unfall«, sagte ich so laut, dass sich Köpfe nach uns drehten.

Ich berichtete Mark von meinen Beobachtungen der suspekten Typen vom Freakout. »Da scheint doch was mit Drogen zu gehen.«

»Was heißt scheint? Weißt du was Genaues?«

»Ich hab da so ein Gespräch belauscht und … Der Boss hat eine geladene Waffe in der Schublade. Hat er dafür eine Genehmigung?«

»Müsste man mal abklären, ob der eine waffenrechtliche Erlaubnis hat.«

»Müsste man. Sagt dir der Name Carlos was?«

»Carlos? Wer soll das sein?«

»Ich nehme an, ein Dealer. Wenn ich es richtig verstanden habe, liefert der Biker aus FFO den Stoff ans Freakout und diesen Carlos.«

»Was für ein Biker?«

»Da wären wir schon beim nächsten Gefallen, den du mir tun könntest – den Motorradhalter identifizieren.« Ich zeigte ihm auf meinem iPhone das Foto, das ich vom Nummernschild des Motorrads gemacht hatte.

Mark reagierte skeptisch. »Was willst du damit?«

Statt die Frage zu beantworten, sagte ich: »Benno hat mir zur Einweihung was ganz was Feines geschenkt, einen vierzig Jahre alten Highland Park, der Beste vom Besten der Edel-Whiskys.«

Mark zögerte. Die Falten auf seiner Stirn, die Widerwillen signalisierten, wurden kleiner, verschwanden aber nicht.

Also ging ich an meinen Spezialgiftschrank, holte die hochwertige Holzkiste heraus und platzierte sie vor Mark auf dem Tresen.

»Hossa Fidelia!«, stieß er aus, als er die Flasche herausnahm und bewundernd hin und her drehte.

Ich öffnete sie und ließ ihn schnuppern.

»Mhhmm«, stieß Mark beglückt hervor, »schön würzig und aromatisch, mit zitroniger Note.«

»Zitrone?« Ich schnupperte selbst. »Ich rieche Zimt. Und dunkle Schokolade.«

Mark riss mir die Flasche aus der Hand. »Schreib mir das Kennzeichen auf«, bellte er und goss die Gläser halb voll. »Kümmer mich morgen drum.«

»So isser brav. Cheers!«

Wir ließen unsere Gläser klingen und nahmen einen Schluck.

»Ah«, stieß Mark genussvoll aus und schmeckte nach. »Wunderbar, schön torfig und rauchig, und diese Honignote …«

»Der hat einen Hauch von Toffee und Schokolade, find ich.«

»Stimmt«, nickte Mark beipflichtend. »Schwarze Kirsche schmeck ich auch. Und Orange. Alles perfekt ausbalanciert. Irre!«

»Hab ich zu viel versprochen?«

»Hast du nicht. Dafür mach ich dir gerne den Hilfskommissar.«

Wir genossen gerade den kostbaren Schnaps, als mein Sohn hereinkam.

»Erzähl, wie war dein Abend mit der Uschi aus dem Bus?«, begrüßte ich ihn.

»Die Uschi heißt Eleana. Wir hatten einen richtig geilen Abend. Aber jetzt hab ich ein Problem«, gestand Mike bedrückt. »Ich weiß nicht, was ich machen soll. Lea will mich nachher treffen. Ich hab ihr versprochen, sie zu was ganz Besonderem einzuladen, nachdem ich unseren spontanen Inselurlaub abgesagt hatte.«

»Junge, ich rate dir eins«, riet ich ihm, »mach keine falschen Versprechungen. Spiel mit offenen Karten. Sag deiner Ballerina, dass es da noch wen anders gibt und du dich nicht entscheiden kannst. Fang bloß keine miesen Spielchen an, darauf stehen Frauen nicht. Am Ende stehst du alleine da, wenn du sie verarschst.«

»Ja, ja, ist ja schon gut«, erwiderte Mike unwillig. »Ich red heut mit Lea.«

»Wo willst du denn mit ihr hin?«

»Breidenbacher Hof.«

»Was?«, rief ich entsetzt. »Tickst du? Da kostet ein Drink zwanzig Euro!«

Mike nickte. »Das ist ja das Problem«, druckste er. »Deswegen bin ich hier. Kannst du mir noch mal was geben? Fünfzig reichen.«

Als ich während meiner Zeit beim Fernsehen am Wochenende hier war, bin ich öfters mal in der mondänen Piano-Bar des Luxushotels gewesen. Aber da habe ich auch noch ein luxuriöses Gehalt bezogen. Ich hatte das Gefühl, dass ich aufpassen musste, meinen Jungen nicht zu sehr zu verwöhnen.

»Nun denn«, sagte ich. »Wer Geld braucht, muss arbeiten. Warst du schon mal im Freakout?«

»Dieser Asiladen am Bahnhof? Nee, lass ma, muss nicht.«

»Doch, muss. Du gehst heute, bevor du Lea triffst, oder mit ihr zusammen dorthin und checkst zwei Dinge.« Ich nahm das knittrige Polaroid, das ich gewohnheitsmäßig immer dabeihatte, aus meiner Tasche und zeigte auf die bösen Buben. »Zum einen schaust du, ob du diese beiden Typen siehst. Und zum Zweiten versuchst du, Drogen zu kaufen.«

Mike sah mich fassungslos an. »Bist du krank? Was willst du denn mit Drogen? Ey, fang da bloß nicht mit an!«

»Mann, Junge, du sollst natürlich nicht wirklich was kaufen. Du sollst herausfinden, ob da Drogen vertickt werden und was für welche. Du fragst, was alles im Angebot ist. Ob sie auch K.-o.-Tropfen und Crystal haben. Und dann sagst du einfach, du überlegst es dir noch mal.«

Mike sah mich einen Moment nachdenklich an, dann streckte er seine Hand aus. »Achtzig. Aufschlag für Eintritt und Drinks im Freakout.«

Ich nahm siebzig Euro aus der Kasse und gab sie Mike zusammen mit dem Polaroid. »Das Foto brauch ich wieder.«

Mike schnappte sich Foto und Geld. »Danke, Anke«, grinste er und verschwand.

Ich spürte etwas an meiner Wade. Louis stupste mich an, sah zu mir und leckte sich über die Schnauze. Ich hob ihn auf den Tresen. »Was willst du, Terrorist?«

»Was ist das denn?«, fragte Mark verdutzt. »Kommt der auf die Speisekarte? Als Kids-Spezialburger?«

»Leonie würde uns eigenhändig umbringen, wenn wir ihr Schätzchen wegfuttern.«

Louis fiepte. »Ja, was willst du denn, Kleiner? Sprich mit mir.«

»Der hat bestimmt Hunger«, unterstellte meine Barfrau. »Hast du ihm nichts zu fressen gegeben?«

»Doch, leider«, knurrte ich bei der Erinnerung an das Wiener Würstchen in meinem Schritt. Die Flecken in meiner Shorts waren zum Glück getrocknet. »Der Bursche verträgt kein Schweinefleisch.«

»Natürlich nicht«, bestätigte sie. »Aber Rindfleisch. Brat ihm doch ein Stück Filet.«

»Ich soll dem Vieh Rinderfilet braten? Am besten vom Black Angus oder was?«

»Haben wir Angus-Rind? Wusst ich gar nicht.«

Ich rollte mit den Augen. »Soll ich ihm ernsthaft ein Steak braten?«

»Warum nicht? Wenn du kein richtiges Futter für ihn hast. Aber auf keinen Fall Pfeffer oder Salz ranmachen.«

Seufzend und Leonie verfluchend ging ich in die Küche und briet ein Stück Rinderfilet für Louis. Ich zerschnitt es in kleine Stückchen, stellte den Teller in den Kühlschrank und ließ das Fleisch abkühlen, während ich ein Riesenstück von Brigittas Schmandkuchen vertilgte, danach eine rauchte und mir ein Blickduell mit dem Pomeraner lieferte. Auffordernd leckte er sich über die Schnauze.

»Ja, ja, schon gut«, maulte ich und stellte den Teller mit Rinderfilet vor ihm auf den Boden. Er schnüffelte an den Fleischbrocken, probierte vorsichtig einen Happen und verschlang dann gierig die Stückchen in Rekordtempo. Ich füllte eine Porzellanschale mit Wasser und stellte sie ihm hin. Er schlabberte sie fast leer.

Zufrieden schüttelte er sich und sah mich an.

»Was ist los? Kleine Runde Gassi gehen?«

Zustimmend wedelte Louis mit dem Pummel am Ende seines Rückens.

Ich trug ihn nach draußen, setzte ihn auf dem Boden ab und ließ ihn an den Bäumen der Straße seine Geschäfte machen und die Gegend erschnuppern. Als ich ihn zwanzig Minuten später zurückbrachte, hatte ich einen neuen Freund. Louis fing plötzlich an, sich für mich zu interessieren, und schien mich zum Dank für die Versorgung unterhalten und amüsieren zu wollen. Er machte süße Faxen, tänzelte auf zwei Pfoten und drehte auf dem Tresen Pirouetten wie eine Ballerina. Als er zu meinem klingelnden Handy lief, befürchtete ich schon, er wolle es wieder markieren, doch er stupste es mit seinem Kopf in meine Richtung.

In dem Moment rief Leonie an und fragte ganz schüchtern, ob ich noch ein bisschen länger ihren Hund hüten könnte. Ich hörte förmlich ihren flehenden Augenaufschlag. Aber sie hatte es Louis zu verdanken, dass ich zusagte.

»Bist ein Schatz«, hörte ich noch, bevor sie aufgelegt hatte.

Kurz darauf kam Saskia herein. Sie trug ein geblümtes Sommerkleid, und ihre Augen sahen leicht verquollen aus. Sie wirkte ernst und verstört. Das mit Arndt nahm sie offensichtlich heftig mit.

»Komm, wir gehen zu mir«, erwiderte ich. »Allerdings werden wir nicht allein sein – ich muss mich bis morgen um die Fußhupe hier kümmern.«

Saskia erblickte Louis und fing plötzlich an zu strahlen. »Der kleine Fratz ist ja total niedlich.«

Das war ohne Frage Liebe auf den ersten Blick. Die sexuelle Spannung konnte ich für heute Nacht vergessen. Ich war abgemeldet.

33

Wir saßen auf dem Sofa und tranken Wein. Saskia erzählte von Arndt und was für ein Typ er gewesen war. Jetzt, da er tot war, schilderte sie ihn weniger als ehrgeizigen Streber und mehr als warmherzigen und hilfsbereiten Kollegen. Der Tod schien alles abzumildern.

»Hast du dir mal seine Ordner angesehen?«

»Ich hab's versucht, aber alles passwortgeschützt, ich komm da nicht ran. Nach unserem Telefonat wollte ich natürlich wissen, ob deine Vermutung stimmt und der Unfall mit seinen Freakout-Recherchen zusammenhängt.«

»Und in den Mails? Taucht da irgendwo der Name Carlos auf?«

»Wenn ich es wüsste, würde ich es dir sagen, aber ich komm leider an überhaupt nichts ran, nicht mal an seine Mails«, bedauerte sie. »Und du bist sicher, dass es Absicht war?«

»Beweisen kann ich es nicht. Noch nicht.«

Saskia seufzte und schmiegte sich plötzlich an mich an.

Alles in mir ging auf Habachtstellung. Sexuelle Versuchung ist eine Sache, aber gemischt mit Emotionen wie Trauer ist höchste Gefahr im Verzug. Ich war gleichermaßen hingerissen und panisch.

Ich wechselte einen Blick mit Louis, der in seinem provisorischen Körbchen lag, das ich aus dem NASEBAND'S mitgenommen hatte. In der Küche hatte ich ihm einen Napf mit Nassfutter hingestellt, das ich auf dem Weg in einem 24-Stunden-Supermarkt am Hauptbahnhof gekauft hatte.

In dem Moment, in dem Saskia mir ihr Gesicht zuwandte und ich dem Ruf der Sirenen gerade freudig folgen wollte, sprang Louis aufs Sofa und kletterte auf Saskias Schoß.

Dankbar lächelte ich den Pomeraner an. Und fragte mich, wie er es aufs Sofa geschafft hatte. Es ist zwar nicht wirklich hoch, aber für so einen Winzling wirkte es auf mich unerreichbar. Dann sah ich den Schuhkarton voller Fotos, den ich am Vorabend da hingestellt und den er als Treppenstufe benutzt hatte. Schlaues Hündchen.

Als Louis anfing, aufgeregt das Sofa auf und ab zu trippeln und unterwegs immer wieder seine Pirouetten drehte, fragte ich Saskia: »Meinst du, er will uns was sagen?«

»Ja. Dass er dringend mal muss.« Sie erhob sich und fügte hinzu: »Ich muss auch, und zwar nach Hause. Sonst wird aus unserem BONS doch noch ein ONS. Und das wollen wir doch nicht.«

Zusammen setzten wir Louis an der erstbesten Baumscheibe ab, und sofort machte er ein Geschäft, das mir in Anbetracht seiner Körpergröße gewaltig erschien. Dann brachte ich Saskia zu ihrem Wagen und gab ihr einen braven Kuss auf die Wange.

»Ich schaff das, wirklich«, antwortete sie auf meinen fragenden Blick.

»Danke, du Racker, das war knapp«, sagte ich zu dem Pomeraner, der mich erst in den Wahnsinn getrieben und nun gerettet hatte. Auffordernd und pummelwedelnd bellte er mich an. Offenbar war er in Spiellaune. Er drehte sich im Kreis und jagte seinen Schwanz. Ich musste lachen. So langsam verstand ich, was die Leute an so einem Haustier finden: Sie können amüsant sein und bringen einen an die frische Luft.

Ich legte mich aufs Sofa, schaltete den Fernseher ein und zappte mich durch die Kanäle. Louis lag auf meinem Bauch, robbte sich zu meinem Hals hoch und schleckte mir durchs Gesicht. »Hör auf«, lachte ich, ihn zurückschiebend. Ich kraulte ihm den Nacken. Er schloss genießerisch die Augen und schlummerte bald darauf ein. Genau wie ich.

Es war taghell, und die Glotze lief immer noch, als ich vom Türklingeln erwachte. Louis lag auf meiner Brust, seinen Kopf an meinen geschmiegt. Ich hob ihn vorsichtig beiseite und nahm mein Handy vom Tisch. Halb zehn. Hatte Brigitta etwa ihren Schlüssel vergessen? Das war noch nie vorgekommen. Ich rappelte mich auf und ging zur Tür, an der es erneut klingelte.

»Moment«, rief ich gereizt.

»Frühstück!«, rief mein Sohn gut gelaunt und hielt eine Brötchentüte hoch. Überrascht weiteten sich seine Augen, als er Louis erblickte, der neugierig herantrabte.

»Wieso erzählst du mir nicht, dass du 'n Hund hast?«

»Bin nur die Frauchenvertretung«, murrte ich und ließ Mike ein. Ich ging in die Küche, setzte Kaffee auf, nahm Frühstücksutensilien aus dem Kühlschrank und deckte den Tisch, während mein Sohn sich mit dem Pomeraner bekannt machte.

Bis wir frühstückten, hatte sich auch mein Nachwuchs in den Hund verliebt. »Der ist ja unfassbar süß. Kannst du ihn nicht behalten?«

»Das ist Leonies Hund.«

»Willst du dir nicht auch einen zulegen?«

»Will ich nicht«, antwortete ich. »Und wenn ich wollte, würde ich mir einen richtigen Hund anschaffen, keinen verkappten Hamster.«

Ich biss von meinem Wurstbrötchen ab und fragte Mike, wie es gestern Abend gelaufen sei, ob er wie versprochen im Freakout war.

Mike bejahte. Er holte das Sofortfoto aus der Tasche und gab es mir. »Die Typen hab ich nicht gesehen. Und Drogendealer auch nicht.«

Verblüfft starrte ich ihn an. »Das kann doch nicht sein. Du verarschst mich.«

»Vielleicht«, grinste Mike.

»Jetzt sag schon, was war da gestern?«

»Erst dachte ich ja wirklich, dass da nichts geht. Ich hab ein paar Druffis angequatscht, aber die haben mich für 'nen Zivilbullen gehalten und meinten, sie wüssten nix. Haben mich alle abblitzen lassen. Bis auf einen. Der hatte aufgerissene Augen bis zum Mond. Der meinte, ich soll's mal an den Klos probieren. Hab da dann 'ne Weile rumgecheckt, bis es geklappt hat. Ich hätte so ziemlich alles kaufen können, was es an synthetischen Drogen gibt. Speed, MDMA, Ecstasy, Ketamin. Aber vor allem wollte der mir Crystal Meth andrehen.«

»Wer, der?«

»Der Dealer. Ein Typ mit Hut, der immer an den Klos rumlungerte und zwischendrin mit dem Bartyp und dem Chef-Türsteher gequatscht hat.«

»Was für ein Hut?«, hakte ich nach. »Ein Basecap?« Ich erinnerte mich an die Täterbeschreibung in der Anzeige des sexuellen Missbrauchs mit Hilfe von K.-o.-Tropfen, die bei der Sitte erstattet worden war, und dachte an den Gladbach-Fan.

»Nein, so ein Hut, wie ihn Ole aus ›Berlin – Tag & Nacht‹ immer aufhat. Der wollte mir sogar eine Portion Crystal schenken, als ich ihm gesagt hab, dass ich das noch nie probiert hab. Ich glaub, der wollt mich anfixen. Hat gemeint, er ist jeden Abend da. Hat angeblich den besten Stoff zum besten Preis.«

»Hast du nach seinem Namen gefragt? Heißt er Carlos?«

»Keine Ahnung.«

»Hat er dir auch K.-o.-Tropfen angeboten?«

»Stimmt, Liquid Ecstasy war auch noch im Angebot. Und Roofies in Tabletten- oder Tropfenform. Ist das nicht das Zeug, das die Junggesellen in ›Hangover‹ genommen haben?«

»Ja, Rohypnol.«

Ich dachte an den ergebnislosen Besuch der Zivis in der Disco. Wahrscheinlich waren sie als Polizisten enttarnt worden, und die Dealer hatten ihre Geschäfte ruhen lassen, bis sie wieder weg waren. Polizisten werden von Nachtgestalten und Unterweltlern oft als solche erkannt, zum einen weil sie in der Regel aufgrund fehlenden Drogenkonsums gesünder und fitter aussehen als die üblichen Konsumenten, zum anderen an ihren aufmerksamen Blicken.

Mike fuhr mit seinem Bericht fort, sein Nutellabrötchen kauend. Über Stunden habe er das Treiben beobachtet. »Der Chef-Türsteher und der Oberboss scheinen das Ganze zu organisieren. Einmal hab ich gesehen, wie der Türsteher dem Dealer mit Hut was übergeben hat. Wahrscheinlich Nachschub.«

»Sehr schön, Junge«, lobte ich, »gut gemacht.«

»Einmal und nie wieder«, sagte Mike, »der Laden ist echt voll panne.«

»Bist du mit deiner Ballerina da gewesen?«

Mike nickte, meinem Blick ungemütlich ausweichend. Ich ahnte, warum.

»Sag bloß, du hast es ihr nicht gesagt – dass es da noch jeman-den gibt?«

»Ich hab's einfach nicht übers Herz gebracht«, wand er sich unglücklich. »Lea macht schon Zukunftspläne. Die will mit mir nach London ziehen, wenn sie dort am Ballett genommen wird.«

»Ich dachte, sie ist deine Traumfrau«, sagte ich, »so hast du sie letzte Woche noch bezeichnet.«

»Ist sie ja auch«, entgegnete Mike gequält, »Lea ist echt toll. Aber Eleana auch.«

»Junge, du musst dich mal entscheiden!«

»Werd ich ja auch. Heute Abend treff ich Eleana. Da will ich die Sache für mich klären.«

»Mach das mal«, pflichtete ich bei, »bevor du beiden das Herz brichst.«

Mike nickte einsichtig. »Apropos Eleana treffen. Für noch mal fünfzig Euro beobachte ich heute Abend den Hintereingang von diesem Freakschuppen und fotografiere alle Personen, die dort ein und aus gehen.«

Die Idee war gar nicht so schlecht. So könnte ich Beweise sammeln und eventuell in Erfahrung bringen, wer dieser Dealer mit Hut war und ob die Kerle vom Foto nicht doch mit dem Club zu tun hatten. Womöglich hieß einer der beiden Carlos.

Andererseits wollte ich meinen Jungen nicht in Gefahr bringen. »Das ist kein Kindergeburtstag, das sind vermutlich knallharte Drogendealer, mit den Burschen ist nicht zu spaßen.«

»Ach komm, ich pass schon auf. Das kriegt keiner mit, ich mach das ganz professionell, wie bei 'ner richtigen Observation, so wie du das früher immer gemacht hast.«

Ich hätte Mike nicht so häufig von meinen Einsätzen erzählen dürfen. Anscheinend hatte er dadurch Blut geleckt.

»Na schön, aber du musst mir versprechen, dass du wirklich extrem vorsichtig bist bei dieser Observation.«

»Versprochen«, grinste Mike und schnappte sich den Fuffi.

34

Ein aufgeregter Anruf Brigittas beendete mein Frühstück mit Mike und hetzte mich ins NASEBAND'S. Ich raste mit dem Roller vor meine Kneipe, blieb stehen und starrte bei knatterndem Motor auf das Desaster: Die große Panoramascheibe war eingeschmissen.

Der zweite Anschlag auf meine Kneipe in so kurzer Zeit, das konnte kein Zufall mehr sein. Erst recht nicht so kurz nach meinem Besuch auf dem Freakout-Parkplatz. Das bedeutete auch, dass meine Tarnung als Polizist aufgeflogen war und die Burschen wussten, wo ich arbeitete. Vermutlich wussten sie auch längst, wo ich wohnte. Ich spürte ein mulmiges Gefühl im Magen. Das hier sollte mich offenbar einschüchtern. Und warnen, was noch passieren könnte, wenn ich mich nicht wieder auf mein Dasein als Wirt zurückziehe.

»Schlimm, schlimm, schlimm«, rief Brigitta durch den Fensterrahmen, in dessen Holz noch ein paar Glaszacken hingen. Neben ihr stand ein blauer Müllsack, in den sie die letzten Scherben vom Kehrblech kippte.

Ich stellte den Motor ab, schob den Roller neben den Eingang, betrat die Bar und besah mir den Schaden von innen. Brigitta nahm einen Pflasterstein von einem Tisch.

»Liegen auf der Boden. Da.« Sie zeigte zu einer Stelle zwischen den Stühlen.

»Ah, Brigitta«, stöhnte ich, »Sie hätten nichts anfassen und verändern dürfen. Das ist Sachbeschädigung, ein Fall für die Polizei, das muss man alles erst fotografieren, bevor man es wegräumt. Und der Stein ist ein Tatwerkzeug, das man auf Fingerabdrücke hätte untersuchen können, wenn Sie es nicht mit Ihren Wurstfingern angegrabbelt hätten.«

Ich musste meinem Ärger einfach Luft machen, auch wenn ich es übertrieb. Denn die Oberfläche des Steins war zu uneben für brauchbare Fingerabdrücke, wie ich feststellte, als ich Brigitta den Stein aus der Hand nahm und betrachtete.

Die Polin knallte eingeschnappt das Kehrblech auf den Tisch. »Dann selber machen sauber. Essen fertig, ich gehen in Ihre Wohnung und putzen. Oder davor ich erst alles fotografieren?«, fragte sie frech.

Sie wartete meine Antwort nicht ab, ging in die Küche, packte ihre Sachen und verließ grußlos mein Lokal.

Ich holte mir ein Stück Schmandkuchen aus dem Kühlschrank, machte mir einen Kaffee mit kalter Milch, setzte mich an den Tresen und verzehrte mein zweites Frühstück. Ich brauchte etwas Süßes zur Beruhigung. Dann zündete ich mir eine Lucky an und googelte an meinem Smartphone die Telefonnummer einer Glaserei. Nach der Glaserei informierte ich die Versicherung und danach meinen Vermieter, dem die Immobilie gehört.

Anschließend rief ich Mark an, um mich zu erkundigen, ob er sich schon um die Halterabfrage des Bikers aus FFO gekümmert hatte, doch er war nicht erreichbar. Vermutlich war er in einem Einsatz oder einer Teamsitzung. Hoffentlich hat er sich nach der gestrigen Whiskyverköstigung nicht freigenommen, dachte ich, doch das hätte er mir sicher mitgeteilt.

»Wie ist das denn passiert?«, riss mich eine vertraute Stimme aus meinen Gedanken. Leonie kam zu mir an die Bar und zeigte mit dem Daumen über ihre Schulter dorthin, wo gestern noch eine Scheibe gewesen war.

»Der Pflasterstein wollte unbedingt hier rein«, antwortete ich mürrisch, »und das, obwohl geschlossen war.«

»Oder Rache des Künstlers.«

»Welcher Künstler?«

»Wer immer ›Verpiss dich‹ an die Scheibe gesprüht hat, war vielleicht sauer, dass du es abgemacht hast. Diese Street-Art-Künstler … alles radikale Anarchos.« Sie suchte mit den Augen die Bar und den Fußboden ab. »Wo ist denn Louis?«

»Bei mir zu Hause.«

»Was?«

»Beruhige dich. Mike passt auf ihn auf.«

»Mike? Wieso Mike, der hat doch überhaupt keine Ahnung von Hunden! Bloß weil man schon mal eine dämliche Hunde-

Nanny-Show gesehen hat, kann man noch lange nicht mit Louis umgehen! Mein kleiner Schatz ist ein Pomeraner und nicht irgendein dahergelaufener Straßenköter aus dem Tierheim, der braucht eine besondere Behandlung und Pflege und Zuwendung und überhaupt!«

»Wie wär's mit einem Feiertagszuschlag?«, lenkte ich vom Thema ab. »Volle hundert Prozent.«

»Wann?«

»Heute. Jetzt. Ich hab später einen Termin beim Arbeitsamt und will vorher noch was erledigen.«

»Aber ich bin nicht zum Arbeiten hier«, erwiderte Leonie entgeistert, »ich will Louis abholen und ins Freibad.«

»Ja, ja, schon gut. Also noch mal hundertfünfzig.« Ich holte das Kellnerportemonnaie mit dem Wechselgeld aus dem Safe, in den es die Barfrau letzte Nacht zusammen mit ihren Einnahmen und der Abrechnung verschlossen hatte, drückte es Leonie in die Hand und erklärte, dass die Glaserei kommen und ich selbst in ein paar Stunden wieder da sein würde.

Der Trick mit dem Einschüchtern hat bei mir noch nie funktioniert. Im Gegenteil: Solche Provokationen fordern nur meinen Trotz heraus. Aber um das Freakout musste ich mich wann anders kümmern. Jetzt ging es erst mal darum, die Kerle zu kriegen, die sich an den Frauentrupp rangehängt hatten, damit sie nicht weiterhin als wandelnde Gefahr für das weibliche Geschlecht durch die Gegend liefen. Und ich ganz nebenbei vielleicht auch noch als Held dastand. Neles Held.

Deshalb fuhr ich mit dem Roller zur Bergerstraße, wo der Junggesellinnenabschied seinen Anfang genommen hatte. Unweit des Uerige war das Foto mit den beiden Männern entstanden, die den Frauen vermutlich mit K.-o.-Tropfen versetzten Wodka aus ihren Flachmännern zu trinken gegeben hatten.

Ich wollte mich erneut mit Hilfe des Abzugs aus der Sofortbildkamera nach der Braut und den suspekten Typen erkundigen. Natürlich konnte ich nicht ausschließen, dass sie wie Nele und Co. nicht aus Düsseldorf stammten und letzten Samstag bloß zu Besuch waren, doch meine Intuition verriet mir, dass die Burschen in Düsseldorf wohnten. Sie hatten die Frauen nicht nur begleitet, sondern zuletzt gezielt ins Freakout geführt. Die kannten sich hier aus.

Um halb zwei mittags an einem Donnerstag ist es vorm Uerige deutlich ruhiger als am Wochenende. Wo sonst Hunderte Menschen sich bierselig tummelten, stand heute höchstens ein Dutzend.

Ein anderer Kellner als am Sonntag trug ein Tablett mit Altbier an die Tische. Nachdem er volle gegen leere Gläser getauscht und Striche auf Bierdeckel gemalt hatte, sprach ich ihn an, erklärte ihm die Sachlage und ließ ihn auf das Polaroid blicken. Ich hatte den Eindruck, die Abbildung verblasste bereits vom häufigen Anfassen und Abrieb.

Er schüttelte bedauernd den Kopf. »Nein, nicht, dass ich wüsste.«

»Und die beiden Burschen? So eine Silberkrawatte auf schwarzem Hemd fällt doch auf. So was trägt doch heutzutage kaum noch einer.«

»Gibt genug geschmacklose Dödel.«

»Und der im Gladbach-Trikot? Hallo, wir sind hier in D'dorf!«

»Wenn der ein FC-Trikot angehabt hätte, wär er mir eher aufgefallen.«

Der Kellner ließ mich stehen. Ich drehte mich um, als hätte ich den Blick im Nacken gespürt. An der Straßenecke Flinger Straße und Marktstraße sah ich einen dunkel gekleideten Biker auf seinem Motorrad. Er beobachtete mich. Als mein Blick ihn erfasste, gab er Gas und verschwand in der Rheinstraße, ohne dass ich das Kennzeichen erkennen konnte.

War das derselbe Typ, der mich gestern verfolgt hatte, oder war ich einfach nur paranoid?

Ich ging auf die Bolkerstraße und fragte mich durch die Kneipen. Mehrfach begegnete ich denselben Kellnern und Barfrauen, denen ich das Polaroid am Sonntag und Montag bereits gezeigt hatte.

Die Antworten bestanden aus Schulterzucken, Kopfschütteln, Verneinungen, Ratlosigkeit.

Frust machte sich in mir breit. Zumal ich ständig erkannt und angesprochen wurde. Immer wieder ließ ich mich mit Fans fotografieren. Und immer wieder wurde meine Hoffnung auf einen Hinweis enttäuscht. Bald hatte ich alle Läden durch. Ich zündete mir eine Lucky an.

Das hat doch alles keinen Zweck, dachte ich resigniert, vollkommen sinnlos. Zwei Stunden in der Mittagshitze für nichts und wieder nichts. Und dafür würde ich Leonie auch noch mindestens fünfzig Euro zahlen müssen. Was fiel mir überhaupt ein, den Hobbyermittler raushängen zu lassen? Es ist nicht dein Job, schärfte ich mir ein, und du kannst auch nicht im Alleingang die Welt retten. Auch wenn ich mein Versprechen gegeben hatte, Linda lebend zu finden – ich verfügte nicht über die Fähigkeiten von Superhelden oder die Macht, Tote zum Leben zu erwecken.

Entschlossen trat ich die Kippe aus, gab mein unsinniges Vorhaben auf und ging zurück zu meinem Motorroller am Carlsplatz. Ich wollte mich fortan um mich selbst und das NASEBAND'S kümmern.

Ich lenkte den Roller zur Arbeitsagentur in der Grafenberger Allee. Um halb vier hatte ich den Termin bei meiner Sachbearbeiterin wegen der Existenzgründungsförderung. Ich war froh, dass der Staat meinen Neustart als selbstständiger Gastronom gefördert hatte. Heute wollte ich mit der Sachbearbeiterin über meinen Antrag auf Personalförderung sprechen.

Ich ging durch den Flur zu ihrem Büro und klopfte. Dabei sah ich, wie sich am Ende des Gangs eine Tür öffnete und ein junger Mann heraustrat. Er trug ein weißes Hemd und eine schwarze Krawatte. Ich erkannte ihn sofort. Silberkrawatte. Völlig verdattert starrte ich in seine Richtung. In Antragsvordrucke vertieft ging er an mir vorbei, ohne mich zu bemerken. Seine Haut war blass und pickelig, die Augen eingefallen und von dunklen Ringen umflort.

»Haben Sie nicht gehört? Hereinspaziert!« Die Sachbearbeiterin hatte die Tür ihres Büros geöffnet. Freundlich lächelnd zeigte sie zum Besucherstuhl.

»Ähm … Tut mir leid, ich muss den Termin absagen, wir müssen den verschieben.«

»Ja, aber Sie sind doch jetzt hier«, erwiderte sie verdutzt.

»Der Zufall verlangt einen neuen Termin«, sagte ich und lief hinter Silberkrawatte her, der schon im Fahrstuhl verschwunden war.

Ich hastete die Treppen hinunter und sah, wie er das Gebäude verließ. Unauffällig folgte ich ihm zum Parkplatz und beobachtete, wie er in einen alten, blau metallic lackierten Golf GTI mit Sportfelgen stieg.

Ich merkte mir das Düsseldorfer Kennzeichen, rannte zu meinem Roller und nahm die Verfolgung auf, auf ausreichend Abstand achtend, um nicht bemerkt zu werden. Der Golf bog verbotswidrig von der Grafenberger Allee links auf die Dorotheenstraße. Auf der vierspurigen Bundesstraße beschleunigte er rasant und verschwand aus meinem Blickfeld.

In Höhe des S-Bahnhofs Flingern gab ich die Verfolgung auf und hielt an der Tankstelle Ecke Behrensstraße. Nachdem ich den Roller betankt und mir eine Saftschorle und zwei Schachteln Luckys gekauft hatte, rief ich Mark an. Jetzt war sein Handy eingeschaltet, und er ging sofort ran.

»Kollege, wat jibbet?«, fragte er.

»Hast du schon den Halter des Motorrads gecheckt?«

»Stress mich nicht. Bin noch nicht dazu gekommen, mach ich schon noch.«

»Dann könntest du gleich noch ein anderes Kennzeichen abklären.«

»Schon wieder?«

Ich erklärte ihm die Lage und bat ihn um die zweite Halterabfrage.

»Was denn noch, meine Dienstwaffe vielleicht?«

»Ja, die wär vielleicht nicht schlecht«, antwortete ich und dachte an meinen unheimlichen Verfolger auf dem Motorrad.

»Du spinnst ja wohl komplett.«

»Mann, Mark, stell dich nicht so an.«

»Tu ich aber. Was willst du denn mit den ganzen Adressen? Willst du den Leuten aufs Dach steigen, oder was? Du bist nicht mehr im Dienst, Kollege! Schon ein paar Jahre nicht. Überlass das uns!«

»Ihr macht aber nichts.«

»Wir tun, was wir können! Du weißt ja noch nicht mal, ob

diese Typen tatsächlich den Mädels das Zeug verabreicht haben, das kann doch auch irgendwer anders gewesen sein. Die sind vielleicht nur aus Zufall auf den Fotos und in denselben Läden gewesen.«

»Das glaubst du doch selber nicht.«

»Wir haben's hier nicht so mit glauben, das weißt du doch.«

»Sei nicht so spitzfindig. Glaubst du mir etwa nicht?«

»Was ich glaube, ist scheißegal. Wenn du mir Beweise bringen willst oder irgendwas Konkretes gegen die Typen in der Hand hast – wunderbar. Dann kann ich offiziell Ermittlungen veranlassen und das der Sitte oder den Kollegen vom Drogendezernat übergeben, und die Kollegen aus den entsprechenden Abteilungen kümmern sich darum.«

»Die vermasseln das nur wieder. Ich mach das lieber selber.«

»Hör auf, hier den Ego-Cop zu spielen!«

»Komm, Mark, das ist mir wichtig, diese Nele ...«

»Ah, verstehe«, fiel Mark mir ins Wort, »daher weht der Wind. Aber trotzdem, Michael, das geht nicht.«

Sekundenlang rang ich mit mir. Denn mir war etwas eingefallen, für das Mark alles geben würde – auch seine Dienstwaffe und den -ausweis. Vor zwei Wochen hatte ich es aus meinem Briefkasten gezogen. Und seit zwei Wochen freute ich mich wie ein Schnitzel.

Ich holte tief Luft, bevor ich es aussprach: »Hab ich dir eigentlich schon gesagt, dass ich Karten für das große Finale am Samstag hab?«

»Fortunas Aufstiegsspiel? Das ist seit Wochen ausverkauft!«

»Ich hab zwei Karten für die VIP-Lounge.«

Schweigen am anderen Ende.

»Du weißt schon«, fuhr ich fort, »mit vollem Programm: Bier und Wein, Schnittchen, sexy Hostessen ...«

Schweigen.

»Ich würde dir die Tickets überlassen.«

»Willst du da nicht selber hin?«

»Ich übertrag das Spiel doch auch im NASEBAND'S, da muss ich dabei sein, meine Gäste gehen vor.«

»Und das ist kein Trick, du hast die Tickets wirklich?«

»Glaubst du, ich belüge einen guten Freund?«

»Zwei Stück, ich könnte also Sarah mitnehmen?«

»Wer ist Sarah?«

»Referendarin, macht ihr Verwaltungspraktikum bei uns und ist die Woche auf Einsätzen dabei.«

»Soso, bei Einsätzen ... Hast du dich schon bei ihr eingesetzt?«

»Noch nicht, aber wenn ich sie mit zum großen Finale in die VIP-Lounge nehme, wird sie darum betteln.«

»Klar kannst du Sarah mitnehmen.«

»Sag an, Kennzeichen.«

Ich gab ihm das Düsseldorfer Kennzeichen des Golfs durch. Mark versprach, sich in fünf Minuten wieder zu melden. Ich ging an die Straße, rauchte eine und trank die Saftschorle. Kaum hatte ich ausgetrunken und zu Ende geraucht, rief Mark mich zurück.

»Halter des Motorrads aus FFO heißt Uwe Hartmann, zweiunddreißig Jahre alt, wohnhaft in Frankfurt an der Oder, vorbestraft wegen Körperverletzung und Nötigung.«

»Nix mit Drogen?«

»Nix mit Drogen. Er war zwar mal eine Zeit lang auf dem Radar der Ostkollegen, als die gegen eine Crystal-Meth-Dealerbande ermittelt haben, aber ihm konnte nichts nachgewiesen werden.«

Dann wird es Zeit, dass ihm etwas nachgewiesen wird, dachte ich und fragte nach dem Namen von Silberkrawatte.

»Der Golf GTI ist auf einen Kevin Recker zugelassen, vierundzwanzig Jahre, wohnhaft in der Potsdamer 30. Unbeschriebenes Blatt.«

»Perfekt! Danke, Mark.« Und schon war ich aus der Leitung und störte den Exkollegen nicht länger.

35

Die Potsdamer Straße befindet sich in Hassels-Nord, einem der berüchtigtsten Viertel in Düsseldorf. Es liegt im Stadtbezirk 09, einige Kilometer südöstlich des Zentrums nahe den Nachbargemeinden Benrath und Reisholz.

Der Bezirk Hassels, der seinen Namen den Haselnusssträuchern verdankt, die dort einst massenhaft blühten, besteht aus Wohnsiedlungen der zwanziger und fünfziger Jahre, im nördlichen Bereich rund um die Potsdamer Straße stehen Plattenbauten aus den Siebzigern. Der Ausländeranteil ist überdurchschnittlich hoch, ebenso die Arbeitslosen- und Kriminalitätsrate. Aufgrund marodierender Straßengangs stellt es bei Nacht ein gefährliches Pflaster und einen der Einsatzschwerpunkte der Düsseldorfer Polizei dar.

Ich bockte den Roller vor Nummer 30 des Hochhausblockes auf, der sich über die gesamte Potsdamer Straße erstreckte, ging zur Haustür, fand den Namen Recker auf einem Klingelschild und drückte auf den zugehörigen Knopf. Zu meiner Überraschung wurde nach wenigen Sekunden der Türsummer betätigt. Durch die Gegensprechanlage hörte ich eine weibliche Stimme: »Wieder Schlüssel vergessen, was?«

Weil der Fahrstuhl außer Betrieb war, stieg ich die Treppen bis zum fünften Stock hoch. Die Tür, an der ein Schild Recker klebte, stand einen Spalt offen. Ich klopfte und schob sie ein kleines Stück auf.

»Hallo?«

Eine untersetzte, korpulente Frau um die sechzig mit fahler gelblicher Haut kam stirnrunzelnd in den Flur. Sie trug einen schlabberigen Hausanzug aus Frottee, der schon länger nicht mehr gewaschen worden war, wie Kaffeeflecken verrieten.

»Wir kaufen nichts«, sagte sie abweisend und wollte die Tür schließen.

»Kriminalpolizei«, sagte ich und hielt ihr meinen ungültigen Dienstausweis vor die Nase. »Ich suche Kevin Recker.«

»Mein Sohn ist einkaufen«, erwiderte sie besorgt. »Hat er was angestellt?«

»Darf ich reinkommen?«

Sie trat einen Schritt zur Seite und ließ mich ein. Ich folgte ihr ins verrauchte und beengte Wohnzimmer, das im Stil des Gelsenkirchener Achtziger-Jahre-Barock eingerichtet war: Eichenschrankwand mit integrierter Vitrine voller Nippes und eine für die Größe des Raumes völlig überdimensionierte Sofagarnitur in Kackbraun. Auf dem klobigen Couchtisch stand ein Aschenbecher, in dem eine Zigarette dampfte, daneben standen eine Thermoskanne, Süßstoff und eine große Tasse, halb gefüllt mit schwarzem Kaffee.

Auf dem Großbildfernseher brüllten sich Proleten an, es lief RTL2. Dass ich ausgerechnet hier nicht erkannt wurde, wo ich es am ehesten erwarten würde, erstaunte mich.

»Setzen Sie sich doch. Wollen Sie Kaffee?«

Die Brühe in ihrem Humpen sah zwar nicht sehr einladend aus, aber ich wollte nicht unhöflich sein und bejahte. Während ich mich auf einen Sessel setzte, holte sie eine Tasse aus der Küche und goss mir ein.

»Süßstoff oder Zucker?«

»Keins der beiden. Aber haben Sie einen Schluck kalte Milch?«

Sie brachte eine Packung H-Milch.

»Was ist denn los?«, fragte sie, während sie sich aufs Sofa setzte und ich Milch zu meinem Kaffee goss. »Kevin hat doch nichts ausgefressen, oder?«

Sie drückte die dampfende Kippe aus, nahm aus einer Schachtel Aldi-Zigaretten eine neue und zündete sie sich an.

Ohne zu fragen, tat ich das Gleiche mit einer Lucky. Dann antwortete ich: »Ich bin hier, um das zu klären.«

»Ist er angezeigt worden?«

»Es liegt eine Anzeige gegen unbekannt vor. Ich möchte herausfinden, ob es sich bei dem Unbekannten um Ihren Sohn handelt.«

Sie saugte an dem Stängel und schüttelte den Kopf. »Wenn er kriminell wird … Das fehlt noch. Ich sach immer, pass bloß auf, dass du nicht auf die schiefe Bahn gerätst wie dein Vatter, aber auf mich hört ja keiner, da kann ich mir den Mund fusselig reden, nur nützen tut das nichts.«

Das kam mir irgendwie bekannt vor. Dass Kinder nicht auf einen hören und Ratschläge in den Wind schlagen, kennen wohl alle Eltern, unabhängig vom sozialen Stand.

Ich bat sie, über Kevin zu erzählen. Vermutlich wurde sie nicht oft darum gebeten, sie plapperte bereitwillig drauflos und erzählte mir ihre halbe Lebensgeschichte einschließlich ihrer aktuellen Hautkrebserkrankung. Ihr Mann, ein Baupolier, habe sich nach einem Arbeitsunfall, der ihn sein rechtes Bein gekostet habe, als Hehler verdingt und sich nach einem Aufenthalt hinter schwedischen Gardinen zu Tode gesoffen.

Als hätte ich nicht genug von unglücklichem Schicksal gehört, fuhr sie fort, ihre Tochter Cindy sei schwerstbehindert, nachdem sie vor zwölf Jahren, da sei das Mädchen siebzehn gewesen, mit dem Fahrrad von einem rechts abbiegenden Lkw überfahren wurde.

»Zum Glück konnte ich sie in Beschützenden Werkstätten unterkriegen. Das hätte ich ja alleine gar nicht geschafft.«

»Und Ihr Sohn?«, versuchte ich, ihren Monolog auf meine Zielperson zu lenken. »Was macht Kevin? Ich meine beruflich.«

»Nichts! Das ist ja das Schlimme. Kevin lebt wie ich von Hartz IV. Ihm fehlt einfach der Wille. Drei Lehren hat er abgebrochen, ist zweimal als Pizzabote rausgeflogen und als Kurierfahrer im Paketdienst auch. Weil er so unzuverlässig ist. Man kann sich einfach nicht auf den Jungen verlassen. Liegt nur auf der faulen Haut, wenn er sich nicht irgendwo mit seinem Kumpel rumtreibt.«

Ich hielt ihr das Polaroid vor die Nase. »Der mit dem Fußballtrikot?«

»Ja, natürlich, die glucken nur zusammen, Kevin übernachtet manchmal auch da.«

»Wie heißt der Kumpel?«

»Konno. K und K sach ich immer, Kevin und Konno. Manchmal denk ich, das sind zwei warme Brüder.«

»Ich glaube nicht, dass Ihr Sohn schwul ist.«

»Na, hoffentlich nicht, das fehlt noch, kriminell und schwul, pfui Teufel! Wo haben Sie eigentlich das Foto her? Was sind das für Frauen?«

»Das Foto wurde letzten Samstag auf der Bergerstraße aufgenommen. K und K haben die Frauen auf der Straße angesprochen.«

»Samstag? Da hat er Geburtstag gehabt. Vierundzwanzig ist er geworden. Muss man sich mal vorstellen – vierundzwanzig und noch nichts auf die Reihe gekriegt. Kein Beruf, kein Job, keine Freundin, keine Kinder.« Sie schüttelte wieder missbilligend den Kopf. »Wo soll das nur alles enden?«

Wie beim Vater im Gefängnis, dachte ich, verkniff mir aber eine Entgegnung.

Sie goss sich Kaffee nach und wollte mir auch etwas nachschenken, doch ich lehnte dankend ab.

»Darf ich mich mal in seinem Zimmer umsehen?«

»Aber sicher«, antwortete sie und zeigte zum Flur. »Erste Tür links.«

Ich erwartete, dass sie mich begleiten und bewachen würde, aber sie blieb sitzen, zündete sich eine weitere Zigarette an und starrte wieder auf den Fernseher.

Im Türrahmen stehend, ließ ich zuerst meinen Blick durch das höchstens zwölf Quadratmeter kleine Zimmer streifen, um einen ersten Gesamteindruck von seinem Bewohner zu erhalten. Die zweckmäßige Einrichtung zeugte von einem Mangel an Geld und Geschmack: Bett, Kleiderschrank, Schreibtisch und Kommode waren aus weiß lackiertem Pressspan gefertigt und stammten offenkundig aus einem billigen SB-Möbelhaus. Auf dem stellenweise aufgeplatzten Lack hatte sich im Lauf der Zeit eine Schmutzschicht abgelagert, die zwischen Gelb und Grau changierte. Ein schwarzer Sessel und ein schlichter Bürodrehstuhl boten die einzigen Sitzgelegenheiten. An der Wand hingen Poster von Borussia Dortmund und Heavy-Metal-Bands.

Ich ging an den unaufgeräumten Schreibtisch. Briefe vom Jobcenter und Mahnungen eines Mobilfunkanbieters lagen darauf, Autozeitschriften, angefangene Bewerbungsschreiben, eine aus dem Internet ausgedruckte Liste mit Adressen von Kurier- und Lieferdiensten.

In den Schubladen fand ich ein Foto, auf dem Kevin und Konno abgebildet waren, Arm in Arm und offenbar betrunken, jeweils eine Flasche Wodka dem Betrachter entgegenstreckend. Statt seines Gladbach-Trikots trug der Kumpel von Silberkrawatte ein Hawaiihemd und ein Basecap mit Aufdruck der New York Yankees.

Ansonsten fand ich nur Nippes, Stifte und Bürokram, kaputte Armbanduhren, Spielzeugfiguren aus Überraschungseiern, Kondome. Auch die Kommode und der Kleiderschrank verbargen nichts Ungewöhnliches. Von dem schwarzen Hemd, das er letzten Samstag getragen hatte, hingen vier Exemplare auf der Kleiderstange, an einer Hakenleiste auf der Innenseite der Schranktür unmodische Krawatten in verschiedenen Farben, goldglänzend, blau schimmernd, feuerrot.

Ich durchsuchte den Mülleimer. Und fand ein durchsichtiges Tütchen, wie es oftmals für Kleiderknöpfe benutzt wird. Oder für Drogen. In der Verschlussritze klebten winzige Mengen von Pulverresten, das Tütchen selbst war offenbar ausgewaschen worden. Typisch für Drogenjunkies, bloß nichts verkommen lassen.

Aber das war nicht das, was ich mir erhofft hatte.

Unzufrieden wollte ich das Zimmer wieder verlassen, doch ohne darüber nachzudenken, beugte ich mich aus alter Polizistengewohnheit weit hinunter und warf einen letzten Blick unter das Bett. Hinten an der Wand lag ein Koffer.

Ich zog ihn hervor und öffnete ihn. Einige Handys und mindestens zwei Dutzend Portemonnaies und Bauchtaschen lagen darin. Ich pfiff durch die Zähne. Das waren gewiss nicht Kevins, zumal viele der Handys und Geldbörsen typische Frauenfarben hatten.

Die Portemonnaies enthielten kein Geld, aber in einigen steckten Visitenkarten, persönliche Fahrkarten, Personaldokumente, Schüler- und Studentenausweise. Luise Schröder, Celine Maroux, Marie Behrens, Chiyoko Akiyama.

Und eine Visitenkarte der Vechtaer Stadtverwaltung von Verwaltungsreferentin Jennifer Hase. Die dicke Jennifer. Der Junggesellinnenabschied. Die Beute von Kevin und Konno.

Schlüsselgeräusche ließen mich aufhorchen. Kevin kam mit zwei vollgepackten Aldi-Tüten in den Flur. Als er mich durch die offene Tür bemerkte, blieb er wie angewurzelt stehen.

»Kevin, du hast Besuch«, rief seine Mutter aus dem Wohnzimmer, »von der Polizei.«

Er ließ die Einkaufstüten fallen, machte auf dem Absatz kehrt und rannte aus der Wohnung. Ich hinterher. »Bleib stehen!«

Kevin sprang mehrere Stufen auf einmal hinunter und errannte sich einen Vorsprung von einer Etage. Vermutlich hätte ich ihn nicht mehr erwischt, immerhin bin ich doppelt so alt wie er und nicht im Training, doch wie das mit wilden Twens oftmals so ist: Sie übertreiben. Die Treppenstufen vom dritten in den zweiten Stock wollte er mit nur einem Zwischenschritt schaffen, was selbst für einen juvenilen Typen wie ihn zu ambitioniert war. Er knickte mit dem Fuß über die Kante der untersten Treppenstufe, stürzte und prallte mit einem Aufschrei gegen die Wand neben einer Wohnungstür. Bis er den Schock verdaut und sich vor Schmerzen stöhnend aufgerappelt hatte, war ich bei ihm, packte ihn und drehte ihm die Arme auf den Rücken. Noch ein Schmerzensschrei aus seinem Mund.

»Ende Gelände!«, blaffte ich.

»Nicht so fest!«

»Jammer nicht! Was gehst du auch stiften?« Ich schob ihn im Polizeigriff vor mir her die Treppen hoch.

»Was soll der Scheiß, ich hab überhaupt nichts gemacht!«

»Logisch, deswegen türmst du auch sofort, wenn du 'nen Bullen siehst.«

»Sind Sie ein echter Bulle?«, stöhnte er.

»Siehst du doch.«

»Ich dachte, das ist nur Fernsehen.«

»Ich weiß, mit dem Denken hast du's nicht so, hat mir deine Mutter schon gesteckt, dass du nicht die hellste Lampe im Laden bist.«

»Was machst du denn, Kevin?«, rief seine Mutter uns aus der Wohnungstür entgegen. »Wieso rennst du weg? Was hast du verbrochen?«

»Gar nichts, Mama. Das ist eine Verwechslung.«

»Ich verwechsle nichts«, behauptete ich, schob ihn in sein Zimmer und drückte ihn rabiat aufs Bett.

»Sie warten bitte im Wohnzimmer«, wies ich seine Mutter an, die mit offenem Mund im Flur stand, und machte die Tür zu.

»So, Sportsfreund«, wandte ich mich dem verunsicherten Kevin zu. »Jetzt reden wir Tacheles.« Ich zeigte zum Koffer. »Wo sind die Sachen her?«

»Äh … weiß nicht.«

»Ich weiß aber. Das ist deine und Konnos Beute von all den Frauen, die ihr unter Drogen setzt, um sie zu berauben oder sonst was mit ihnen anzustellen. Unter anderem von fünf netten Frauen aus Vechta, die in unserer schönen Stadt am Samstag Junggesellinnenabschied gefeiert haben.«

Kevin schluckte. Seine Anspannung und Nervosität konnte ich fast schon physisch spüren.

»Und ich weiß noch viel mehr: Du und dein Kumpel Konno habt den Ladys K.-o.-Tropfen verpasst und sie den ganzen Abend über verfolgt und begleitet. Und zuletzt vom Burgplatz in einem Taxi ins Freakout gelotst.«

»Woher wissen Sie das?« Kevin war baff.

»Ich weiß so einiges über dich, deswegen macht es überhaupt keinen Sinn, mich anzulügen. Ich will die Wahrheit von dir hören und nur die Wahrheit! Was hattet ihr vor? Wolltet ihr die Frauen nach dem Freakout mit nach Hause nehmen? Und euch dort an ihnen vergreifen?«

Kevin starrte überrumpelt und mit leicht geöffnetem Mund ins Leere.

»Raus mit der Sprache! Ich weiß, dass das euer Plan war«, log ich, »und ich weiß, dass ihr das nicht zum ersten Mal gemacht habt«, log ich nicht. »Es gibt eindeutige Beweise«, log ich erneut. »Leugnen ist also vollkommen zwecklos.«

Kevin schluckte wieder und rang nach Worten. Er versuchte es noch einmal mit einer Flucht nach Absurdistan: »Das ist eine Verwechslung. Der bin ich nicht.«

Mit beiden Händen packte ich ihn energisch am Kragen und schüttelte ihn. »Pass auf, Kumpel. Drei Dinge hasse ich wirklich:

schlechten Kaffee, schlechten Sex und schlechte Lügen. Wenn du jetzt nicht sofort dein Maul aufmachst …«

Ich brauchte meine Drohung nicht zu Ende sprechen. »Okay okay, schon gut, nicht schlagen, bitte«, winselte Kevin.

Ich ließ ihn los. »Ich höre.«

»Ja, es stimmt«, druckste er ausweichend, »wir haben denen was gegeben. Die haben aus unserm Flachmann getrunken, die spezielle Mischung, Wodka mit Roofies.«

»Und später habt ihr ihnen K.-o.-Tropfen verpasst«, unterstellte ich, »Liquid Ecstasy.«

Er nickte, den Blick zu Boden gerichtet. »Im Freakout. Aber nur, damit wir leichter an ihre Sachen rankommen. Wir wollten denen nichts tun, ehrlich!«

»Erzähl mir doch keinen vom Pferd!«, schrie ich. »Gib doch zu, dass ihr sie abschleppen wolltet! Oder muss ich es aus dir rausprügeln?« Ich ballte die Faust und machte Anstalten, zuzuschlagen, Kevin riss abwehrend die Hände hoch und zog den Kopf ein.

»Bitte nicht!«, flehte er. »Nicht schlagen, ich geb alles zu.«

»Das will ich verdammt noch mal hoffen! Also: Was ist mit Linda? Was habt ihr mit der Braut gemacht?«

»Gar nichts! Die war uns egal, wir wollten die zwei anderen mitnehmen.«

»Welche zwei anderen?«

»Eine heißt Anna, die wollte Konno haben. Die ich mir ausgeguckt hab, heißt Nele.«

Ausgerechnet Nele, dachte ich. Die Vorstellung, dass der junge Bursche sie unter Betäubung missbrauchen wollte, machte mich zornig.

»Und wieso habt ihr sie dann doch nicht abgeschleppt?«

»Die Weiber haben sich nicht trennen lassen«, antwortete er, ohne den Blick vom Boden zu nehmen.

»Waren wohl nicht willenlos genug.« Ich mahlte mit den Kiefern, als wollte ich meinen Zorn zermahlen.

»Diese Nele war noch zu klar in der Rübe«, fuhr Kevin fort, »und hat die anderen überredet, ein Taxi zu nehmen und heimzufahren.«

»Und dann habt ihr ihnen die Handys und Portemonnaies abgezockt«, unterstellte ich.

Er nickte kleinmütig.

»Und wieso bist du so bescheuert, die Sachen aufzuheben?«

»Die Portemonnaies wollte ich längst mal wegwerfen, aber … bin irgendwie nie dazu gekommen.«

»Klar«, nickte ich verächtlich, »weil deine Rübe schon so von Drogen zerfressen ist.«

Kevin schluckte.

»Und die Handys vercheckt ihr«, unterstellte ich, »wenn die Kohle aus den geklauten Geldbörsen für Crystal und K.-o.-Tropfen draufgegangen ist, stimmt's?«

Kevin nickte betreten.

»Aber das eilte ja nicht, denn von zweitausend Öcken kann man 'ne Menge Drogen kaufen, das reicht 'ne Weile.«

»Hä, zweitausend Öcken?«

»Die die Braut in der Spielbank gewonnen hatte. Habt ihr die schon komplett verballert?«

»Ich weiß nicht, was Sie meinen.«

»Ts, schon klar. Bist du nur dumm oder auch feige? Was ist mit der Braut? Was habt ihr mit Linda gemacht?«

Kevin runzelte die Stirn. »Nichts!«

Erneut packte ich ihn am Kragen und schüttelte ihn. »Lüg doch nicht!«

»Das ist die Wahrheit!«, beteuerte er ängstlich. »Die hatte wer anders am Wickel.«

»Wie, wer anders?«

»Irgend'n Typ hat die im Freakout angemacht.«

War das denkbar? Hatte sich etwa Ben doch an seine Braut gehängt? Ich ließ Kevin los und zückte mein Handy. »Wie sah der aus? War das der hier?« Ich zeigte ihm das Foto von Lindas Bräutigam, das ich im Hotel gemacht hatte, bevor ich ihn festnehmen ließ.

»Nee, der war das nicht, einer mit dunklen halblangen Haaren.«

Wollte Kevin mich in die Irre führen und auf eine falsche Fährte schicken, oder konnte es tatsächlich sein, dass sich der

Kreis der Verdächtigen um einen weiteren Unbekannten erweitert hatte?

Wie stimmig Kevins Aussagen waren, würde sich nach der Vernehmung seines Borussia-Mönchengladbach-Buddys zeigen.

»Wie heißt dein Kumpel Konno mit Nachnamen?«

Kevin kaute nachdenklich an der Unterlippe.

»Raus damit!«, brüllte ich.

»Seume«, flüsterte er.

»Na also, geht doch. Was ist mit den Drogen? Wo habt ihr euer Crystal und die Roofies und K.-o.-Tropfen her?«

Er antwortete nicht, sein Blick blieb starr auf den Boden gerichtet.

Ich nahm das leere Drogentütchen aus dem Müll und hielt es hoch. »War das Crystal? Nun sag schon. Habt ihr den Dreck aus dem Freakout?«

Kevin hob den Blick und sah mich an. »Ich darf doch die Aussage verweigern, oder? Ich muss doch gar nichts zugeben, oder? Ich kann doch 'n Anwalt rufen, oder?«

»Hast du einen Anwalt?«

Er schüttelte den Kopf.

»Na also. Was willst du mit einem Anwalt, wenn du gar keinen hast?«

Er zuckte ratlos mit den Schultern. »Aber ich sag nix mehr. Ich darf doch schweigen, oder?«

»Das wird dir nicht viel nützen. Du solltest reinen Tisch machen, das ist für dich und Konno am besten.«

Kevin schaltete auf Trotz um: »Ich sag gar nix mehr.«

»Überleg dir gut, ob du nicht doch auspackst, wenn du gleich von meinen Kollegen vernommen wirst.«

»Werden Sie mich einbuchten?«, fragte er unglücklich.

»Wär das so schlimm?«, fragte ich mitleidlos. »Vielleicht täte dir eine kleine Auszeit ganz gut. Da kannst du keine Scheiße bauen. Und ohne Drogen kommst du vielleicht auf vernünftige Gedanken. Besinnst dich, lernst was. Ich ruf jetzt meine Kollegen. Und du packst eine Tasche für die U-Haft.« Ich hob mahnend den Zeigefinger. »Keine Dummheiten, klar?«

Er nickte mit belämmertem Gesichtsausdruck. Ich ging aus

der Tür, zückte mein Handy, rief Mark an, erklärte ihm die Lage und fragte, ob er kommen und den Typ festnehmen könne.

»Lass das doch die Streifenhörnchen vom Notdienst machen«, erwiderte Mark.

»Ich will nicht auffliegen«, druckste ich leise, damit mich Kevin und seine Mutter nicht hören konnten.

»Wie, auffliegen? Als was?«

»Als Oberkommissar. Hab meinen alten Dienstausweis zufällig dabeigehabt ...«

»Wie bitte?«, echauffierte sich Mark. »Du hast dich als Cop ausgegeben? Bist du bescheuert, das ist Amtsanmaßung!«

»Jetzt mach mal nicht so 'ne Welle ...«

»Ich hab doch gesagt«, fiel Mark mir ins Wort, »keine Alleingänge! Was fällt dir bloß ein? Der Typ könnte dich anzeigen.«

»Könnte er. Wird er aber nicht, wenn du jetzt kommst und das übernimmst.«

»Und wenn nicht?«

»Überleg ich mir, ob ich nicht selbst zum Fortuna-Spiel gehe.« Das war natürlich gelogen, Deal ist Deal, aber solange die Karten nicht in seinem Besitz waren, konnte ich sie noch als Druckmittel benutzen.

»Amtsanmaßung und Nötigung – du bewegst dich auf dünnem Eis, Kollege.«

»Gutes Stichwort. Ein fettes Eis spendier ich auch noch zur Belohnung.«

Eine halbe Stunde später kam Mark mit seiner Kollegin Marietta, die beim Abbummeln ihrer Überstunden vor zwei Tagen Farbe bekommen hatte, stellte den Koffer sicher und nahm Silberkrawatte alias Kevin Recker fest. Während seines Einsatzes ignorierte er mich geflissentlich und sagte kein Wort, bis er Kevin mit gefesselten Händen aus der Wohnung führte. Erst als er schon fast draußen war, sperrte er doch noch den Mund auf: »Gute Arbeit, Kollege.«

36

»Findest du das gut?«, begrüßte mich Leonie, als ich ins NASEBAND'S kam, und warf mir einen Blick zu wie die Ehefrau eines notorischen Kneipengängers. Fehlte nur noch das Nudelholz. »Mich so lange warten zu lassen? Du hast gesagt, du hast einen Termin im Arbeitsamt. Es ist eine Stunde vor Mitternacht. Wo warst du?«

Aushilfskräften bin ich keine Rechenschaft schuldig, daher ignorierte ich ihre Frage. »Wieso bist du noch hier?« Meine fest angestellte Bartenderin arbeitete seit Stunden.

Leonie hielt die Hand auf. »Ich warte auf meinen Lohn. Mit Feiertagszuschlag, hundertfünfzig Prozent.«

Ich gab ihr das Geld, rief meinen Sohn an und fragte nach dem Pomeraner. Mike versicherte mir, dass es ihm gut ging, und versprach, ihn gleich vorbeizubringen.

Kaum hatte ich aufgelegt und Leonie die guten Nachrichten überbracht, kam Mark herein, was ich nach dem Zapfen von zwei Alt zur Begrüßung schamlos ausnutzte, um ihn Bericht erstatten zu lassen. Zum Beispiel über die Festnahme von Konno Seume, dem zweiten K des K.-o.-Tropfen-Duos. Bei ihm waren ein Fläschchen mit K.-o.-Tropfen und anderthalb Gramm Crystal Meth gefunden worden. Die Jungs hockten in U-Haft. Leider hatten beide in ihrer Vernehmung eisern geschwiegen. Aber dank ihrer Dummheit, die Geldbörsen aufbewahrt zu haben, konnten bereits einige der ungeklärten Fälle der Sitte und des Raubdezernats geklärt werden. Andere bestohlene Opfer, deren Ausweise in den Geldbeuteln waren, von denen aber keine Anzeigen vorlagen, mussten noch kontaktiert werden.

»War auch das Portemonnaie der vermissten Erzieherin dabei?«

»Nein. Mit dem Verschwinden von Annika Hobrecht haben die beiden nichts zu tun, das haben wir nachgeprüft. Sie waren an dem Samstag vor knapp sieben Wochen nachweislich in Essen auf einem Heavy-Metal-Konzert.«

Mark trank sein Alt aus und winkte nach dem nächsten. »Und ob sie mit dem Verschwinden von Linda Brandt zu tun haben oder doch ihr Bräutigam dahintersteckt, müssen wir noch herausfinden.«

»Vielleicht hat dieser Kevin die Wahrheit gesagt, und es gibt noch einen Mister X, der sich Linda im Freakout geangelt hat.«

»Denkbar. Die Kerle haben alle Geldbeutel und Handys von dem Frauentrupp – außer von der Braut. Wirklich eigenartig, dass die so komplett von der Bildfläche verschwunden ist. Ich hab mit meiner Kollegin die Aufnahmen aller Überwachungskameras am Hauptbahnhof und Umgebung gecheckt. Keine Linda Brandt, nirgends. Man sieht lediglich ihre vier Freundinnen, wie sie am Morgen an den Taxistand schwanken.«

»Und ihr Bräutigam Ben ist auch nicht zu sehen?«

»Niet, nada. Apropos. Vorhin haben wir die neuesten DNA-Ergebnisse auf den Tisch bekommen. Mit dem Tod der Frau ohne Gesicht hat er anscheinend nichts zu tun, die Hautspuren unter ihren Fingernägeln stammen zwar von einem Mann, aber nicht von Ben Kummer. Dafür stammt das Blut aus dem Waschbecken seines Hotelzimmers von ihm. Und das aus dem Bett ist Menstruationsblut einer Unbekannten. Weder von der Braut noch von der Rheintoten.«

»Sondern von dieser Manuela«, spekulierte ich, »der Frau, bei der er angeblich war. Dann hat er also doch die Wahrheit gesagt ...«

»Möglicherweise, aber nicht unbedingt. Er bleibt auf jeden Fall erst mal in U-Haft, da er nach wie unser Hauptverdächtiger im Vermisstenfall Linda Brandt ist.«

»Und die Tote aus dem Rhein ist noch immer nicht identifiziert?«, wunderte ich mich.

»Leider nein. Gibt immer noch keine passende Vermisstenmeldung.«

»Merkwürdig. Dabei ging das doch durch alle Medien. Die Tote ohne Gesicht. Dann kommt die wohl nicht aus Düdorf? Eine Touristin?«

»Oder Zwangsprostituierte. Oder Illegale aus dem Ostblock. Oder, oder. Reine Spekulation. Der Soko-Leiter hat jetzt doch eine Öffentlichkeitsfahndung angeordnet. Morgen wirst du in allen Zeitungen den Zeugenaufruf finden. Das heißt für uns: Nächste Woche wird heiß werden«, fügte er seufzend hinzu und leerte sein zweites Alt.

»Bitte nicht noch heißer«, entgegnete ich und zündete mir eine Lucky an. »Wird Zeit, dass der große Regen kommt.«

Mark bestellte sich etwas zu essen.

»Bevor ich's wieder vergesse«, fiel mir etwas ein. »Hast du mal überprüft, ob Hasso Lüttgers über eine Waffenbesitzkarte verfügt?«

»Stimmt«, nickte Mark, »das wollte ich ja noch abklären. Erinner mich morgen noch mal dran.«

»Schreib's dir doch auf.«

Mark seufzte, nahm sein Handy heraus und machte sich eine Notiz.

Währenddessen erzählte ich ihm von Mikes Beobachtungen im Freakout und dass dort offenbar doch Drogen vertickt wurden. »Ich versteh nicht, dass ihr da nicht mal 'ne Razzia macht.«

Mark machte ein unzufriedenes Gesicht. »Weißt doch, wie das im August immer ist – die eine Hälfte ist im Urlaub, die andere nimmt sich Sommergrippe, und an mir und den andern letzten Mohikanern bleibt die ganze Arbeit hängen.«

»Herzliches Beileid«, äußerte ich sarkastisch. »Dass ständig Frauen verschwinden und die Täter ihre Drogen vermutlich aus dem Freakout haben, geht dir am Arsch vorbei, oder was?«

»Natürlich nicht«, verteidigte sich Mark. »Aber mein Tag hat auch nur vierundzwanzig Stunden. Und eine Razzia muss gut vorbereitet sein. Das können wir nicht mal eben so auf Zuruf machen. Außerdem bist du kein Polizist, Michael, du bist ordinärer Bürger.«

»Was heißt ordinärer Bürger? Glaubst du mir etwa nicht?«

Mark seufzte. »Du kennst das doch, wir müssten erst mal observieren und Telefone überwachen. Wir brauchen gerichtsfeste Beweise, bevor wir einen Großeinsatz starten können. Aber ich werd mich drum kümmern und den Kollegen von der Drogenfahndung Bescheid geben.«

»Gut. Danke.«

»Aber bevor ich irgendwas tue«, sagte Mark, »will ich die Tickets haben.«

Also ging ich sie holen. Mark schlang sein Essen mit einem weiteren Alt hinunter und schlug dann mit der flachen Hand auf den Tresen. »So, Feierabend für heute, ich muss mal früh ins Bett und Schlaf nachholen. Muss fit sein fürs Wochenende.«

»Du meinst für deine Jura-Praktikantin. Wie heißt sie noch?«

»Sarah. Also, halt den Rüssel oben, bis denne!«

Mark gab sich die Klinke mit Mike. Leonie lief sofort zu ihm und nahm ihm den Hund aus dem Arm. »Wird auch Zeit«, zischte sie und zischte ab.

Ich fragte Mike, was seine Observation des Freakout ergeben hatte.

»Hab's versemmelt«, gab er zerknirscht zu.

»Wie, versemmelt? Erzähl!«

»Es ging eigentlich alles gut los. Hab mir von 'nem Kumpel das Auto geliehen und bin mit Eleana und Louis zu der Disco. Hab mich im Hinterhof postiert und den Backstageeingang beobachtet.«

»Ja, und weiter?«

»Na ja …«, druckste Mike. »Eleana und ich … wir haben uns ja ewig nicht gesehen.«

»Ewig? Montag ist drei Tage her.«

»Das ist doch ewig«, insistierte Mike. »Wir mussten uns erst mal um uns selber kümmern«, fügte er ausweichend hinzu.

»Du meinst, du hast sie im Auto gevögelt«, fragte ich ungläubig, »obwohl du eigentlich observieren solltest?«

Mike nickte. »Und danach waren wir durch Louis abgelenkt.«

Angesäuert streckte ich die Hand aus. »Dann her mit der Kohle!«

»Hä? Wieso?«

»Du solltest für das Geld eine Gegenleistung erbringen. Hast du aber nicht. Also will ich die Kohle zurück.«

»Woher denn? Ich hab keinen Cent mehr. Allerdings …« Er wand sich. »Ich bräuchte noch mal ein ganz kleines bisschen Cash für mein Mädel, ich will sie morgen ausführen.«

»Welches Mädel? Eleana?«

»Nein, Lea. Dreißig reichen auch.«

»Nein, Mike, mir reicht's jetzt auch, Schluss mit der ewigen Bettelei! Ich bin doch nicht der Himbeer-Toni. Es gibt nichts mehr!«

Mike bat und bettelte noch eine Weile vergeblich, dann gab er grummelnd auf und trottete wie ein begossener Pomeraner von dannen.

Ich hatte mir gerade noch ein Alt gezapft, da kam ein weiteres Gesicht aus meinem engsten Freundes- und Familienkreis: Klaus.

Ich boxte die Faust, die er mir entgegenstreckte. »Und, was geht?«, fragte er.

»Läuft.« Ich gab ihm mein Alt, zapfte ein neues und stieß mit ihm an.

Klaus ist Exkrimineller und einer meiner besten Freunde, eine imposante Erscheinung, groß, muskulös und durchtrainiert wie die Klitschkos. Wenn man nach dem Sport beim Duschen neben ihm steht, kriegt man schlechte Laune und Neidfraß.

Er hat eine bewegte Vergangenheit hinter sich, die seinen Charakter geformt hat: Erst hat er sich als internationaler Hehler verdingt, dann von der Beute aus Banküberfällen gelebt. Bis ich ihn schnappte und er vier Jahre hinter Gittern saß. Danach hat er sein Leben auf solide Füße gestellt und eine seriöse Handelsfirma gegründet.

Wenn ich jemanden brauche, der mir in einer brenzligen Situation zur Seite steht, ist Klaus die erste Wahl. Er ist jemand, der alles stehen und liegen lässt, wenn er als Freund gerufen wird. Nach wie vor hat er beste Kontakte zur Unterwelt, obwohl er selbst nichts Illegales mehr macht. Durch seine Menschenkenntnis und Erfahrung ist er mir oft als Ratgeber hilfreich.

Ich fragte ihn, ob er etwas über das Freakout wisse und den Betreiber Hasso Lüttgers.

»Soll aus dem Osten sein. Hat den Laden letztes Jahr aufgemacht. Sonst weiß ich nichts darüber, war da noch nicht.«

»Sagt dir der Name Carlos was?«

»Carlos? Welcher? Ich kenne drei.«

»Ein Carlos, der mit dem Freakout in Verbindung steht. Ich vermute, ein Dealer.«

»Der Kubaner?«

»Keine Ahnung, welche Nationalität der hat. Wieso, wer ist der Kubaner-Carlos?«

»Der ist vor einem Jahr in die Stadt gekommen. Hab läuten hören, dass dieser Carlos mit der Crystal-Schwemme zu tun hat. Seit einem Jahr wird Düsseldorf mit Crystal Meth und synthetischen Drogen aus Tschechien und Polen überschwemmt.«

»Oder aus Holland«, warf ich ein.

Klaus schüttelte missbilligend den Kopf. »Wir sind ja traditionelle Kokser-Stadt. Und natürlich gab und gibt es schon immer Heroin-Junkies. Aber im Prinzip waren Drogen nie ein großes Problem für uns. Durch die synthetischen Drogen hat sich das geändert. Die machen die ganze Stadt kaputt und zerstören die junge Generation.«

»Oh, der Saulus wird zum Paulus!«, höhnte ich.

»Das geht mir echt auf die Nüsse mit diesen Chemodrogen. Das macht die Kids zu Zombies. Ich seh das echt mit Sorge, ohne Scheiß. Ich mein, wo soll das hinführen, wenn ein Großteil der Jugend mehr breit als klar in der Birne ist? Wir haben früher heimlich Zigaretten in der Pause geraucht, die nach uns kamen, haben gekifft. Und jetzt? Ziehen sich die Kids Crystal auf dem Schulhof rein!«

»Und du meinst, dieser Carlos ist mit dafür verantwortlich?«

Klaus nickte. »Der soll das Zeug in die Stadt gebracht haben. Aber Genaueres weiß ich auch nicht, kenn den Namen nur aus Erzählungen eines Freundes, der gerne mal ein Näschen nimmt. Der hat es wiederum von seinem Dealer, der natürlich pissed ist und auf diesen Carlos geflucht hat.«

Klaus wollte wissen, weshalb ich an dieser Person und der Disco interessiert sei. Ich erzählte ihm die ganze Geschichte.

»Ich glaub, dass da am Samstag eine große Lieferung erwartet wird«, schloss ich meine Erzählung, »dabei will ich sie unbedingt erwischen.«

»Du allein?«, wunderte sich Klaus.

»Nur wenn meine Exkollegen nicht rechtzeitig in die Pötte kommen.«

»Wenn du Hilfe brauchst ...«

Ich nickte, und er hielt mir die Faust zur Verabschiedung hin.

»Ein Absacker reicht, muss morgen früh raus.«

»Gute Nacht«, sagte ich und boxte seine Faust.

Klaus ging nach Hause und ich in mein Büro.

37

Ich nahm meine am Vortag abgebrochenen Internetrecherchen wieder auf und wollte versuchen, mehr über Hasso Lüttgers, seinen tätowierten Türsteher und Carlos herauszufinden. Google spuckte eine lange Ergebnisliste aus, nachdem ich den Namen des Discobetreibers eingegeben hatte. Hauptsächlich Artikel von Zeitungen aus der Region Frankfurt an der Oder und Forenbeiträge auf Websites über die Clubszene.

Die Presseartikel waren überwiegend anderthalb Jahre alt und drehten sich um Lüttgers' Disco in Frankfurt/O, um den Drogentoten, die anschließende Razzia, die Drogenfunde bei Besuchern sowie die Schließung des Clubs. Hasso Lüttgers konnte nichts nachgewiesen werden.

In einem Artikel wurde ein Hanno L. zitiert. »Hasso, nicht Hanno«, sagte ich laut, »was lernt ihr denn auf der Journalistenschule?« Doch dann stieß ich auf einen Satz, der mich eines Besseren belehrte: »Hasso und Hanno L. haben sich von den Drogenfunden in ihrem Club distanziert und angekündigt, die polizeilichen Ermittlungen zu unterstützen.«

Überrascht blickte ich auf. Der Betreiber des Freakout und sein tätowierter Torwächter waren Brüder. Sie betrieben ihre Partystätten gemeinsam. Eine Blutsgemeinschaft.

Ich besuchte Foren von Clubgängern und Partyseiten aus Ostdeutschland, in denen der Name Hasso auftauchte. Einige kryptische und mit Smileys versehene Kommentare deuteten darauf hin, dass in der Frankfurter Disco Drogen verkauft wurden. Ein paarmal tauchte auch der Name des Türstehers auf, Hanno.

Nachdem der Club geschlossen worden war, sinnierte ich, haben sich die Brüder in den Westen rübergemacht – dorthin, wo viel Geld und Feierwut und damit viele Abnehmer zu finden sind.

Ich rief die Facebook-Seite von Hasso Lüttgers auf. Als Hobbys und Interessen hatte er elektronische Musik und Clubleben angegeben. Seine Freundesliste, Fotos und hinterlassene Kommentare konnte ich nicht einsehen, sie waren nicht öffentlich zugänglich.

Ich ging in den Gastraum und bat den Piraten zu mir ins Büro. »Du hast doch mal vor Urzeiten Informatik studiert und warst im Chaos Computer Club«, sagte ich, »und kennst dich ein bisschen aus mit Computern und Internet.«

»Bisschen, ja. Ich habe die ersten LAN-Partys in Köln mit organisiert und Hacker-Meetings veranstaltet. Wir haben die Systeme von Dax-Konzernen und Großbanken gehackt, nur um zu beweisen, dass wir's können.«

»Okay, sorry, wollte dich nicht beleidigen. Ich brauch deine Hilfe.«

»Wie lautet der Auftrag?«, wurde Jack Sparrow gleich geschäftlich.

»Mir Einblick in die Freundesliste eines Facebook-Accounts zu verschaffen, obwohl ich ein Nichtfreund bin.«

»Musst du den Account hacken.«

»Scherzkeks.«

»Kein Witz, ist ganz einfach. Hast du seine E-Mail-Adresse?«

»Ja, steht im Impressum auf der Website des Freakout.«

»Gut. Wir schicken ihm einfach eine E-Mail mit einem kleinen süßen trojanischen Pferd. Müssen nur einen verlockenden Anhang mitschicken, der ihn dazu bewegt, ihn zu öffnen und dadurch den Trojaner zu aktivieren. Was könnten wir ihm schicken, damit er es öffnet?«, überlegte der Pirat laut. »Vielleicht die Bewerbung eines DJ? Oder eine Buchungsanfrage?«

»Oder eine Vorladung vom Düsseldorfer Polizeipräsidium.«

»Klar, warum nicht?«

»Aber der sieht doch am E-Mail-Absender, dass das nicht von der Polizei kommt«, wendete ich skeptisch ein.

»Kein Problem, die Absender-E-Mail können wir maskieren. Dann steht oben im Mail-Kopf als Absender Düsseldorfer Polizeipräsidium. Die meisten Leute gucken nur auf den Namen des Absenders und überprüfen nicht die tatsächliche E-Mail-Adresse.«

»Wenn du meinst. Probieren wir's mal.«

Ich ließ den Piraten an meinem Computer hantieren. Er schien in seinem Element zu sein, so energetisch hatte ich ihn noch nie erlebt. Zehn Finger flogen über die Tastatur, konzentriert sah er auf den Bildschirm, seine Zungenspitze lugte zwischen den Lippen hervor.

»Und was machst du da?«, wollte ich wissen.

»Ich verstecke den Trojaner in einem leeren PDF, das ich ›Vorladung‹ nenne. Sobald er das PDF öffnet, wird der Trojaner aktiviert, und wir können alle Tastaturbewegungen ausspionieren. So gelangen wir an seine Passwörter für Facebook, Onlinebanking und alles Mögliche. Wir lesen alles mit, jeden Buchstaben, den er eingibt, jede Mail, die er tippt, einfach alles. Du kannst dich überall einloggen, wo er angemeldet ist, kannst Freundeslisten einsehen, Postings, Fotos, Kommentare … was immer du willst.«

Ich sah auf die Uhrzeit am unteren Bildschirmrand. »Schon nach Mitternacht. Keine Behörde der Welt verschickt um diese Zeit E-Mails.«

»Wieso denn nicht?«, widersprach der Pirat frohgemut. »Wir können es ja offensiv angehen und schreiben unter den Disclaimer, dass es ein automatischer Mailversand ist.«

Gemeinsam formulierten wir den Text der E-Mail und gaben dem trojanischen Pferd die Sporen.

Anschließend ging ich an die Bar und zapfte zwei Alt. Als ich damit ins Büro zurückkam, wollte ich wissen, ob wir schon Erfolg hatten.

»Gemach, gemach, Meister Ungeduld«, antwortete Einauge und schnappte sich ein Alt. »Wenn du Pech hast, dauert es Tage. Wer weiß, ob er ein Smartphone hat und Mails sofort reinkommen sieht.«

»Wer hat denn heutzutage kein Smartphone?«

»Ich. Meinst du, ich will, dass tausend Firmen über ihre bescheuerten Apps alle meine Daten absaugen? Nee-hehe, nicht mit mir. Das hat seinen guten Grund, dass ich einen Knochen aus den Neunzigern benutze.«

»Ich dachte, du bist Totalverweigerer und hast gar kein Handy.«

»Doch, aber das liegt immer zu Hause. Hab ich nur, damit

ich die TANs von der Sparkasse fürs Onlinebanking empfangen kann. Aber am liebsten ... Na also«, unterbrach sich der Pirat selbst und zeigte zufrieden grinsend zum Bildschirm, »hab ich zu viel versprochen? Er hat die Mail empfangen und das PDF geöffnet.«

»Jetzt muss er sich nur noch bei Facebook einloggen, dann können wir auch rein«, sagte ich und stieß mit meinem Helfer an. »Prost, Einauge, gut gemacht!«

Kaum hatten wir einen Schluck getrunken, registrierte der Pirat auf dem Monitor Aktivität. »Na, das ging aber schnell.«

Hasso Lüttgers loggte sich in seinen Facebook-Account ein. »Was für ein einfallsreiches Passwort«, ätzte der Pirat. »HassoFFO-Luettgers.«

»Vielleicht ist sein Gedächtnis von den Drogen so angegriffen, dass er sich nichts anderes mehr merken kann als Name und Herkunft«, versuchte ich eine Erklärung.

»Solange er seinen Namen noch kennt«, lachte der Einäugige, »geht's ja noch.« Er stand von meinem Stuhl auf. »Was ist, kommst du mit vor? Hier ist mir das Licht zu grell und die Musik zu laut.«

»Geh mal alleine, du Komiker«, schmunzelte ich, »deine Rechnung geht aufs Haus.«

Anerkennend pfiff er. »Anständig, Nasenglatz. Du wirst mir immer sympathischer.«

»Du mich auch«, versprach ich mich absichtlich. »Und danke noch mal.«

Der Pirat verließ mein Büro, ich schaute auf den Monitor und sah, wie ein Posting getippt wurde:

»wtf, bullenvorladung um mitternacht??!! leeres pdf??!! acab!!«

Die Abkürzungen waren mir bekannt: *what the fuck* und *all cops are bastards*. Hasso Lüttgers machte seinem Ärger Luft. Anscheinend hatte er nicht begriffen, dass er hereingelegt wurde. Gut so.

Ich wartete ein paar Minuten, bis sich der Clubbetreiber von Facebook abgemeldet hatte, und loggte mich sofort in seinen Account. Benutzername: HassoLuettgers. Passwort: HassoFFO-Luettgers.

In seiner Freundesliste, die aus siebenundneunzig Personen bestand, entdeckte ich den jungen Barmann des Freakout, den ich bei meinem ersten Besuch dort getroffen hatte, und außer Hassos tätowiertem Bruder Hanno wie erwartet den Biker Uwe Hartmann.

Und einen gewissen Niklas Fuhrmann, Musikredakteur beim Düsseldorfer Rhein-Kurier, vorher in der Redaktion einer Tageszeitung aus Frankfurt/Oder. Aus dessen Timeline schloss ich, dass er zur selben Zeit wie die Lüttgers-Brüder in den Westen gekommen war.

Natürlich konnte es alles Zufall sein, aber ich vermutete, dass der Redakteur absichtlich zu Saskias Blatt gewechselt war, um die Dealer mit Infos der Polizeireporterin zu versorgen und herauszufinden, was die Bullen wussten und vorhatten. Kein Wunder, dass die Kollegen in FFO bei ihrer Razzia nach dem Drogentod eines Clubbesuchers außer bei Gästen keine Drogen gefunden hatten – die Dealer waren von ihrem Reporterspitzel gewarnt worden.

Und dieser Spitzel hatte beim Rhein-Kurier dann mitbekommen, wie Saskias Kollege Arndt über das Freakout recherchierte, weil er den Club als die geheimnisvolle Quelle für das Crystal Meth ausgemacht hatte, das die Stadt seit dem Auftauchen der Lüttgers-Brüder überflutete.

Stück für Stück schlossen sich Kreise. Ich spürte eine innere Aufregung. Wie früher, wenn ich bei zähen Ermittlungen kurz vor dem Durchbruch stand. Mit fiebrigem Ehrgeiz durchforstete ich weiter Hasso Lüttgers Freundschaften – und stieß endlich auf den Namen Carlos. Carlos Rodriguez. Der Kubaner. So sah er zumindest auf dem Foto aus: lateinamerikanischer Typus mit dunkler Haut, schwarzen, nach hinten gegelten Haaren, wulstigen Lippen, braunen Glutaugen und dichtem Brustfell. Ernst blickte er in die Kamera, düster und gefährlich wirkend.

Ich öffnete im Browserfenster ein neues Tab und googelte *Carlos Rodriguez Düsseldorf*. Tatsächlich fand ich einen Eintrag in einem Handelsregisterauszug aus dem letzten Jahr. Carlos Rodriguez hatte in Düsseldorf als e. K., als eingetragener Kaufmann, ein Gewerbe angemeldet und betrieb demnach angeblich Import-Export-Geschäfte in der Immermannstraße.

Im Prinzip war das nicht falsch, denn wenn meine Annahme richtig und Carlos entweder ein wichtiger Abnehmer oder womöglich der Kopf der ostdeutschen Dealerbande war und wenn die synthetischen Drogen tatsächlich aus Tschechien stammten, handelte es sich um ein klassisches Importgeschäft. Von Frankfurt an der Oder über Polen aus Tschechien importiert und dann nach Düsseldorf exportiert.

Aus den Postings und Kommentaren schloss ich, dass Carlos ebenfalls aus Frankfurt an der Oder stammte und zur selben Zeit wie die Lüttgers-Brüder nach Düsseldorf gezogen war.

Ich überlegte, wie alles zusammenhing. Ein Kurier aus FFO lieferte den Lüttgers-Brüdern Stoff, den sie im Freakout vertickten, und belieferte danach Carlos. An wen vercheckte der Kubaner die Drogen? Versorgte er andere Dealer und Clubs mit den chemischen Giften?

Auf einem Party-Pic aus dem Freakout hatte Carlos seine Arme um zwei Bikini-Models gelegt, die sich eng an ihn schmiegten, und grinste breit und selbstzufrieden in die Kamera.

Dir wird das Grinsen noch vergehen, dachte ich und war mir nicht sicher, ob mein Ermittlerehrgeiz hinter dem Gedanken stand oder Neid.

Mir kam plötzlich Nele in den Sinn. Wenige Tage lag es erst zurück, dass ich ihr Angebot zu Intimität ausgeschlagen hatte. Warum hatte ich das nur getan?

Ohne lange darüber nachzudenken, suchte ich ihre Vechtaer Festnetznummer im Handy und rief sie an. Es klingelte sechs Mal, ehe sie abnahm.

»Ja, hallo?« Ihre Stimme klang verschlafen.

»Hallo, Nele, Michael hier, Naseband. Hab ich dich geweckt?«

»Ist Linda wieder aufgetaucht? Oder tot?« Plötzlich klang sie hellwach und aufgeregt bis panisch.

»Nein. Also ich meine, wir haben keine Hinweise auf ihren Tod, aber aufgetaucht ist sie auch immer noch nicht, leider. Aber wir haben die Typen geschnappt, die euch die Drogen verpasst und eure Sachen gezockt haben.«

»Und was sagen die, was mit Linda ist?«

»Angeblich wurde deine Freundin im Freakout zuletzt mit einem dunkelhaarigen Mann mit halblangen Haaren gesehen. Kannst du dich an den erinnern?«

»Nein«, antwortete Nele, nachdem sie ihre Erinnerung durchsucht hatte. »Meinst du denn, das stimmt, was die sagen? War da wirklich noch wer anders beteiligt?«

»Tja, Preisfrage … Das kann weder die Polizei noch ich mit Bestimmtheit sagen, wer hier die Wahrheit sagt. Die Kerle bleiben auf jeden Fall in U-Haft. Wie geht's dir denn so? Bist du wieder gut im Alltag gelandet?«

»Geht so. Ich war gestern und heute wieder ganz normal arbeiten, so wie immer. Das hat mich einigermaßen abgelenkt. Und gestern hab ich mich mit Jennifer, Tamara und Anna getroffen. Die sind natürlich auch total besorgt.«

Irgendwie schaffte ich es nicht, das Gespräch in persönlichere Bahnen zu lenken. Ich musste wohl deutlicher werden. »Können wir mal so tun, als hätten wir uns nicht unter den gegebenen Umständen kennengelernt, und du erzählst mir mal einen Schwank aus deinem Leben? Ich hab nämlich eigentlich deshalb angerufen. Um nicht aufzuhören, dich kennenzulernen, nur weil wir nicht mehr zusammen ermitteln.«

Sie schwieg, und ich hielt die Luft an, und zwar nicht nur sprichwörtlich. War sie nur baff oder schockiert oder …

»Was willst du wissen?«, fragte sie dann, und ihre Stimme klang ganz anders. Viel entspannter und vielleicht sogar erfreut.

»Och, fang doch mal mit dem Üblichen an: Wie du deine Freizeit verbringst, welchen Sport du treibst, wohin du in Urlaub fährst, Lieblingsmusik, -filme und -speisen, Freunde, Familie …«

»Stopp, stopp, ich hab nichts zu schreiben im Bett. Also …«

Und dann gab sie ausführlich Antwort, bestand danach auf Revanche, und als mir irgendwann einfiel, dass ich sie geweckt hatte und sie früher als ich aufstehen und arbeiten musste, waren zwei Stunden vergangen.

»Dann lass ich dich jetzt besser mal schlafen«, sagte ich. »Wenn du mal wieder in der Stadt bist … Du bist immer willkommen und kannst jederzeit bei mir pennen.«

»Auf das Angebot werde ich garantiert zurückkommen«, lachte sie und legte auf.

In mir kribbelte es plötzlich überall. Aber es war ein schönes Kribbeln.

38

Der Pirat hatte es ausgenutzt, dass seine Rechnung aufs Haus ging, und meine Barfrau dazu überredet, ihm Leonies neue Spezialität Hemingway Daiquiri zuzubereiten. Er war so betrunken, als ich aus meinem Büro zurück in den Gastraum kam, dass er fast vom Stuhl kippte.

Ich schmiss ihn und die anderen Gäste raus, verabschiedete meine Mitarbeiterin, machte die Tagesabrechnung und schloss Punkt vier in der Früh ab. Draußen hörte ich einen Motor aufheulen, schenkte dem Geräusch jedoch keine Beachtung.

Meinen Wagen ließ ich stehen und ging zu Fuß nach Hause. Um den betrunkenen Altstadtbesuchern aus dem Weg zu gehen, lief ich durch die Mühlenstraße und bog nach rechts in die Heinrich-Heine-Allee. Der Gehweg neben der mehrspurigen Fahrbahn ist zwar nicht besonders schön, aber besser, als sich mit Besoffskis herumzuärgern. Um diese Uhrzeit war die Altstadt noch dicht bevölkert, im Gegensatz zum Rest der Stadt. Es fuhren wenige Autos an mir vorbei. Ich nahm sie kaum wahr.

Ich passierte das Steigenberger Parkhotel und wollte die Elberfelder überqueren. Bei Grün ging ich über die Straßenbahngleise, den Kopf gesenkt. Dann hörte ich rechts von mir wieder einen Motor aufheulen, und als ich unbewusst den Kopf halb in Richtung des Geräusches drehte, sah ich aus den Augenwinkeln, wie Scheinwerfer auf mich zurasten. Auch wenn das Reaktionsvermögen im Alter nachlässt – Reflexe bleiben Reflexe. Und so machte ich automatisch einen Hechtsprung nach vorne.

Doch nicht schnell genug. Der Wagen war bereits zu nah neben mir. Deshalb spürte ich während meines kurzen Fluges einen heftigen Schlag gegen meinen Fuß, schleuderte herum und fiel nach einer halben Drehung zu Boden.

Ich stieß einen Schmerzensschrei aus und blickte hastig auf. Ein schwarzer Transporter, an dessen Heck das VW-Emblem prangte, schlingerte mit quietschenden Reifen um die Ecke und raste durch die Heinrich-Heine-Allee davon. Vom Kennzeichen konnte ich nur das D für Düsseldorf erkennen, ehe der Wagen aus meinem Blickfeld verschwand.

Ich rappelte mich auf und betrachtete mein Bein. Der Knöchel und die Wade hatten etwas abbekommen und verfärbten sich sofort rotblau, aber es war kein Blut zu sehen.

Zwei junge Männer kamen aus der Richtung angerannt, aus der der Lieferwagen gekommen war. »Ey, der hatte Rot«, rief der eine aufgeregt und deutlich alkoholisiert, »der hatte voll Rot, ich hab's genau gesehen, der hatte Rot, der hatte Rot!«

»Alles in Ordnung?«, fragte der andere, nicht weniger betrunken. »Is was passiert, alles okay, brauchen Sie Hilfe, sollen wir 'n Krankenwagen rufen?«

»Nein, nein, geht schon, danke.«

»Sie sind doch der Kommissar«, realisierte er dann und hickste, »aus dem Fernsehen. Krass, ich hab Sie schon ganz oft gesehen.«

»Und gerade? Haben Sie da auch was gesehen«, fragte ich, »zum Beispiel das Kennzeichen?«

»Nee, das ging viel zu schnell. Ich hab nur gesehen, wie der Kastenwagen neben uns Vollgas gibt und auf die rote Ampel zubrettert.«

»Voll krass, die war rot, die Ampel, die war rot«, wiederholte der Erste, »der muss farbenblind sein, der Depp, der ist voll bei Rot gefahren.«

»Also kein Kennzeichen und sonst nichts weiter?«

»Das war ein schwarzer Kastenwagen«, sagte der Hickser und hickste.

»Ja, der war schwarz und ist einfach gefahren, obwohl er …«

»… Rot hatte«, nahm ich ihm das Wort ab, »ich weiß. Danke für eure Hilfe, Jungs«, sagte ich und meinte es ernst. Es tut immer gut zu erleben, dass die meisten Menschen nicht gleichgültig, sondern hilfsbereit und empathisch sind, sogar in betrunkenem Zustand.

Ich humpelte zum nächsten Taxistand und ließ mich nach Hause fahren. Während der Fahrt merkte ich, wie mir der Schock in alle Glieder gefahren war. Ich zitterte leicht am ganzen Leib, als hätte ich Parkinson.

Knöchel und Wade bekamen immer mehr rotblaue Farbe und

schwollen an. Schmerz spürte ich keinen – da war das Adrenalin vor. Ich konzentrierte mich auf meinen Atem, um das Zittern und den rasenden Puls zu beruhigen.

Immer wieder blitzten die Sekundenbruchteile, die ich nie mehr vergessen werde, in mein Bewusstsein. Der aufheulende Motor. Das grelle Licht der Scheinwerfer, weiß und blendend. Der schwarze Koloss hinter dem Licht.

Meine Reflexe hatten mir das Leben gerettet. Ein paar Zentimeter und eine Sekunde hatten mich vom Tod getrennt. In solche Gefahr war ich seit Jahrzehnten nicht mehr geraten. Und konnte auch gut darauf verzichten. Ich hatte mich nicht als Hobbyermittler betätigt, um gleich bei meinem ersten Fall zu sterben.

39

Ich humpelte in meine Wohnung, duschte mich, schmierte alte Arnikasalbe, die ich noch aus sportlicheren Zeiten gegen Prellungen besaß, auf Knöchel und Wade, nahm ein Bier aus dem Kühlschrank, legte mich im Bademantel aufs Sofa und zündete mir eine Lucky an.

Am liebsten hätte ich Nele gleich wieder angerufen, um ganz egoistisch mein Leid zu teilen, aber das konnte ich ihr nicht antun.

Doch gleich nach dem Aufstehen würde ich Mark anrufen. Es konnte nun keinen Zweifel mehr daran geben, dass ich mit meiner Vermutung richtiggelegen hatte: Der Reporter war absichtlich überfahren worden. Mit dem Transporter, der mich überfahren sollte. Am Steuer saß mutmaßlich einer der Freakout-Typen, wahrscheinlich der Biker Uwe Hartmann.

Und auch an meiner Enttarnung konnte ich nicht mehr zweifeln. Die Täter wussten, dass ich ein Kneipier und kein Polizist war. Scheiße!

Es machte mir Angst, dass die Kerle so skrupellos vorgingen. Und wenn sie über Leichen gingen, mussten es große Geschäfte sein, die von mir gestört wurden. Oder ging es nicht bloß ums Drogengeschäft? Hatten die Leute aus dem Freakout noch mehr zu verbergen? Waren sie in Lindas Verschwinden verwickelt?

Noch bevor ich die Flasche geleert hatte, schlief ich ein. Ich weiß nicht, wie spät es war und wie lange ich schlief. Ich träumte gerade – wenig überraschend – von Nele, als mich das Handyklingeln um kurz vor halb zehn aus dem Schlaf riss.

»Hab ich dich etwa geweckt?«, fragte Mark gut gelaunt. »Raus aus dem Bett, ist vielleicht der letzte heiße Sommertag.«

»Na hoffentlich«, murrte ich. »Was willst du?«

»Dich teilhaben lassen an meiner Freude. Unsere Rheintote hat endlich ein Gesicht.«

»Ach was!« Plötzlich war ich hellwach.

»Der Zeugenaufruf war ein voller Erfolg. Kaum war er

veröffentlich, hat sich eine Medizinstudentin in aller Herrgottsfrüh gemeldet. Ich dachte immer, Studenten können auspennen. Aber die hatte schon um sieben Uhr morgens ein Sektionsseminar. Stell dir vor, du sollst vorm Frühstück an Leichen rumschnibbeln.«

»Kommst du mal zum Punkt?«, fragte ich ungeduldig.

»Immer langsam mit den alten Gäulen. Jedenfalls meint sie, dass die Angaben im Aufruf – etwaiges Alter, Größe, Haarfarbe, Clubbändchen – auf eine Kommilitonin passen, die sie vermisst, seit sie mit ihr vergangenen Freitag um die Häuser gezogen und zuletzt im Freakout gewesen ist. Wir waren dann in der Wohnung des mutmaßlichen Opfers, haben Fingerabdrücke gesichert und waren bei ihrem Zahnarzt. Anhand der Fingerabdrücke und des Zahnstatus konnten wir sie dann eindeutig identifizieren – Marie Behrens heißt die Arme, kommt aus Bayern, wo auch ihre Eltern leben.«

Ich stutzte. Den Namen Marie Behrens hatte ich doch schon mal gehört. Nein, gelesen. Mir fiel ein, dass in einem der Portemonnaies, die ich bei Kevin gefunden hatte, der Studentenausweis von Marie Behrens steckte. Ich wies Mark darauf hin.

»Ja, beim Raubkommissariat hatten die Kollegen deswegen sogar schon versucht, sie zu erreichen.«

»Aber weißt du, was das heißt?«, begriff ich erschüttert. »Die K.-o.-Tropfen-Jungs haben sich wahrscheinlich an der Studentin vergangen und sie dann in den Rhein geworfen.«

»Hab ich auch schon drüber nachgedacht. Aber die Kerle könnten das Portemonnaie samt Studentenausweis auch vorher schon gestohlen haben. Und die Vergewaltigung hat wer anders begangen.«

»Das glaubst du doch nicht wirklich? Du sagtest doch selber, sie sei an einer Überdosis K.-o.-Tropfen gestorben.«

»Schon, aber zum einen sind die beiden Typen nicht die Einzigen, die Frauen unter Drogen setzen. Und zum anderen kann ich mir nicht vorstellen, dass sie zwei Nächte hintereinander auf Opferjagd gegangen sind. Denn die Studentin kam in der Nacht von Freitag auf Samstag zu Tode, am Samstagmittag haben sich die Jungs aber schon an den Junggesellinnenabschied rangehängt.«

Sehr unwahrscheinlich, dass die praktisch pausenlos unterwegs sind.«

»Finde ich nicht sehr unwahrscheinlich für Crystal-Junkies. Die sind tagelang wach und voller sexueller Energie. Ihr müsst das auf jeden Fall abklären!«

»Oh, danke für den Tipp«, meinte Mark ironisch. »Wären wir allein gar nicht drauf gekommen. Wie macht man das noch mal mit dem Abklären? Ach ja, hast du mir ja schon mal erklärt. Die DNA aus den Speichelproben, die wir von den Jungs bei der ED-Behandlung genommen haben, mit den Hautspuren unter den Fingernägeln der toten Studentin vergleichen. Richtig, Kollege?«

»Sei nicht so empfindlich.«

»Und du nicht so besserwisserisch. Ich muss jetzt zur Teamsitzung.«

»Halt, warte«, rief ich, »ich muss dir noch was erzählen.«

Ich berichtete Mark detailliert von dem versuchten Mordanschlag auf mich. Natürlich ließ ich auch den Hechtsprung nicht aus und dass es kurz vor knapp war. »Das war garantiert kein übermüdeter, unaufmerksamer Lieferfahrer. Der hatte es eindeutig auf mich abgesehen. Das war mit Sicherheit derselbe, der den Reporter des Rhein-Kuriers überfahren hat.«

»Hast du den Wagen gesehen?«

»Ja. Mattschwarzer VW Transporter T5 mit Düsseldorfer Kennzeichen.«

»Sicher mattschwarz? Nachts sind alle Katzen grau.«

»Nicht bei der Beleuchtung an der Kreuzung. Definitiv mattschwarz.«

»Na, das ist ja schon mal was. Ich lass mir von der Zulassungsstelle eine Liste mit allen Haltern mailen.«

»Vielleicht reicht es, wenn du kurz selber nachschaust, ob auf Carlos Rodriguez so ein Auto gemeldet ist. Bei der Gelegenheit kannst du auch abchecken, ob Hasso Lüttgers über eine Waffenbesitzkarte verfügt.«

»Warte, ich klär das eben ab.«

Wie, ohne dich ewig bitten zu lassen?, dachte ich. Hast wohl ein schlechtes Gewissen, weil du mir den Hechtsprung samt geschwollenem Knöchel und Todesgefahr nicht durch mehr Engagement erspart hast.

»Fuck aber auch!«, fluchte Mark. »Mein Computer hat sich aufgehängt.«

Aus dem Hintergrund hörte ich Marietta fragen, wo er bleibe, die Teamsitzung habe schon angefangen.

»Hör mal, Kollege«, sagte Mark gestresst, »ich hab jetzt keine Zeit, kümmer mich später drum, okay?«

»Aber nicht vergessen!«

»Nein, nein, keine Sorge. Ich meld mich.«

Draußen war es drückend schwül geworden, Schweiß und Luftfeuchtigkeit klebten wie eine zweite Haut am Körper. Ein erlösendes Gewitter lag in der Luft. Nach der fast dreiwöchigen Trockenperiode mit stets neuen Hitzerekorden wurde es langsam auch Zeit für Abkühlung und Regen.

Als ich um kurz vor elf mit dem Roller um die Ecke vor meiner Kneipe bog, befürchtete ich schon einen neuerlichen Anschlag, doch die Scheibe war noch drin und frei von Graffiti. Erleichtert atmete ich durch, bis mein Blick auf den Mercedes fiel, der vor dem NASEBAND'S stand. Der rechte Vorderreifen war platt und auf die Motorhaube mit pinkfarbenem Lack gesprüht. Der Text war langweilig, weil ich ihn schon von meiner Kneipenscheibe kannte.

Ich humpelte zum Auto und besah mir den Reifen. Das Ventil war unversehrt. Ein ausgefranster Schlitz verriet, dass jemand mit einem Messer zu Werke gegangen war. Ein Fall für Josh. Er ist Spezialist für schnelle und hochwertige Wagen. Vor Kurzem hat er für reiche Inder in Neu-Delhi eine Werkstatt für Nobelkarossen eröffnet. Seitdem pendelt er alle zwei Wochen zwischen Delhi und Düsseldorf. Anderthalb Jahrzehnte lang hat er den alten Mercedes selbst gefahren. Seine Nachbarn lästerten schon, dass er mit den teuersten Autos handelt und selbst eine uralte Karre fährt. Beim Verkauf an mich hat er mir angeboten, ihn zurückzukaufen, wenn ich ihn mal nicht mehr bräuchte.

Jetzt brauchte ich erst mal einen Ersatzreifen. Ich rief Josh an, und er versprach, in einer Stunde bei mir zu sein.

»Ist ›Verpiss dich‹ dein neues Markenzeichen?«, fragte Leonie belustigt, als sie mit Louis unterm Arm hereinkam.

»Sehr lustig«, knurrte ich. »Was willst du hier?«

»Frühstücken.«

Sie drückte mir Louis in den Arm und ging in die Küche. »Aber schön lieb sein, Louis ist noch traumatisiert von der Entführung.«

Den Eindruck hatte ich nicht. Louis schleckte mir pummelwedelnd über den Hals und freute sich. Ich mich auch. Mein kleiner Hundefreund. »Ich hab ihn nicht entführt«, rief ich etwas verspätet.

Leonie kam mit einem Schokocroissant zurück. Backwaren werden mir jeden Morgen frisch geliefert, mein Bäcker hat einen Schlüssel für Lieferanteneingang und Küche.

Während sich Leonie einen Cappuccino machte, nahm ich ihr Schokocroissant vom Teller, tunkte es in meinen Kaffee und biss ab.

»Hey, du Räuber!«, protestierte sie. »Hol dir selber was.«

»Bin ich hier etwa nicht der Chef? Ich darf das.«

»'Ts!«, machte Leonie, ging in die Küche und holte sich ein neues. Währenddessen rupfte ich ein Stück vom Backwerk ab und gab es Louis, der fiepend danach gegiert hatte.

Zu dritt frühstückten wir.

»Nach normaler Randale sieht das nicht aus«, meinte Leonie. »Hast du eine Idee, wer hinter den Anschlägen steckt?«

»Schätze, ich bin da jemandem zu dicht auf den Pelz gerückt.«

Mir kam eine Idee. »Freitags ist doch immer deine Clubnight, oder?«

»Wieso?«, lauerte Leonie argwöhnisch.

»Ich vermute, dass die Attacken in der Zeit zwischen vier und sechs Uhr morgens stattfinden, zwischen Kneipenschluss und Sonnenaufgang. Vielleicht könntest du, statt vom Club direkt nach Hause zu fahren, das NASEBAND'S in den zwei Stunden observieren.«

Leonie nippte an ihrer Tasse und dachte nach. »Hundertfünfzig Prozent?«

Zum Glück kann sie nie genug Geld haben, dachte ich und nickte. Leonie erklärte sich einverstanden.

Beim Rauchen einer Lucky überlegte ich mein weiteres Vorgehen. Das Resultat: Ich wollte Carlos Rodriguez einen Besuch abstatten. Da ich seine Privatadresse im Internet nirgends gefunden hatte, würde ich es bei der Adresse versuchen, die in dem Handelsregisterauszug für sein Import-Export-Geschäft angegeben war.

»Leonie, wo du schon mal da bist … Ich muss wohin, könntest du für mich kurz die Stellung halten, höchstens ein, zwei Stunden?« Um die Sache abzukürzen, schob ich hinterher: »Kein Mondtarif diesmal.«

»Okay«, grummelte sie. »Aber nicht länger als zwei Stunden. Dann geh ich, egal, ob du wieder da bist. Um drei hab ich meinen Waxing-Termin.«

»Stimmt«, fiel mir ein. Jeden Freitag hatte Leonie ihre drei wichtigsten Termine der Woche: Friseur, Nagelstudio, Körperenthaarung. Das war typisch für Leonie. Genauso, wie Leonie typisch für das verwöhnte Schickimicki-Düsseldorf war. Sie legte großen Wert auf ihr Äußeres und trug Klamotten, die teurer waren, als sie aussahen, und Scharen männlicher Blicke auf sich zogen.

Wenn sie gefragt wurde, warum sie als Barfrau und nicht als Model arbeitete, setzte sie ihren einzigartigen herablassenden Blick auf und äußerte pikiert, dass ihr das zu oberflächlich sei. Sie sei Akademikerin. Das war jedoch maßlos übertrieben, denn bislang war es bei akademischen Versuchen geblieben: Nachdem sie zweimal durchs Physikum im Medizinstudium gefallen war, hatte sie auf Jura umgesattelt und war erneut zweimal am ersten Staatsexamen gescheitert. Jetzt studierte sie Modedesign an einer privaten Akademie und musste neben dem Studium jobben, weil ihr wohlhabender Vater seine Subventionen gekürzt hatte.

Ich versprach ihr, pünktlich wieder da zu sein.

»Ach so, gleich kommt Josh, um meinen Reifen zu wechseln«, sagte ich und legte meinen Mercedes-Schlüssel auf den Tresen. »Und wenn Brigitta kommt, sag ihr bitte, sie soll die Sauerei von der Frontscheibe des Wagens beseitigen.«

»Wieso humpelst du denn wie Käpt'n Ahab?«, rief Leonie mir nach.

»Bin von einem schwarzen Wal gejagt worden«, erwiderte ich und ließ sie allein.

40

Meine Hoffnung, ein Ladengeschäft nebst Inhaber Carlos Rodriguez zu finden, zerschlug sich, als ich mit meinem Roller an der Geschäftsadresse in der Immermannstraße ankam. Im Erdgeschoss des Bürogebäudes aus den achtziger Jahren befand sich eine Apotheke.

Ich stellte den Roller ab und hinkte zur Haustür, um mir die Klingelschilder anzusehen. Mein rechtes Bein schmerzte unangenehm, vielleicht sollte ich doch damit zum Arzt, wenn es morgen nicht besser wurde.

Auf einem großen Briefkasten stand Virtual Office, darunter waren zehn Firmennamen angebracht, unter anderem Import-Export Carlos Rodriguez e. K. Er nutzte also ein externes Sekretariat, gewissermaßen einen erweiterten Briefkasten und Anrufbeantworter.

Ich klingelte. Prompt wurde der Türsummer betätigt. Im ersten Stock befanden sich die Geschäftsräume des Bürodienstleisters und die zehn Firmennamen, die den Service nutzten. Erneut musste ich klingeln, wieder gab es bei der Türentriegelung ein summendes Geräusch.

Hinter einem Empfangstresen saß eine Frau Ende zwanzig mit schulterlangen brünetten Locken und Sekretärinnenbrille. Sie nahm gerade ein Telefonat an. »Möbelversand Berlach, Helena Feist am Apparat. Ja, verstehe. Und was genau ist bei der Lieferung schiefgegangen? Ach so. Nun, da müssten Sie unser Onlineformular nutzen. Doch, auf unserer Homepage, unter dem Menüpunkt Kontakt oben rechts finden Sie das Formular Service. Ja gerne, Wiederhören.«

Sie legte auf und wandte sich mir freundlich lächelnd zu. »Guten Tag. Wie kann ich Ihnen helfen?« An ihrem Blick sah ich, dass sie mein Gesicht schon mal gesehen hatte, aber nicht wusste, wo.

Ich nutzte ihre Ahnungslosigkeit aus und hielt kurz meinen ungültigen Dienstausweis hoch.

»Kriminalpolizei. Ich habe ein paar Fragen bezüglich Carlos Rodriguez. Können Sie mir da helfen?«

Sie blies die Backen auf. »Glaub ich kaum. Ich nehme ja nur Anrufe und Post für ihn entgegen. Was wollen Sie denn wissen?«

»Wir interessieren uns für seine Import-Export-Geschäfte. Wissen Sie, womit genau Herr Rodriguez handelt?«

»Herr Rodriguez handelt mit Partyzubehör.«

»Partyzubehör?«

»Was man halt für richtigen Partyspaß an Ausstattung und Dekoartikeln so braucht.«

Was für eine Ironie, dachte ich, denn Drogen waren wohl die wichtigste Zutat für Partyspaß. Carlos Rodriguez schien ein Spaßvogel zu sein. Und nicht dumm, denn seine Firma diente vermutlich als perfekte Waschmaschine für die Drogengelder.

»Nehmen Sie häufig Anrufe für ihn entgegen? Ich mein, gibt es ein größeres Handelsvolumen?«

»Nein, nur ab und an mal, vielleicht zwei, drei Anrufe die Woche. Ich nehme an, dass seine Kunden ihn per E-Mail oder direkt kontaktieren.«

Das vermutete ich auch.

»Wie oft kommt er vorbei, um seine Post abzuholen?«

Sie zuckte mit den Schultern. »Gelegentlich.«

»Hat er einen festen Tag, an dem er immer kommt?«

»Nein, das ist ganz unterschiedlich, mal so, mal so.«

»Haben Sie seine Privatadresse?«

»Nein.« Sie runzelte argwöhnisch die Stirn. »Wieso fragen Sie mich nach seiner Privatadresse? Die müssen Sie doch wissen!«

»Natürlich kennen wir seine Meldeadresse«, sagte ich schnell, »ich wollte nur überprüfen, ob er eine weitere Anschrift nutzt, die wir nicht kennen.«

Die Sekretärin nickte, blieb aber misstrauisch. »Wie heißen Sie denn?«, fragte sie. »Ich notiere Ihren Namen und Telefonnummer, dann kann sich Herr Rodriguez mit Ihnen in Verbindung setzen.«

»Nein, bitte informieren Sie ihn nicht über meinen Besuch. Wir führen momentan Vorermittlungen in einem Betrugsverfahren durch, von denen der Mann keine Kenntnis haben darf.

Sie müssen das streng vertraulich behandeln. Kann ich mich darauf verlassen?«

Sie nickte. Bevor sie weitere kritische Fragen stellen konnte, nickte ich ihr zu, bedankte mich für die Auskünfte und humpelte aus dem Büro.

Draußen überlegte ich, mich auf die Lauer zu legen und das Stellvertreterbüro zu observieren. Aber da konnte ich vielleicht Tage warten, wenn ich Pech hatte. Also rief ich Mark an, um ihn erneut um eine Meldeadresse zu bitten, doch sein Handy war ausgeschaltet. Wahrscheinlich war er noch in der Teamsitzung.

Verdammt, es musste doch noch eine andere Möglichkeit geben, an seine Adresse zu gelangen. Fieberhaft dachte ich nach. Plötzlich fiel mir ein, wer mir jetzt helfen konnte.

Anne Müller. Meine ehemalige Praktikantin arbeitete im Ordnungsamt. Zumindest hatte sie dort nach ihrem Praktikum bei der Kripo angeheuert. Ich hatte seit Jahren nicht mehr mit ihr gesprochen. Zum Glück fand ich ihre Handynummer in meinen Kontakten. Hoffentlich hatte sie die nicht geändert.

Niemals werde ich das Häufchen Elend vergessen, das am Tag nach Altweiberfastnacht ins Büro getrottet kam, blass und mit verquollenen, geröteten Augen. Ich hatte sofort gemerkt, dass ich mir Frotzeleien sparen musste, und behutsam gefragt, was passiert war. Wahrscheinlich war jemand gestorben.

Unterbrochen von hysterischen Weinkrämpfen, schilderte sie mir von der Katastrophe der vergangenen Nacht. Nach der ausgelassenen Altweiberfastnachts-Party im Polizeipräsidium hatte sie kein Taxi gefunden und sich erstmalig und einmalig alkoholisiert hinters Steuer ihres Autos gesetzt. Prompt wurde sie bei einer der zahlreichen Verkehrskontrollen zur Karnevalszeit erwischt – mit eins Komma sieben Promille im Blut. Am Boden zerstört, beklagte Anne den drohenden Führerscheinverlust, der ihre Ausbildung zur Staatsdienerin und ihre Behördenlaufbahn zunichtemachen würde.

Ich gab ihr eine Packung Taschentücher, versprach, mich um die Sache zu kümmern, und eine halbe Stunde später war die Angelegenheit erledigt und die Blutprobe auf wundersame Weise verschwunden. Und Annes Karriere gerettet. In ihrer Erleichterung bekam sie einen zweiten hysterischen Weinkrampf. Als der vorüber war, versprach sie mir ewigen Dank und immer für mich da zu sein, wenn ich mal ihre Hilfe benötigte. Was ich jetzt tat.

»Carlos Rodriguez ist in der Emil-Barth-Straße 102 gemeldet. Auf ihn sind drei Fahrzeuge zugelassen: Mercedes SLK, Porsche Cayenne und VW Transporter T5.«

»Bist ein Schatz, Anne.«

»Früher war ich das Dummerchen.«

»Da warst du auch noch meine Praktikantin.«

Ich steckte mein Handy in die Tasche, trat meine Zigarette aus und humpelte los.

Die Emil-Barth-Straße liegt im Stadtteil Garath, südöstlich von Hassels gelegen und ebenfalls Trabanten-Wohnstadt, bestehend aus mächtigen Gebäuderiegeln in Plattenbauweise, die in den sechziger und siebziger Jahren im damaligen Stil des Beton-Brutalismus entstanden waren. Bevor ich früher im Polizeipräsidium arbeitete, war ich ein Jahr lang auf der Wache in Garath mit der Bekämpfung der Straßenkriminalität befasst. Ein arbeitsreiches Jahr.

Ich wunderte mich, dass der Kubaner in einem der sozial schwächsten Stadtteile wohnte, obwohl er einen kleinen Fuhrpark mit zwei Luxuskarossen sein Eigen nannte.

Auf der Fahrt bemerkte ich im Rückspiegel meines Rollers das Motorrad, das mich wieder einmal verfolgte. Ich bog in eine Sackgasse, um meinen Verfolger in die Falle zu locken und zu stellen. Doch statt mir zu folgen, blieb er vor der Sackgasse kurz stehen, blickte in meine Richtung und fuhr dann weiter geradeaus, ohne dass ich das Nummernschild erkennen konnte. Trotzdem war ich mir sicher, dass ich von Uwe Hartmann verfolgt wurde, denn das Motorrad war schwarz und der Fahrer ebenso gekleidet.

Bis zu meinem Ziel sah ich ihn nicht mehr. Er hatte die Verfolgung offenbar aufgegeben. Ich stellte den Roller vor der Hausnummer 102 ab und ging – wie ein Kriegsversehrter mein rechtes Bein nachziehend – zur Haustür, aus der gerade ein Hundehalter mit seinem Dackel kam. Er blieb stutzend stehen.

»Momentemal, ich hab Sie doch schon mal gesehen.«

»Vielleicht im Fernsehen«, erwiderte ich und schlüpfte an ihm vorbei ins Haus.

»Ja, richtig«, rief er mir nach, »Nasenrand! Von K1 auf Kabel eins.«

Ich lief die Treppen hoch, fand die Wohnung im zweiten Stock, presste mein Ohr gegen die Tür und lauschte. Nichts. Ich erschrak, als die Wohnungsklingel betätigt wurde. Aus der Wohnung näherten sich Schritte, die Gegensprechanlage wurde betätigt.

Als ich hörte, wie jemand die Treppe hochkam, versteckte ich mich einen Treppenabsatz höher. Ich sah, wie ein junger Mann im Skater-Look an der Tür klingelte, die von Carlos geöffnet wurde.

»Hey, komm rein.«

Nachdem sich die Tür hinter dem Skater geschlossen hatte, ging ich wieder hin und presste mein Ohr gegen die Tür. Vergeblich.

Und nun? Ich beschloss, zu warten, und ging zurück zu meinem Versteck eine halbe Etage höher.

Nach etwa zehn Minuten verließ der Skater die Wohnung. Kurzbesuch, typisch für Drogenkäufer.

Weitere fünf Minuten später dasselbe Spiel: Klingeln in der Wohnung, ein weiterer Besucher. Auch er blieb nur kurze Zeit.

Ich verstand, warum Rodriguez trotz seines offensichtlichen Wohlstands in so einem Loch lebte. In einer Villengegend fiel es leichter auf, wenn ein Kommen und Gehen wie in einem Taubenschlag herrschte und ständig merkwürdige Gestalten zu Kurzbesuchen kamen. Anders als in dieser anonymen Gegend.

Kurz nachdem der zweite mutmaßliche Drogenkonsument die Wohnung verließ, öffnete sich die Wohnungstür erneut. Carlos verließ seine Wohnung und zog die Tür hinter sich zu.

Ich hörte, wie die Haustür zuschlug, und linste aus dem Fenster des Treppenhauses. Carlos stieg in einen schwarzen Mercedes SLK und fuhr davon.

Sicherheitshalber klingelte ich an seiner Wohnungstür, um zu sehen, ob noch jemand da war. Als niemand öffnete, machte ich mich ans Werk. Noch im Dienst hatte ich immer ein kleines Mäppchen mit Metallstiften, dicken Nadeln und Dietrichen für solche Fälle dabeigehabt. Aber jetzt musste ich improvisieren.

Ich nahm meine Kreditkarte aus dem Portemonnaie, schob sie in den Spalt zwischen Türrahmen und Schloss und versuchte, den Bolzen beiseitezudrücken. *Krrck* machte die Karte, als sie zerbrach.

Seufzend nahm ich meine EC-Karte. Wenn die auch noch brach, konnte ich in den nächsten Tagen kein Geld vom Automaten ziehen. Und vor allem kam ich nicht anders in die Wohnung. Also hantierte ich ganz vorsichtig. Und tatsächlich – die Karte bog sich zwar, doch sie hielt, ich konnte den Bolzen so weit herausdrücken, dass die Tür aufsprang.

Ich betrat die Wohnung, schloss die Tür hinter mir und schaute zuerst in die Küche, in der ich einen Haufen Bargeld auf dem Tisch und ein Schälchen mit kleinen Meth-Kristallen entdeckte. Die Zwanzig-, Fünfzig- und Hundert-Euro-Scheine ergaben zusammen rund dreitausend Euro, wie mein grobes Zählen ergab.

Wie in alten Zeiten als Drogenfahnder blickte ich auch in den Kühlschrank und das Eisfach. Außer Pizza, Bier und einer Packung mit Wurstscheiben fand ich nichts.

Erschrocken zuckte ich zusammen, als es an der Tür klingelte. Bewegungs- und atemlos lauschte ich. Es klingelte noch einmal. Dann klopfte es. Dann entfernten sich Schritte von der Tür und liefen die Treppen abwärts.

Ich atmete aus und einmal tief durch.

Im Wohnzimmer schnüffelte ich weiter. Auf dem Couchtisch aus Marmor, der zwischen Ledersofa und -sesseln stand, lag ein Beutel mit Dutzenden Pillen. Ich betrachtete sie. Den Tabletten waren Smileys aufgeprägt, offenbar Ecstasy.

Als Nächstes nahm ich mir die superbiedere Schrankwand vor, ein typischer Siebziger-Jahre-Nippes-Container. In einem der Fächer lag eine Pistole mit Schalldämpfer neben einem Karton mit eingeschweißten Beuteln voll Crystal Meth, Dutzenden Ampullen mit Liquid Ecstasy und weiteren synthetischen Drogen.

Ich pfiff durch die Zähne. Typisch für Dealer, keine Aufmerksamkeit erregen, nichts Auffälliges, falls doch mal Polizei zu Besuch kommt, nur der obligatorische Marmortisch, von dem die Drogis ihre Lines ziehen konnten.

Ich erinnerte mich an das Mitglied einer Motorradrocker-bande, das wir hochgenommen hatten. Der Mann lebte mit Frau und zwei Kindern in einem Einfamilienhaus in Unterbach, ganz in der Nähe von hier, am Stadtrand auf dem Weg nach Hilden und Erkrath gelegen. In dem kleinbürgerlichen Ambiente deu-tete nichts auf einen Drogenhändler hin, doch in einer Spielkiste der kleinen Tochter des Rockers fanden wir fünfhundert Gramm hochreines Kokain.

Meine Erinnerung wurde plötzlich unterbrochen, als ich Schlüsselgeräusche hörte und die Stimme von Carlos: »Mann, ich war nur fünf Minuten weg, hab mir an der Ecke Kippen geholt. Komm zurück, ich bin jetzt da. Jo, bis gleich.«

Shit!, fluchte ich innerlich und suchte in Sekundenbruchtei-len nach einem Ausweg. Panisch humpelte ich durch die offen stehende Tür auf den Balkon und presste meinen Rücken gegen die Wand, lauschend und mit heftig pochendem Herzen.

Ich schaute nach unten. Zweiter Stock, bestimmt fünf Meter bis nach unten, und der Vorgartenboden sah hart wie Beton aus. Keine Chance, erst recht mit nur einem voll einsatzfähigen Bein.

Und so stand ich in der prallen Mittagssonne des letzten mega-heißen Tages in diesem August, ohne Schatten, dehydriert, und die Suppe lief mir nur so von der Glatze.

Und dann hörte ich, wie Carlos' Schritte sich näherten, offenbar wollte er auf den Balkon. Ich schloss die Augen. Drei Sekunden trennten mich von meiner Entdeckung. Ich öffnete die Augen, hielt die Luft an und drehte den Kopf zur Tür.

Ich sah einen Turnschuh und ein behaartes Bein, das bis zum Knie mit einer weißen Basketballhose bekleidet war. Dann hörte ich die Wohnungsklingel. Bevor der zweite Schuh und das zweite Bein und der ganze Carlos auf dem Balkon erschienen, drehte er ab und ging öffnen.

Ich atmete aus und leckte mir salzigen Schweiß von den Lippen.

Aus meinem sonnigen Versteck belauschte ich, wie Carlos

den Besucher empfing und sich mit ihm ins Wohnzimmer setzte. Hörte, wie über die Ware und ihren jeweiligen Kurs in unterschiedlichen Mengen gesprochen wurde. Wie Carlos aus dem Wohnzimmerschrank den Karton holte und auf den Tisch stellte, wie er dem Käufer vorrechnete, dass er die Sachen für achttausendzweihundert haben könne.

»Ist das alles?«, hörte ich den Besucher fragen. »Das reicht ja grad fürs Wochenende, wenn ich das an meine Leute verteilt hab. Es sollte doch mehr geben.«

»Morgen kommt 'ne fette Ladung. Wir hatten paar Probleme in Frankfurt, die Cops haben ein paar Küchen in Tschechien geschlossen, gab 'n kleinen Lieferengpass. Aber jetzt läuft alles wieder. Können uns Sonntag treffen. Wie viel brauchst du?«

»Ich würd dir ein halbes K Crystal abnehmen, fünftausend Teile und zweihundert Ampullen.«

»Geht klar.«

»Sauber. Lass doch mal antesten, leg mal was auf.«

Oh nein, dachte ich. Wenn die jetzt anfangen, Crystal zu ziehen und einen euphorischen Laberflash kriegen, steh ich hier morgen noch. Obwohl, so lange würde ich es gar nicht überleben. Die Sonne sengte mir schon jetzt Brandlöcher in die Haut.

Ich befürchtete ernsthaft, an einem Hitzeschlag zu sterben. Kein schöner Tod. Und keine schöne Vorstellung, in Garath auf dem Balkon eines Drogendealers elendig zu verrecken.

Ich schaute noch einmal über die Brüstung. Vielleicht konnte ich mich auf den Balkon im ersten Stock hinunterhangeln. Langsam hob ich das schmerzende Bein über das Geländer, dann das andere und stand jetzt außen. Mit dem Fuß suchte ich Halt in den vertikalen Verstrebungen zwischen den Balkonen. Prompt rutschte ich ab und hing an beiden Armen am Geländer. Mit den Beinen zappelnd suchte ich neuen Halt. Fand ihn. Ließ die linke Hand los und umklammerte ein dünnes Metallrohr. Ergriff mit der rechten eine Querverstrebung. Wie ein Extremkletterer an einer steilen Wand hangelte ich mich Zentimeter für Zentimeter nach unten. Bis ich mich auf den Balkon in der ersten Etage schwingen konnte und mit einem nur halb unterdrückten »Au!« auf beiden Füßen landete.

Ich blickte in das entgeisterte Gesicht einer stark übergewichtigen Frau, die in Unterwäsche und mit Lockenwicklern im Haar in der Balkontür stand und rauchte. Am Kinn hatte sie eine große Warze, aus der ein dunkles Haar spross.

»Sind Sie das, Herr Naseband? Von K11?«

»Jo, bin ich. Tut mir leid, wenn ich Sie erschreckt hab.«

»Dat is'n Ding!« Sie starrte mich an wie ein Gespenst. »Der Herr Naseband auf meinem Balkon, ich glaub, mich tritt ein Pferd.«

Sie ging an die Brüstung und blickte nach oben. »Wie sind Sie'n da runtergekommen? Freihändig geklettert?«

»Blieb mir nichts anderes übrig, gibt keine Feuerleiter.«

Sie starrte mich an. Bewundernd, fasziniert, ungläubig. »Na, Sie sind mir ja ein toller Hecht. Genau wie in K11! Woll'n Sie nicht reinkommen?«

Ich nahm ihre Einladung an, ließ mir ein großes Glas Limonade bringen und Fotos von mir machen.

»Ich kann's immer noch nicht glauben«, schüttelte sie den Kopf, »der Herr Naseband bei mir zu Hause. Ich glaub, ich träume. Dass ich so was mal erlebe. Wenn ich das meiner Tochter erzähle, die glaubt mir ja kein Wort. Und die Nachbarn«, lachte sie, »die werden grün vor Neid.« Anscheinend freute sie sich schon darauf, in grüne Gesichter zu triumphieren.

Dann klingelte mein Handy. Ich hatte vergessen, es auf leise zu stellen oder ganz auszuschalten. Oh Mann, wenn das ein paar Minuten früher geklingelt hätte … Ich nahm den Anruf von Leonie an. Wahrscheinlich hatte sie die Schnauze voll und wollte zum Waxing. Aber die ewige Studentin ist immer für eine Überraschung gut. »Hallo Bo-hoos«, flötete sie fröhlich, »Sie haben Be-su-huuch. Von einer Fra-haau.«

»Besuch von einer Frau?«

»Aus Vech-taah.«

Mein Herz machte einen Sprung – Nele!

»Bin sofort da!«

41

»Michael!«, rief sie erfreut, als ich ins NASEBAND'S gestürmt kam.

Mein vorfreudiges Lächeln gefror. Nicht Nele saß bei Leonie am Tresen, sondern Anna, Lindas stämmige Hotelkollegin. Sie trug die Kette mit Brillantanhänger um den Hals, die sie von ihrer Oma geerbt und zwischenzeitlich mit der Uhr von Tobias getauscht hatte, um das Projekt Familie zu besiegeln.

»Hallo, Anna«, sagte ich steif. Meine Enttäuschung ließ sich einfach nicht verbergen. »Was treibt dich denn hierher?«

»Hast du was von Linda gehört?«, fragte sie zurück.

»Leider nicht.«

Sie nickte betrübt. »Hab ich mir fast gedacht.«

»Das kannst du dir auch denken. Ich hätte euch natürlich sofort Bescheid gesagt, wenn es was Neues gäbe. Deswegen bist du doch nicht extra hergekommen?«

»Ich wollte mich bedanken.« Mit beiden Händen fasste sie ihre Kette an. »Fürs Zurückholen.« Dann kramte sie in ihrer Handtasche und holte die Omega Seamaster hervor. »Und ich will Tobias die Uhr zurückgeben.«

»Hättest du doch auch mit der Post schicken können.«

»Hätte ich«, antwortete sie verlegen, »aber ich würde sie gern persönlich überreichen. Ich meine …«, druckste sie errötend herum, »vielleicht hat das ja seinen Grund, also, dass wir dieses alberne Projekt beschlossen haben.« Sie kicherte beschämt. »Ich meine, das ist ja total lächerlich, in einer Bar eine Familiengründung zu beschließen. Natürlich völlig absurd, nur … ich meine …«

»Du möchtest ihn wiedersehen«, resümierte ich, »und herausfinden, wie er so ist.«

Sie nickte. »Nele sagte, du hast seine Telefonnummer.«

Ich zückte mein Handy, suchte die Nummer im Adressbuch und hielt ihr das Handy hin.

»Bitte.«

»Könntest du ihn nicht anrufen?« Sie sah mich flehend an. »Und ihn einfach herbestellen, ohne zu sagen, dass ich hier bin. Ich hab Angst, dass er sonst nicht kommt.«

Anders als auf dem Sofa in der Ferienwohnung erschien sie mir jetzt viel sympathischer in ihrer mädchenhaften Hilflosigkeit und Angst vor Zurückweisung.

Ich tat ihr den Gefallen. »Hallo, Tobias, hier spricht Michael Naseband. Ich hab hier was für dich.« Anna sah mich alarmiert an. Ihr Gesichtsausdruck entspannte sich, als ich weitersprach: »Deine Uhr ist hier im NASEBAND'S. Wann kannst du vorbeikommen und sie abholen? Bestens, bis gleich.«

»Er kommt grad von der Arbeit«, sagte ich nach Telefonatende, »ist in zehn Minuten da.«

Anna stieß erleichtert Luft aus. »Danke.« Sie rieb sich nervös die Hände. »Puh, bin ich aufgeregt.«

Leonie räusperte sich demonstrativ in meine Richtung. »Ich muss los, mein Termin.« Sie reichte mir meinen Mercedes-Schlüssel. »Josh war da und hat den Reifen ausgetauscht. Und Brigitta hat dein neues Markenzeichen von der Scheibe geputzt.« Sie schnappte sich ihr Louis-Vuitton-Täschchen und Louis, bevor sie sich von Anna verabschiedete und verschwand.

»Morgen sollte Lindas Hochzeit stattfinden, nicht wahr?« Anna nickte traurig.

»Wie geht's denn Tamaras Knöchel?«, fragte ich weiter.

»Alles wieder gut.«

»Und Jennifer?«

Anna musste grinsen. »Die hat gemeint, wir sollten, wenn Linda wieder da ist, noch mal zusammen herkommen und um die Häuser ziehen, auch ohne konkreten Anlass.«

Ich erwiderte das Grinsen trotz Kloß im Hals. Es muss heißen: *Falls Linda jemals wieder da sein wird*, dachte ich. »Und was ist mit Nele?«

»Wir haben uns gestern Abend noch mal alle bei ihr getroffen. Haben überlegt, was wir tun könnten, um Linda zu finden. Nele meinte, du würdest das schon machen. Du hättest ja versprochen, sie zu finden.«

Ich schluckte. Und war froh, dass Tobias hereinkam.

Er erkannte Anna erst, als ich sie ihm vorstellte. Und reagierte überrascht und nervös. Aber längst nicht so nervös wie Anna, ihre Augen leuchteten fiebrig, die Wangen rot, und ihr flacher Atem verriet heftiges Herzklopfen. Offenbar war sie positiv überrascht von seinem Äußeren, an das sie sich ja nicht mehr hatte erinnern können.

Ich spendierte den beiden ein Glas Prosecco und überließ sie sich selbst, nicht ohne sie immer wieder zu beobachten. Ihr Gespräch kam nur ruckelnd in Gang, nahm dann aber Fahrt auf. Tobias verhielt sich anfangs zurückhaltend, dann zunehmend interessiert und fasziniert.

Mehrmals versuchte ich, Mark zu erreichen. Die ersten Male war sein Handy immer besetzt, dann war es ausgeschaltet. Verdammt! Ich sprach ihm auf die Mailbox: »Ruf mich bitte zurück, es gibt interessante Neuigkeiten. Ich war bei Carlos, dem Kubaner.«

Kaum hatte ich aufgelegt, sah ich meinen Sohn mit Lea, seiner hübschen Ballerina, hereinkommen.

»Das ist mein Vatta«, stellte Mike mich schnoddrig vor und zeigte zu seiner Begleiterin. »Lea.«

Ich umfasste eine zierliche Hand und blickte in ein ebensolches Gesicht, das freundlich lächelte. »Hallo, Lea, freut mich, dich kennenzulernen.«

»Und mich erst. Mike hat so viel von Ihnen erzählt.«

»Hab ihr ein paar K11-Folgen gezeigt«, erklärte Mike, »sie kannte dich gar nicht.«

»Ich sehe nicht fern«, sagte Lea entschuldigend.

»Besser so«, erwiderte ich. »Was darf ich euch Gutes tun? Kaffee? Saft?«

»Sekt«, antwortete Mike. »Am besten 'ne ganze Flasche. Aber nicht den Haussekt. Den richtig guten!«

Als Lea kurz darauf eine SMS erhielt, nutzte er ihre Abgelenktheit, um sich an mein Ohr zu beugen und zu flüstern: »Die Hausmarke tut's auch.«

Ich entkorkte eine Flasche, goss drei Gläser voll und stieß mit den beiden an. Während wir tranken, klingelte Mikes Handy. Er nahm es hervor und blickte aufs Display. Eleana. Mike steckte das klingelnde Handy zurück. »Willst du nicht rangehen?«, fragte Lea.

»Nee, jetzt nicht«, antwortete Mike, »'ne Kommilitonin, mit der ich ein Referat mach. Dafür hab ich jetzt keinen Kopf.«

Nach dem zweiten Glas entschuldigte sich Lea und ging zur Toilette.

»Hömma, Jung«, sagte ich zu Mike, als sie außer Hörweite war, »das ist nicht in Ordnung, und das weißt du auch. So hab ich dich nicht erzogen. Kommilitonin, Referat … Das gefällt mir nicht, dass du die Kleine belügst.«

»Meinst du, mir macht das Spaß zu lügen?«, fragte er bedröppelt.

»Dann spiel endlich mit offenen Karten!«

»Mach ich auch«, versprach er, »sobald ich weiß, was ich will, also wen ich will.«

Bevor Lea zurückkehrte, rief Eleana ein zweites Mal an. Mike schluckte und stellte sein Handy aus.

Ich überließ ihn seinem schlechten Gewissen und kümmerte mich mit meiner Barfrau, die zum Glück überpünktlich zum Dienst erschien, um die anderen Gäste, die hereingeströmt waren und das NASEBAND'S bevölkerten.

Als zwei uniformierte Polizisten das NASEBAND'S betraten, roch ich Ärger. Bis ich die beiden erkannte. Es waren die Kollegen, die mir beinahe ein Knöllchen verpasst hatten, als ich vor Gonzos Wohnung in der zweiten Reihe parkte. Sie wollten ihr Freibier.

»Bier im Dienst?«, fragte ich verwundert.

»Feierabendbierchen«, grinste der Streifenbeamte.

Ich zapfte ihnen zwei große alkoholfreie Alt und kam die nächsten Stunden nicht mehr hinterm Tresen weg, denn wie an Freitagen üblich rannten mir die Gäste die Bude ein.

Außer dem Piraten und meinem Weinlieferanten Benno ließen sich auch viele Stammgäste blicken. Nicht nur mein Junge bestellte noch eine Flasche Sekt, auch Tobias. Bevor er und Anna Händchen haltend mein Lokal verließen.

Sie gaben sich die Klinke mit einem weiteren späten Gast: Eleana. Sie kam zu mir an den Tresen und fragte nach Mike, sie mache sich Sorgen, erst sei er nicht ans Handy gegangen, jetzt sei es aus.

Ich blickte zu dem Tisch, an dem Mike mit Lea saß und knutschte.

Eleana brauchte nicht lange, um zu begreifen. Sie marschierte zu Mike. »Du Arschloch!« Mike löste seinen Kuss mit Lea und sah erschrocken zu Eleana. Mit all ihrer weiblichen Kraft schlug sie ihm mit der flachen Hand ins Gesicht. Und zog so wortlos wie wütend ab.

Mike blieb verdattert sitzen und rieb sich über die gerötete Wange. Lea blickte entsetzt zu mir. Ich konnte nur ratlos mit den Schultern zucken.

»Wer war das?«, verlangte Lea zu wissen.

»Ähm … Eleana«, gab Mike zurück. »Du, Lea, ich muss dir was sagen …«, fing er an, kam aber nicht weiter. Denn Lea sprang auf, nahm ihren Sekt, schüttete ihn Mike ins Gesicht und stürmte ebenfalls aus dem Lokal.

Ich musste schmunzeln, während ich ihm ein sauberes Küchenhandtuch zuwarf. »Was hab ich dir gesagt?«

42

Jeden Samstagvormittag stand der Großeinkauf fürs NASEBAND'S auf meinem Programm. Ich quälte mich durch die üblichen Staus, die Familien auf Wochenendeinkauf und Shopping Queens auf der Kö verursachten. Die Sonne brannte nicht mehr ganz so heiß vom Himmel, die Luft war diesig und schwül, hinter dem Rheinturm zeichneten sich am Horizont Gewitterwolken ab. Ich konnte ihn kaum mehr erwarten, den erlösenden Regen, der die brutale Hitzeperiode beendete.

Ich ließ das Fenster hinunter, zündete mir eine Lucky an, stöpselte das Handy in die Freisprecheinrichtung und rief Mark an.

»Was gibt's?«

»Warum rufst du denn nicht zurück?«

»Weil ich keine Zeit hatte.«

»Nur weil du dich mit deiner Referendarin vergnügst, schaffst du es nicht mal, 'ne Minute zurückzurufen?«

»Na, ein bisschen gearbeitet hab ich auch.«

»Dann komm vorbei, und wir quatschen.«

»Keine Zeit, ich muss jetzt in die Muckibude. Nach dem Fitness geh ich mit Sarah in den Aquazoo, dann was futtern und ab zum Fußball.«

»Mann, Mann, Mann«, stöhnte ich, »das sind Prioritäten … Dann erzähl schnell, was hast du rausgekriegt?«

»Wir haben gestern noch mal die K.-o.-Tropfen-Jungs vernommen. Konno Seume, der Dicke, hat die Aussage komplett verweigert. Aber Kevin Recker war gesprächiger. Er hat zugegeben, dass sie ihre Drogen im Freakout kaufen und dass es der Hauptumschlagplatz für Crystal ist.«

»Siehst du! Hab ich's nicht gesagt? Ihr müsst den Laden hochnehmen, ich weiß noch viel mehr!«

»Ja, ja, den Club knöpfen wir uns auf jeden Fall vor, aber pass auf, geht noch weiter. Wir haben Kevin Recker dann zu Marie Behrens befragt. Zuerst hat er geleugnet, die Studentin zu kennen. Dann haben wir ihm das Portemonnaie mit ihrem Studentenausweis gezeigt, das wir bei ihm gefunden haben.«

»Das *ich* bei ihm gefunden hab«, verbesserte ich.

»Angeber«, murmelte Mark. »Die wir sichergestellt haben. Genehmigt?«

»Ausnahmsweise. Weiter im Text!«

»Kevin Recker hat dann eingeräumt, dass sie der Studentin im Freakout K.-o.-Tropfen verpasst haben. Aber angeblich nur, um ihre Wertsachen zu stehlen. Er hat steif und fest behauptet, dass das Mädel die Drogen gut vertragen hätte und weder er noch sein Kumpel etwas mit der Vergewaltigung oder ihrem Tod zu tun hätten.«

»Das wird sich ja nach dem DNA-Vergleich zeigen«, wandte ich ein.

»Klappe jetzt«, sagte Mark, »lass mich fertig erzählen.«

»Okay.«

»In die laufende Vernehmung platzt ein Kollege mit dem Ergebnis des DNA-Tests. Zack, Volltreffer! Die DNA aus den Hautpartikeln unter den Fingernägeln des Opfers stimmen genetisch zu neunundneunzig Komma neun neun Prozent mit der von Konno Seume überein.«

»Ach nee!«

»Wir lassen Kevin Recker schmoren und knöpfen uns noch mal Konno Seume vor. Der bleibt bei seinem eisernen Schweigen. Egal. Wir zurück zu Kevin, ich hau auf den Tisch und bluffe: ›Konno hat dich hingehängt. Er sagt, du warst es!‹ Kevin macht große Augen und springt auf, schreit: ›Das stimmt nicht, Konno lügt, dieses Schwein, so ein Arschloch …‹ Ein Geschimpfe und Gezeter. Wir beruhigen ihn, nein, Marietta beruhigt ihn, sie war natürlich der Good Cop, ich der Bad Cop. Jedenfalls geht's dann los – Kevin plappert wie ein Sturzbach, als hätte er gerade einen Zug von der Crystal-Pfeife genommen. Herrlich!«

»Ja, was ist herrlich?«, drängte ich. »Mach's nicht so spannend, was ist passiert?«

»Freitagabend, gestern vor einer Woche. Kevin und Konno feiern im Freakout in Kevins vierundzwanzigsten Geburtstag rein. Ziehen sich Crystal rein. Verpassen ihrem erstbesten Zufallsopfer, der Medizinstudentin Marie Behrens, am frühen Samstagmorgen K.-o.-Tropfen und schleppen sie zum Rheinufer. Obwohl Kevin Geburtstag hat, darf Konno zuerst ran. Denn der hat die Studentin aufgerissen. Während er sich an dem Mädchen vergeht, merkt er plötzlich, Scheiße, die atmet nicht mehr. Sie rütteln und schütteln sie. Nichts, die Kleine ist tot. Panik. Ohne lang zu fackeln, schmeißen sie die Leiche in den Rhein und ihre Klamotten in den Müll, hauen mit ihren Wertsachen ab. Kevin ist sauer, weil er nicht zum Zuge kam. Voll auf Crystal, spitzer als ein Bleistift, außerdem war das Mädel ja sein Geburtstagsgeschenk. Was macht er? Überredet seinen Kumpel, mehr Crystal zu nehmen und sich direkt neue Girls zu suchen. Gesagt, getan. Und auf wen treffen sie?«

»Den Junggesellinnenabschied.«

»Gut aufgepasst. Die Jungs hängen sich an den Frauentrupp ran. Sorgen für einen Pegel an Betäubungsmitteln, dass die Girls noch in Partylaune sind, aber nicht zusammenklappen. Kennen sich ja gut aus mit dem Zeug.«

»Offenbar nicht«, widersprach ich, »sonst würde die Medizinstudentin noch leben.«

»Angeblich war das das einzige Mal, wo sie sich verschätzt haben.«

»Angeblich. Was hat er gesagt, was sie mit den Frauen im Freakout gemacht haben?«

»Recker behauptet, sie hätten den Frauen den Eintritt spendiert und dafür gesorgt, dass sie sich kein Einlassbändchen ummachen ließen. Seinem Kumpel wäre nämlich eingefallen, dass die Studentin ein Bändchen umhatte und die Polizei vermutlich im Freakout ermitteln würde. Den Fehler wollten sie nicht noch mal machen.«

»Ja, und weiter?«

»Nichts weiter. Beziehungsweise nichts, was er nicht auch schon dir erzählt hatte. Sie haben den vier Frauen die Wertsachen abgezockt, nur an die Braut kamen sie nicht ran, weil die mit einem Typ mit halblangen dunklen Haaren verschwunden sein soll. Die Trauzeugin hätte dann …«

»Nele«, warf ich ein.

»Nele«, wiederholte Mark betont, »hätte dann ihre Freundinnen zum Aufbruch gedrängt. Danach haben die K.-o.-Jungs es noch bei anderen Frauen versucht, hatten aber wohl kein Glück mehr. Konno Seume will um zehn Uhr morgens nach Hause gegangen sein, Kevin nach dem Rausschmiss um zwei.«

»Für wie glaubwürdig hältst du ihn?«, wollte ich wissen.

»Schwer zu sagen. Die Heroinjunkies, die ich kennengelernt habe, lügen, wenn sie den Mund aufmachen. Mit Crystal-Junkies hab ich wenig Erfahrung, aber die sind sicher auch nicht die Hüter der Wahrheit.«

»Und sie geben nur zu, was man ihnen nachweist. Das heißt, mit Linda oder der Erzieherin aus Jever könnte das Gleiche geschehen sein wie mit der Medizinstudentin. Doch das bestreiten sie dann so lange, bis die Leichen gefunden werden.«

»Und wenn wir dann nicht das Glück haben und DNA-Spuren von ihnen finden, kommen sie am Ende mit einer Ministrafe davon – wegen Körperverletzung mit Todesfolge in einem einzigen Fall.«

»Ganz so mini wird die Strafe nicht ausfallen«, widersprach ich. »Die Studentin kann man auch als fahrlässige Tötung werten oder sogar Totschlag, dazu kommt vielfacher schwerer Raub und diverse Sexualdelikte.«

»Du, wir quatschen und quatschen, aber ich muss zum Fitness. Sag an, was hast du Spannendes rausgekriegt?«

Ich erzählte Mark von den Erkenntnissen meiner Internetrecherchen über das Freakout, die Lüttgers-Brüder und Carlos Rodriguez; über den Musikredakteur des Rhein-Kuriers, der aller Wahrscheinlichkeit nach mit den Dealern unter einer Decke steckte und die investigativen Recherchen seines Kollegen verraten hatte; dass ein VW Transporter T5 auf Carlos zugelassen und ich in seiner Wohnung war und Drogen und eine Waffe dort entdeckt hatte.

»Du warst in seiner Wohnung?«, hakte Mark alarmiert nach. »Wie bist du da reingekommen?«

»Mann, Mark! Das spielt doch jetzt keine Rolle.«

»Du bist da doch nicht eingebrochen?«

»Selbst wenn – Gefahr im Verzug.«

»Aber nur für die Staatsmacht, nicht für dich und Hinz und Kunz und Krethi und Plethi!« Mark wurde wieder laut.

»Die Zeit läuft!«, hielt ich an Lautstärke dagegen. »Heute wird eine große Lieferung erwartet. Wir müssen das platzen lassen!«

»Wo wird was wann geliefert?«

»Wann genau, weiß ich nicht, und wo, auch nicht, wir müssen halt das Freakout observieren.«

Mark seufzte genervt. »Komm mir nicht wieder damit. Du weißt doch, wie das ist. Wir bräuchten vier bis acht Leute für eine unbekannte Anzahl von Stunden. Wir können ja schlecht den ganzen Tag das MEK blocken oder gleich das SEK bereithalten. Und so kurzfristig … Kennst doch die Wochenendpläne. Und bei dem Urlaubs- und Krankenstand. Da lässt sich so spontan auf die Schnelle nichts auf die Beine stellen.«

»Na gut«, sagte ich, »dann regel ich das halt alleine.«

»Lass es, Michael, keine Alleingänge! Ich versprech dir, morgen früh tret ich den Kollegen in den Arsch, wir rollen aus und nehmen die Freakbude und diesen Carlos und die ganze Mischpoke hoch. Stellen den Transporter, Drogen, Waffen, Geld und Gangster sicher.«

»Ja, ja, machen wir«, erwiderte ich angefressen und kappte die Verbindung.

Ich lenkte den Mercedes über die Grafenberger Allee in die Schlüterstraße und fand einen Parkplatz in der Nähe vom Eingang des Großmarkts. Mein wöchentlicher Einkauf dauerte mittlerweile nicht länger als eine halbe Stunde, seitdem ich alle Regalpositionen meiner Einkaufsliste kannte und nichts mehr suchen musste. Heute dauerte er fast doppelt so lang, weil mein Bein wieder schmerzte und ich im Schongang durch die Metro hinkte.

Gerade als ich den letzten Karton und die letzte Tüte vom Einkaufswagen in meinen Kombi geladen hatte, klingelte mein Handy. Brigitta.

»Was Sie machen? Wieso viel Ärger, immer viel Ärger! Nicht gut! Kommen schnell in Kneipe!«

43

Déjà-vu. Alptraum. »Und täglich grüßt das Murmeltier«: Zum zweiten Mal war die große Scheibe eingeschmissen.

»Ich nix fassen an.« Brigitta kam aus der Küche, als ich eintrat, und hob demonstrativ die Hände, die in gelben Gummihandschuhen steckten.

Kopfschüttelnd sah ich auf die Scherben und den Pflasterstein auf dem Boden meiner Kneipe. »Das kann doch nicht wahr sein …«, sprach ich vor mich hin. »Leonie muss versagt haben.«

»Das waren Leonie?«, fragte Brigitta verwundert. »Sie Streit mit Leonie?«

Ich ging nicht auf Brigittas Missverständnis ein, sondern rief meine Aushilfe an und hinterließ auf ihrer Mailbox die Bitte, sich zu melden, sobald sie das hörte.

Danach rief ich meinen Versicherungsmakler an. Er war gerade mit seiner Familie beim Einkaufen und im Megastress. Das hielt ihn nicht davon ab, mich darauf hinzuweisen, dass ich noch immer nicht das Formular mit der Schadensmeldung und die Kopie der polizeilichen Anzeige der ersten Sachbeschädigung geschickt hatte. Das hatte ich völlig verschwitzt.

Also rief ich diesmal die Kollegen aus dem Streifendienst, bevor ich mit dem Chef der Glaserei sprach. Er konnte sich ein Lachen nicht verkneifen und bot mir einen großzügigen Rabatt für ein Glasscheiben-Abo. Mir fehlte in dem Moment der Humor, um darüber lachen zu können.

Die Polizisten nahmen meine Aussage auf, machten Fotos und sicherten den Pflasterstein in einer Asservatentüte.

»Vielleicht mal über Rollos nachdenken«, meinte der Polizist zum Abschied.

»Oder den Täter schnappen«, erwiderte ich und hielt ihnen die Tür auf, durch die anschließend die beiden Glaserei-Mitarbeiter eintraten, die ich schon kannte.

»Ein Gutes hat es«, schmunzelte der lange Schlaks mit langem Haarzopf und Ziegenbart, »brauchste nicht putzen.«

»Und diesmal wird es schneller gehen«, ergänzte sein kurz gewachsener und kurz geschorener Kollege, ebenfalls schmunzelnd, »haben ja schon Übung.«

Schön, dass ihr alle euern Spaß habt, dachte ich und ließ sie arbeiten, während ich mir einen Kaffee machte und das letzte Stück von Brigittas Schmandkuchen dazu aß.

Ich hatte ihn noch nicht aufgegessen, als Leonie durch die Tür trottete, Louis unterm Arm.

»Mann, bin ich müde«, sagte sie und ließ sich auf einem Barhocker nieder, »hast du achtfachen Espresso für mich?«

»Äh, hallo? Hast du vielleicht erst einmal eine Erklärung für mich? Wie du siehst, ist schon wieder die Scheibe zerschmettert!«

»Ist um fünf Uhr passiert«, erwiderte Leonie matt, stieg vom Barhocker, ging an die Kaffeemaschine und machte sich einen doppelten Espresso.

»Du hast es gesehen?«

»Na ja, nicht wirklich …«

»Wie, nicht wirklich? Was denn nun, hast du es gesehen oder nicht?«

»Ich hab's irgendwie gehört, als die Scheibe zerbrochen ist. Aber nur so halb, im Unterbewusstsein.«

»Wovon redest du, Leonie? Sprich Klartext, bitte.«

»Es ist halt nicht sofort an die Oberfläche gedrungen, also in mein Bewusstsein. Es ist ja so, dass wir immer nur auf bestimmte Inhalte unseres Bewusstseins fokussiert sind. Kennst du nicht dieses Experiment, wo man ein Tennisspiel anschaut, und wenn man konzentriert mit den Augen immer nur dem Ball folgt, kriegt man nicht mit, wenn ein Affe durchs Bild läuft. Das nennt man selektive Wahrnehmung, glaub ich.«

»Leonie, bitte!«, stöhnte ich genervt. »Was erzählst du da? Der Reihe nach. Was ist passiert, verdammt? Du hast also hier observiert?«

»Ich hab mit einem Typen von der Unartig-Party gefacetimt. Als mir klar wurde, dass da was zu Bruch gegangen ist, also als es in mein Bewusstsein gedrungen ist, hab ich nur noch eine dunkle Gestalt wegrennen sehen.«

»Na super«, sagte ich, ohne richtig sauer auf Leonie zu sein. Sie sah wirklich zerknirscht aus.

Ich erwog, mich die nächsten Tage selber auf die Lauer zu legen, doch dann kam mir eine bessere Idee. Ich bat Leonie, die Stellung zu halten, und fuhr noch mal einkaufen. Danach montierte ich die erstandene Überwachungskamera kaum sichtbar an der Deckenlampe des Gastraums, sodass der Eingangsbereich und die Panoramascheibe im Aufnahmewinkel der Kamera lagen, wie ich an meinem Laptop im Büro zufrieden feststellte.

Anschließend beantragte ich online eine neue Kreditkarte und bestellte für Leonie und mich Pizza. Nach dem Essen legte sich Leonie im Büro aufs Sofa und pennte die nächsten drei Stunden, während ich meine Gäste versorgte, unter anderem den Piraten.

Alle halbe Stunde steckte ich meinen Kopf ins Büro in der Hoffnung, Leonie hätte ihr Nickerchen beendet und wäre wieder einsatzbereit, damit ich endlich ins Freakout konnte. Irgendwann mussten die Drogen dorthin geliefert werden. Mein Plan sah vor, ins Büro der Disco zu gelangen und das Drogenversteck zu finden. Ich vermutete es unter der Bodenklappe, auf die ich zufällig gestoßen war, nachdem ich die Waffe entdeckt hatte.

Um achtzehn Uhr kam Leonie endlich aus dem Büro und maulte gähnend, wieso ich sie nicht geweckt hätte.

»Du hast gestern bestimmt genug gefeiert«, unterstellte ich, »und ausgeschlafen bist du jetzt auch …«

»Nee, oder«, unterbrach sie mich, »kein Tresendienst heute! Hab die Woche genug gearbeitet.«

»Genug verdient, meinst du. Komm, nur ein paar Stunden.«

»Wo willst du denn hin?«

Ich schilderte ihr mein Vorhaben.

»Cool!« Ihre Augen leuchteten vor Begeisterung. »Eine richtig detektivmäßige Ermittlung mit Observation und Gefahr?«

»Mit Betonung auf Gefahr.«

»Ich will dabei sein«, rief sie, vor Aufregung zappelnd, »kann ich nicht mitkommen?«

»Auf keinen Fall!«

»Warum nicht?«

»Aus tausend Gründen.«

»Nenn mir einen.«

»Ich nenn dir drei. Erstens könnte es tatsächlich gefährlich werden, zweitens kann ich dich nicht dabei gebrauchen, drittens muss jemand hier die Stellung halten, und das bist du.«

»Der Pirat kann doch das NASEBAND'S kapern.«

»Der hat doch keine Ahnung!«

»Willst du mich schon wieder beleidigen?«, mischte sich der Einäugige ein, der unserem Dialog neugierig gelauscht hatte. »Ich hatte in Köln zwei Jahre lang 'ne Kneipe!«

»Da siehst du's!«, triumphierte Leonie. »Außerdem kannst du mich sehr wohl brauchen. Ich könnte aufpassen und Hilfe rufen, wenn bei deinem Einsatz was schiefgeht.«

Da hatte sie natürlich nicht ganz unrecht, wie ich zugeben musste. Meine Gegner verfügten im Gegensatz zu mir über Schusswaffen. Dass sie die auch einsetzen würden, wenn es in ihren Augen sein musste, war unzweifelhaft. Sie hatten den Reporter eiskalt erledigt und versucht, mich auf die gleiche Weise zu töten. Moral und Skrupel kannten diese Typen nicht.

Ich ärgerte mich, dass ich meine Schussweste nicht aufgehoben hatte. Wo könnte ich auf die Schnelle eine herbekommen? Im Präsidium vorbeifahren und hoffen, einen ehemaligen Kollegen zu treffen, der mir ohne groß zu fragen eine lieh?

Mir fiel ein weiteres Problem ein, das ich noch nicht bedacht hatte: Im Freakout war mein Mercedes bekannt. Und das Gewitter, das sich draußen zusammenbraute, konnte jederzeit niederkrachen.

Leonie klopfte mir an den Schädel. »Hallo, McFly, sind Sie zu Hause?«

»Bist du mit dem Auto da?«

»Wieso?«

»Kannst du mir das leihen?«

Leonie witterte ihre Chance: »Nö, leihen nicht«, erwiderte sie mit keckem Grinsen, »aber ich könnte dich fahren.«

Sie hob die Brauen, die Ahnung des finalen Triumphs in den Augen.

44

Endlich war es so weit, das Ende nahte. Es kam in Form schwarzer Regenwolken, die, zu mächtigen Ballen geformt, den Horizont bedeckten und über die Stadt zogen. Das unausweichliche Gewitter würde innerhalb der nächsten Stunden dem Azorenhoch Sonia den Garaus machen und den heißesten Sommer seit Jahren beenden.

Leonie saß am Steuer ihres Mini und löcherte mich mit Fragen zu Carlos, dem Freakout, den K.-o.-Jungs, Linda, der toten Medizinstudentin, der verschwundenen Erzieherin und ließ mich kaum die Antwort aussprechen, bis sie die nächste Frage stellte.

Ich sah auf die Uhr. Viertel nach sechs. Hoffentlich hatten wir die Lieferung nicht verpasst.

»Mach mal Gas«, forderte ich Leonie auf, »das ist ein BMW und kein Kettcar.«

»Ich fahre schon fünfundfünfzig!«

Genervt stöhnend nahm ich ein Päckchen Luckys aus der Hosentasche und wollte mir eine anzünden.

»Spinnst du«, blaffte Leonie, »hier drin wird nicht geraucht!«

»Entweder Gas oder Rauchen«, blaffte ich zurück, »beides nicht, geht nicht.«

»Das ist mein Auto«, hielt sie trotzig dagegen, »hier bestimme ich!«

Noch einmal stöhnte ich, als ich die Packung einsteckte. Ich ließ das Fenster hinunter, steckte meinen Kopf hinaus und ließ mir die schwüle, gewittrige Luft ins Gesicht blasen.

Leonie fuhr in den Hof der Disco.

»Ach nee«, entfuhr es mir, »da ist er ja!«

»Ist das ein Cadillac?«

»Ich meine den anderen.«

Neben Lüttgers' Cadillac stand der mattschwarze VW Transporter. Vermutlich hatte die Drogenlieferung schon stattgefunden. Oder war das Zeug bei Carlos und ich am falschen Ort?

»Das Blechmonster, das mich killen wollte, der schwarze Wal.

Schon wieder vergessen? Hab dir doch eben gerade erst davon erzählt.«

»Weiß ich doch, hab halt nur den Caddi gesehen. Wohin jetzt?«

Leonie parkte auf mein Geheiß hin den Wagen rückwärts in der hintersten Ecke des Platzes.

»Und jetzt?«

»Tja …«, nickte ich nachdenklich, berechtigte Frage: Und jetzt? Denn mein Plan, auf die Mülltonnen zu klettern und durchs Bürofenster einzusteigen, war fürs Erste nicht umsetzbar. Das Fenster war geschlossen, vermutlich wegen des nahenden Gewitters. Außerdem konnte ich Hasso Lüttgers in ein Handytelefonat vertieft in seinem Büro auf und ab gehen sehen.

»Warten«, sagte ich. »Wir warten ab, bis sich eine Gelegenheit bietet.«

Leonie blies gelangweilt Luft aus den Backen. »Wie spannend …«

»Ich hab dir nie einen Indiana Jones versprochen. Ermittlerarbeit besteht zu neunzig Prozent aus stinklangweiligen Tätigkeiten. Was meinst du, wie oft ich mir früher stundenlang den Hintern platt gesessen hab, während ich darauf wartete, dass jemand in ein Haus geht oder rauskommt.«

»Na super«, maulte sie. »Aber eins sag ich dir gleich – ich bleibe nicht fünf Stunden hier im Auto sitzen und starre Löcher in den Hof.«

»Nein. Du wolltest doch aufpassen. Dann kannst du jetzt gleich anfangen. Ich will mir mal den Transporter anschauen. Der war zwar in der Werkstatt, wenn ich das richtig verstanden habe, aber vielleicht sieht man trotzdem noch was vom Unfall.«

»Ich dachte, der hat dich nicht richtig erwischt?«

»Mich nicht, aber den Reporter.«

»Ach stimmt, der.«

»Falls jemand rauskommt, hup einfach und lenk ihn ab, okay?«

Ohne ihre Bestätigung abzuwarten, sprang ich aus dem Auto. Und verzog vor Schmerzen das Gesicht. Der äußere Oberschenkelmuskel erinnerte mich an seine Verletzung. Humpelnd lief ich an der Wand entlang, damit der Clubchef mich aus dem Bürofenster nicht sehen konnte, zu dem Transporter.

Aufmerksam untersuchte ich den Frontbereich und strich mit den Fingern über Kühlergrill und Stoßstange. Tatsache – fast in der Mitte der Motorverkleidung entdeckte ich ausgebeulte und überlackierte Stellen. Das war zwar kein Beweis für den tödlichen Unfall, aber für mich ein eindeutiges Indiz.

Leider fand ich weder Blut noch sonstige Spuren eines Unfalls. Die Front des Transporters war offenbar vor der Reparatur gereinigt worden.

Ich wollte bereits wieder zurück zu Leonies Wagen, als mir noch etwas einfiel. Von unten wurde der VW-Lieferwagen vermutlich nicht gereinigt. Ich legte mich langsam auf den Boden, darauf bedacht, mein rechtes Bein zu schonen, und robbte mich unter das Fahrzeug. Und tatsächlich: Unter der Stoßstange klebte Blut. Mist, dachte ich. Wenn nachher der große Regen kommt und der Wagen durch die erste Pfütze fährt, ist der Beweis für den Reportermord zunichte. Ich suchte am Motor nach Kabeln, die ich eventuell durchtrennen konnte, um das Gefährt lahmzulegen. Dabei sah ich es: An einer Kante des Karosserieholms hing ein winziger Jeansfetzen, der sich dort verhakt hatte. Mit Blut dran. Das hatte die Dealer-Werkstatt in der Eile wohl übersehen.

Ich fingerte ein Taschentuch aus der Gesäßtasche meiner Shorts, pflückte damit vorsichtig den Stoffrest von der Karosserie und steckte ihn ein. Der Schweiß rann mir nur so übers Gesicht und in die Augen. Das Salz brannte. Ich musste die Augen schließen und krabbelte blind unter dem Transporter hervor. Dann tastete ich nach einer trockenen Stelle am T-Shirt und rieb mir damit über die Augen. Ich versuchte, Blickkontakt zu Leonie zu bekommen, doch die schwarzen Gewitterwolken hatten den Hof zu sehr verfinstert.

Wie ich zum Transporter gehinkt war, so hinkte ich wieder zurück: flach an die Wand gedrückt.

»Was machst du denn da so lange?«, empfing mich Leonie ungeduldig.

»Wieso, hab ich was verpasst?«

»Nein, aber ich anscheinend. Was gibt es denn so lange zu gucken?«

»Gut Ding will Weile haben.«

»Ja und? Hast du was entdeckt?«

Ich nickte, nahm das Taschentuch hervor, faltete es behutsam auseinander und zeigte ihr den Stoffrest.

Leonie runzelte die Stirn. »Das ist alles? Ein Jeansfitzelchen?«

»Dieses Jeansfitzelchen entscheidet über Schuld oder Unschuld«, klärte ich sie auf, »dieses Jeansfitzelchen entscheidet, ob ein Mord aufgeklärt und gesühnt werden kann oder nicht, dieses Fitzelchen entscheidet über Freiheit oder Knast. Und deswegen werden wir das jetzt sicherheitshalber in ein zweites Taschentuch hüllen.«

Leonie verzog das Gesicht. »Mein Gott, mach eine Staatsaffäre draus. Warum bringen wir's nicht gleich in einem Panzerwagen zum CSI?«

»Das heißt bei uns KTI, Kriminaltechnisches Institut. CSI ist die Abkürzung für Crime Scene Investigation, das bedeutet die Tatortgruppe, nicht die Hansel aus dem Labor.«

»Mir ist langweilig«, seufzte Leonie.

»Ich glaube, du hast echt zu viel James Bond geschaut.«

»Da passiert wenigstens was.«

»Deswegen gucken sich Polizisten und Agenten auch gerne den Schmarren an. Nur erwarten sie nicht, dass die Realität so ist.«

»Jetzt geht's los!«, sagte Leonie unvermittelt.

Ich sah zur Einfahrt und zur Hintertür. »Wo denn?«

Leonie zeigte zum Himmel.

Gleichzeitig grollte Donner heran, der in einem mächtigen Schlag kulminierte.

»Wow!« Staunen und Furcht steckten in ihrem Ausruf.

Wir beugten beide den Kopf nach vorne und blickten im Duett in die schwarze Wolkendecke, die sich scheinbar dicht über den Häusern auf die Stadt gelegt hatte.

In dem Moment riss der schwarze Vorhang auf, und ein grelles Licht schien durch den senkrechten Spalt. Funken schlagend und mit einem gewaltigen Krachen entlud sich der Blitz in einem Metallpoller im Hof.

»Wow!« Diesmal stammte der Ausruf von mir. Leonie starrte mit offenem Mund zu der Stelle, in die der Blitz eingeschlagen hatte. Mehr Furcht als Staunen im Blick.

»Wollen wir nicht lieber wann anders wiederkommen?«, fragte sie ängstlich.

»Jetzt warten wir erst mal das Gewitter ab«, antwortete ich.

Es krachte und blitzte noch einige Minuten, dann brauste ein stürmischer Wind in den Hof und spielte mit Plastikabfällen Karussell. Und dann kam er, der erlösende Regen. Platzte und pladderte in den Hof und aufs Auto wie eine Sintflut.

Leonie schwieg angespannt, ich genoss es und freute mich schon auf die Zeit nach dem Gewitter, auf die klare, kühle, frische Luft. Der Platzregen ging nach einer Weile in normalen, dicktropfigen Regen über.

Nach dem Gewitter tat sich eine Weile lang nichts, außer dass es regnete. Niemand kam, niemand ging, Backstagetür und Bürofenster blieben geschlossen. Ich überlegte, ob ich Leonie bei Hasso Lüttgers anrufen und ihn unter einem Vorwand herauslocken lassen sollte. Aber was konnte das für ein Vorwand sein?

Während ich über eine Lösung sinnierte, wurde plötzlich das Bürofenster geöffnet. Hasso Lüttgers starrte in den Regen und sog tief die feuchte Luft in seine Lungen. Dann drehte er sich ab und war nicht mehr zu sehen.

Leonie seufzte wieder. »Mann, ist das öde!«

»Dann mach doch FaceTime oder sonst was.«

»Super«, ätzte sie, »und mein Chef hört zu. Da kann ich ja gar nicht über dich ablästern.«

»Was gibt's denn über mich abzulästern?«, wunderte ich mich ehrlich.

Leonie lachte auf und grinste vielsagend als Antwort.

Nach weiteren zähen Minuten hatte ich die Faxen dicke. Entschlossen stieg ich aus.

»Was hast du vor?«

Ich antwortete nicht, sondern lief an der Wand entlang bis zum Bürofenster, kletterte mühsam und unter Beinschmerzen auf die Mülltonne, lauschte eine Weile unter dem offenen Fenster, hörte nichts außer elektronischer Musik und lugte dann vorsichtig in den Raum. Keiner da, die Tür stand halb offen. Ich zögerte. Vielleicht war der Clubchef nur kurz zur Toilette und kam jede Sekunde zurück. Vielleicht war er aber auch vorne im Club, und ich hatte Zeit. Wer weiß, ob es heute eine günstigere Gelegenheit gibt, dachte ich, jetzt oder nie!

Ich zog mich am Fensterrahmen hoch, schwang das lädierte Bein auf den Mauervorsprung, stemmte mich auf die Knie und sprang ins Büro. Es gab ein schmatzendes Geräusch von meinen Schuhen, die sich auf dem Weg in den Pfützen vollgesogen hatten. Ich schlich zur Tür und lauschte einen Moment. Niemand zu hören.

Eilig lief ich hinter den Schreibtisch, zog den Stuhl beiseite, schlug den Teppich zurück, griff den Metallring der Bodenluke und wollte sie gerade aufziehen, als ich Stimmen und Schritte aus dem Flur hörte, die sich näherten. Shit!

Hektisch schlug ich den Teppich zurück, zerrte den Stuhl heran, sprang auf das Fensterbrett und von da nach draußen auf den Müllcontainer. Zum Glück war er aus Metall und der Deckel flach, sonst hätte ich mir bei dem Sprung das Genick brechen können. Stattdessen brach ich mir den Knöchel. So fühlte es sich zumindest an. Das war definitiv nicht die richtige Betätigung für verletzte Glieder.

»Mann, Hanno«, hörte ich die ärgerliche Stimme des Clubchefs, »wie oft soll ich dir das noch sagen – der Stuhl muss genau in die Mitte zurück!«

»Hab ich doch.«

»Das seh ich.«

»Hey, willst du mich anpupen«, blaffte der Türsteher seinen Bruder an, »das hast du selber gemacht.«

»Wieso ist das hier so nass?«

Hasso kam ans Fenster. Ich drückte mich so flach gegen die Wand, wie ich konnte.

»Scheiße, hier regnet's rein«, sagte Hasso und schloss das Fenster.

Ich stieg von dem Müllcontainer hinunter und humpelte zurück zum Auto. Mein Knöchel machte sich tuckernd bemerkbar. Ich konnte es förmlich fühlen, wie er wieder anschwoll.

45

Leonie schmollte, als ich einstieg, und schaute demonstrativ in eine andere Richtung.

»Sorry, ich hätte dir was sagen sollen. Aber das war ein spontaner Versuch, und bevor ich das Momentum verpasst hätte …«

»Laber Rhabarber«, fiel Leonie mir angesäuert ins Wort. »Und was hättest du getan, wenn ich spontan das Momentum genutzt hätte und weggefahren wär?«

»Tut mir leid, nächstes Mal sag ich dir Bescheid.«

»Hast du wenigstens was gefunden?«

»Fast.« Ich erstattete Bericht.

»Und jetzt?«

»Ist das Fenster zu.«

»Mein Zeitfenster bald auch«, seufzte Leonie. »Ich hab mir das schon ein bisschen interessanter vorgestellt.«

»Ich weiß, Leonie, ich weiß.«

Mehr als eine Stunde beobachteten wir den Backstageeingang. Die Tür öffnete sich kein einziges Mal, niemand kam in den Hof oder verließ die Disco. Am geschlossenen Bürofenster war immer wieder Hasso Lüttgers zu sehen, immer wieder telefonierend.

»Mann!«, fluchte ich entnervt. »Dass der sich auch die ganze Zeit in seinem versifften Zimmer aufhalten muss.«

»Hast du keinen Plan B?«

Nein, hatte ich nicht. »Doch, hab ich«, sagte ich, als ich sah, wie der Lkw eines Getränkelieferanten in den Hof fuhr und hupte. »Das ist die Gelegenheit!«

Fahrer und Beifahrer stiegen aus dem Lkw, ließen die Seitenklappe hinunter, nahmen Sackkarren von der Ladefläche und beluden sie mit Getränkekisten, während die Hintertür von Hasso Lüttgers geöffnet und mit einem Türkeil fixiert wurde.

»Ich gehe jetzt rein«, sagte ich, »du wartest hier und warnst mich, falls Gefahr droht.«

»Ich will aber mit!«

»Leonie, bitte, tu jetzt, was ich dir sage. Du bleibst im Auto und passt auf. Wenn etwas schiefgeht oder ich nicht in einer halben Stunde zurück bin, informiere Klaus.« Ich fummelte an meinem Handy herum und suchte seine Nummer.

»Warum nicht deinen Polizeifreund Mark?«

»Der ist zum Fußball.«

Ich schickte Klaus' Nummer auf Leonies Handy und sah dann, wie der Beifahrer die beladene Sackkarre zur Disco schob. Der Fahrer wollte gerade seinen Kistenstapel zum Eingang schieben, als er einen Anruf erhielt. Kurz lauschte er, dann schimpfte er aufgebracht in sein Handy. Er nahm sein Basecap mit Logo des Getränkedienstes vom Kopf und knallte es wütend auf die oberste Kiste der Sackkarre, zündete sich eine Zigarette an und stapfte ins Handy brüllend durch Pfützen auf die andere Seite des Lieferwagens.

»Jetzt!«, sagte ich und öffnete die Beifahrertür. »Lenk ihn ab, wenn er fertig telefoniert hat. Geh zu ihm und stell ihm blöde Fragen.«

Ich stieg aus dem Auto, humpelte um Pfützen herum zu der Sackkarre, schnappte mir das Basecap, setzte es auf und schob den Kistenstapel zum Gebäude, die Schirmmütze tief ins Gesicht gezogen und meinen Kopf hinter die Kisten geduckt.

»Das kommt an die Bar«, rief der Clubchef in meine Richtung, während er dem Lieferanten in den Keller folgte.

Rückwärts gehend und die Schmerzen im Oberschenkel ignorierend, wuchtete ich die Sackkarre die Treppen hoch in den ersten Stock, schob sie ein paar Meter nach rechts in Richtung des Clubs und der Bar, stellte sie ab und lief in die andere Richtung zum Büro.

Vorsichtig linste ich durch die sperrangelweit geöffnete Tür ins Zimmer. Freie Bahn. Zum zweiten Mal rückte ich den Stuhl zur Seite, zog den Teppich von der Bodenklappe und öffnete sie.

Volltreffer! Wie in einer Werkstattgrube war in den Boden eine Aussparung eingelassen, in der eine große, wäschekorbähnliche Plastikwanne steckte. In der Wanne waren Plastikkästen, die bis zum Rand mit kleinen Tütchen fertig verpackter Drogeneinheiten gefüllt waren: weißgelbe Pampe, kristallines Pulver,

Kristalle, Pillen. Also Speed, MDMA, Crystal Meth und Ecstasy. Außerdem reihenweise kleine braune Fläschchen, vermutlich K.-o.-Tropfen. Es mochten Tausende Tütchen und Hunderte Fläschchen sein.

Ich zückte mein Handy und schoss Beweisfotos von dem Fund. Jetzt waren die Drogenfreaks dran!

Wieder hörte ich Schritte und eine Stimme, die sich näherten. »Wo ist der Vogel denn jetzt hin?« Die Stimme von Hasso Lüttgers. »Erst mal schiffen, oder was?« Ich duckte mich hinter den Schreibtisch. Wenn er jetzt ins Büro marschiert kam, war ich geliefert.

Doch er ging am Büro vorbei. Wahrscheinlich zu den Toiletten.

Hektisch schloss ich die Klappe, zerrte Teppich und Stuhl darüber und öffnete das Fenster. Ich hatte einen Fuß bereits auf dem Fenstersims und wollte gerade rausspringen, als ich das Tattoo-Monster vor der Backstagetür im Gespräch mit dem Lieferanten sah, den ich bestohlen hatte. Scheiße!

»Hallo? Wo sind Sie denn?«

Hasso Lüttgers kam von der anderen Flurseite zurück.

Panisch schloss ich das Fenster und suchte nach einem Versteck. Die Sofas waren zu durchgesessen, um sich darunterzuquetschen. Damit ich mich nicht durch die schmatzenden Schuhgeräusche verriet, tippelte ich auf Zehenspitzen hinter die Tür, so weit ich konnte.

Du gehst brav am Büro vorbei, befahl ich dem Clubchef in Gedanken.

Er hörte nicht auf mich. Ich sah, wie er wenige Zentimeter an mir vorbei und zum Fenster ging. Er öffnete es. »Hast du ihn gesehen?«, rief er in den Hof.

»Nein«, antwortete das Tattoo-Monster, »der muss noch drin sein.«

Er schloss das Fenster und ging zur Tür. Ich hielt den Atem an. Und hoffte, dass er das Plätschern der Wasser- und Schweißtropfen, die mir von Kleidung und Körper trieften, nicht hörte.

Ich hatte Glück. Er schien nichts zu bemerken. Erleichtert schloss ich die Augen und sog lautlos Luft ein. Nach der Hälfte des Atemzugs erstarrte ich und riss erschrocken die Augen auf. Hasso Lüttgers war auf der Türschwelle stehen geblieben. Ich sah zu Boden – unter meinen Schuhen hatte sich eine Pfütze gebildet, die sich unter der Tür ausgebreitet hatte.

Ohne nachzudenken, schob ich die Tür mit beiden Händen und voller Kraft blitzschnell nach vorne. Der Clubchef gab einen dumpfen Laut von sich, als die Tür gegen seinen Kopf knallte. Mit einem ebenso dumpfen Laut fiel er rücklings zu Boden.

Ich rannte aus dem Büro und durch den Flur ins Treppenhaus. Mit dem rechten Fuß trat ich nur leicht auf, das Adrenalin betäubte die Schmerzen. Ich wollte in den Club und durch den Vordereingang flüchten. Doch aus Richtung der Bar sah ich Uwe Hartmann kommen. Dem Biker, der mutmaßlich den Reporter überfahren hatte und das Gleiche mit mir versucht hatte, wollte ich nicht in die Arme laufen.

Also rannte ich nach unten. Vor der Tür des Hintereingangs sah ich das Tattoo-Monster, jetzt mit beiden Lieferanten im Gespräch. Er hatte mir den Rücken zugewandt. Unbemerkt schlich ich an der Tür vorbei in den Keller.

Es musste doch einen weiteren Ausgang geben.

Das Untergeschoss entpuppte sich als ein unübersichtliches Labyrinth aus Gängen und Räumen unterschiedlicher Größe mit türlosen Durchgängen. Ich rannte in die eine Richtung und bog an der Gabelung am Flurende um die Ecke. Sackgasse. Zurück in die andere Richtung. Vom linken Flurast gingen weitere Gänge ab. Alles Sackgassen.

Verdammt! Ich ahnte, dass die Tür im Treppenhaus der einzige Notausgang nach hinten war. Zunehmend verzweifelt rannte ich zurück und probierte es auf der anderen Seite des Kellereingangs. Von oben hörte ich die wütende Stimme des Clubchefs.

»Wo ist der Flachwichser?«, schrie Hasso wütend. »Was wird hier gespielt?«

Jeden Moment würden sie in den Keller kommen und mich finden. Ich rannte den Gang entlang bis zur nächsten Gabelung und erwartete wieder eine Sackgasse statt eines Auswegs. Doch ich hatte mich getäuscht. Am Ende des rechten Abzweigs war eine Tür. Darüber hing das ersehnte grüne Notausgang-Zeichen.

Manchmal muss man einfach Glück haben.

Ich rannte in die Richtung und hatte die Klinke bereits in der Hand, als mein Blick auf ein gelbes Warnschild fiel, das an einer Kette hing, die vor den letzten Raum des Flures gespannt war: Hochspannung! Vorsicht, Lebensgefahr! Neben den drei Worten war ein schwarzes Dreieck abgebildet, in der eine stark stilisierte Person von Stromblitzen getroffen rücklings zu Boden stürzte.

Verwundert sah ich in den Raum. Im Halbdunkel war nicht viel zu erkennen. Ein toter Abstellraum, wie eine Rumpel-kammer zugemüllt mit wild übereinandergeworfenen Tischen und Stühlen sowie ausrangierten Kühlschränken und -truhen. Gefährlich aus der Wand ragende Stromkabel konnte ich nicht entdecken. Wieso dann Hochspannung und Lebensgefahr?

Das passte nicht zusammen. Irgendetwas stimmte hier nicht. Mein Argwohn war geweckt. Und meine Neugier.

In einer Ecke hinter dem Gerümpel sah ich knapp über dem Boden ein grünes Lämpchen leuchten. Ich bewegte meinen Kopf so lange, bis ich zwischen Stuhl- und Tischbeinen hindurch sehen konnte, was das Licht zu bedeuten hatte. Es gehörte zu einer Gefriertruhe und signalisierte Aktivität. Jetzt hörte ich auch ihr Surren und Brummen.

Eigenartig. Wieso stand in diesem Müllhaufen eine ange-schlossene Gefriertruhe, an die man erst herankam, wenn man den Raum entrümpelt hatte? Von dem Gerät ging sicherlich keine Stromschlaggefahr aus. Das Schild diente wohl nur der Abschreckung.

Vielleicht wurden in der Truhe riesige Mengen Drogen gela-gert, mit denen man die ganze Stadt high machen konnte. Mehr als einmal hatte ich in meiner aktiven Zeit als Polizist Drogen in Kühlschränken und -truhen entdeckt.

Hastig hängte ich die Kette aus dem Haken, zerrte Stühle und Tische und Kühlschränke beiseite und räumte den Raum so weit frei, dass ich an die Kühltruhe gelangen konnte.

Dann öffnete ich den Deckel. Und erstarrte. Das Schild hatte nicht gelogen, es traf mich der Schlag. In der Truhe lagerten keine Drogen, sondern eine Leiche. Annika Hobrecht. Die Erzieherin aus Jever. Trotz der Totenblässe erkannte ich sie sofort von dem Vermisstenfoto. Sie sah unwirklich frisch aus, als wäre sie beim Schlafen konserviert worden.

Meine Aufmerksamkeit war durch den Anblick und mein Entsetzen so abgelenkt, dass ich die Schritte hinter mir zu spät wahrnahm. Als ich mich umdrehte, sah ich noch das Gesicht von Uwe Hartmann, doch bevor ich reagieren und ausweichen oder schützend die Arme hochreißen konnte, bekam ich einen Schlag gegen den Kopf, und mir wurde schwarz vor Augen.

46

Als ich auf dem Boden liegend aus meiner Bewusstlosigkeit erwachte, wusste ich zunächst nicht, wo ich mich befand und was geschehen war. Ich spürte einen pulsierenden Schmerz am Kopf und merkte, dass meine Hände auf dem Rücken mit Klebeband gefesselt waren. Mein rechter Oberschenkel brannte vor Schmerzen, der Knöchel pochte. In meinem Mund steckte ein Küchenhandtuch, das mit dem gleichen Paketband fixiert war. Ich erblickte die Kühltruhe und hörte aufgebrachte Stimmen aus dem Kellerflur.

»Das kann doch nicht wahr sein!«, brüllte Hasso Lüttgers. »Seit sieben Wochen liegt die Alte hier rum, Woche für Woche sag ich, wann schaffen wir die endlich weg!«

»Hasso, komm runter …«

»Nein, Uwe!«, schrie Hasso zornig. »Ich hab's dir tausendmal gesagt, die muss weg, die kann hier nicht ewig bleiben, das ist mir zu heiß! Wie oft hab ich gesagt, dass das keine Dauerlösung ist! Wieso hast du den Transporter auch nicht früher an den Start gekriegt? Kann doch nicht so schwer sein, das auf die Kette zu kriegen?«

»Du weißt doch, wieso das nicht geklappt hat. Nicht meine Schuld, wenn Carlos die Karre verleiht.«

»Hör bloß auf, seit sieben Wochen hör ich Ausreden, ich kann's nicht mehr hören! Am Mittwoch hast du noch gesagt, du holst den Wagen aus der Werkstatt, und wir holen die Alte am Freitag hier raus.«

»Musste halt erst mal das andere Problem angehen.«

Meinte der mich damit?

»Stop it!«, rief Hassos tätowierter Bruder. »Was machen wir jetzt?«

»Wir müssen beide entsorgen«, bellte der Clubchef.

War ich einer von beiden, oder hatten die Gangster etwa noch eine Leiche im Keller – die von Linda?

»Okay«, erwiderte sein Bruder, »dann hol deine Knarre.«

Also war ich einer von beiden. Ich schluckte unbehaglich und ruckelte am Klebeband. Vergeblich.

»Bist du bescheuert?« Hasso war wieder auf hundertachtzig. »Das hörst du bis zum Polizeipräsidium, wenn wir hier rumballern. Ich hab 'ne bessere Idee …«

Was kam jetzt? Sekundenlang – eine gefühlte Ewigkeit – tat sich nichts.

»Hey, Carlos«, hörte ich Hassos Stimme, »kannst du in den Club kommen, wir haben ein Problem. Wir brauchen eine stille Problemlösung.«

Natürlich – Carlos besaß eine Waffe mit Schalldämpfer. So langsam wurde mir mulmig zumute.

»Ganz genau. Alles roger, bis gleich. Okay, in zwanzig Minuten ist er da.«

Ich hatte also zwanzig Minuten, um mich zu befreien – oder zu sterben. Ich fragte mich, wie lange ich bewusstlos gewesen war und ob Leonie schon Hilfe gerufen hatte.

Dann hörte ich meinen Handyklingelton. Das Klingeln kam von nebenan. Scheiße, dachte ich, die haben mir mein Handy abgenommen. Wahrscheinlich ist das Leonie, die wissen will, was los ist.

»Wer ist das?«, fragte Hasso Lüttgers.

»Eine Leonie«, antwortete Uwe Hartmann.

»Los, geh ran!«

Das Klingeln hörte auf. »Ja?«

»Warum legst du auf, was wollte die?«

Es dauerte ein paar Sekunden, bis Uwe Hartmann auf Hasso Lüttgers Frage antwortete: »Die muss im Hof sein«, sagte er nachdenklich.

»Wieso im Hof?«

»›Wo bleibst du denn‹, hat sie gefragt, ›die Getränkelieferanten sind längst wieder weg.‹«

»Verdammte Scheiße!«, brüllte Hasso. »Na los, worauf wartest du, schnapp dir die Wumme und kümmer dich darum!«

Ich hörte sich entfernende Schritte und kurz darauf eine Tür.

Verdammt, dachte ich, jetzt gerät auch noch meine Aufpasserin in Gefahr. Als Nothelferin fiel Leonie aus. Und selbst wenn sie Klaus Bescheid gesagt hatte, konnte ich mich weder darauf verlassen, dass sie ihn erreicht hatte, noch dass er rechtzeitig kommen würde. Ich war auf mich allein gestellt. Hektisch blickte ich mich nach Möglichkeiten um, meine Fesseln zu lösen. Und fand eine.

»Geh zurück nach oben«, hörte ich wieder Hasso. »Wir müssen gleich aufmachen.«

»Hey, Bruder, calm down«, hörte ich Hanno. »Wir regeln das alles. Keep cool.«

»Los, Mann, geh hoch!«

Wieder entfernten sich Schritte. Eine Weile herrschte Stille, dann hörte ich, wie Hasso Lüttgers einen Anruf auf seinem Handy annahm. Er war also mit mir alleine im Keller. Ich musste mich nur schnell befreien, dann hatte ich vielleicht eine Chance.

Ich robbte leise an die Gefriertruhe, zwängte meine Hände unter die Seitenwand der Truhe und schabte mit den Fesseln an der scharfen Metallkante des Seitenblechs entlang. Den Trick hatte ich aus einem Drehbuch während meiner Fernsehkarriere. Und aus ungefähr zweihundert anderen Krimis, denen ich als Zuschauer beigewohnt hab. Und die Überraschung war: Schneller als gedacht waren das Klebeband durchtrennt und die Beweglichkeit meiner Hände wiederhergestellt. Ich nahm den Knebel aus dem Mund, stand langsam auf und befühlte die Beule und Platzwunde oberhalb meiner linken Schläfe. Ich betrachtete meine Finger, sie waren voller Blut.

Dankenswerterweise hatte Uwe Hartmann den Baseballschläger, mit dem er mir eins übergebraten hatte, neben der Tür liegen lassen. Am dicken Schlagende klebte ebenfalls Blut. Meins.

In Winnetou-Manier schlich ich zur Tür, nahm den Baseballschläger vom Boden und stellte mich lauschend neben den Durchgang zum Flur, in dem Hasso Lüttgers telefonierte: »Hörst du schlecht«, bellte er seinen Gesprächspartner an, »ich sag doch, wir haben hier ein kleines Problem, um das wir uns erst mal kümmern müssen. Lass uns das verschieben, komm morgen, von mir aus mittags. Ja, Mann, ich weiß, dass heute Samstag ist!« Er stöhnte genervt. »Ah Mann, ja, wenn's unbedingt sein muss. Wann willst du denn kommen? Nein, auf keinen Fall vor

Mitternacht! Wie oft denn noch?«, wurde er wieder laut. »Die Problembeseitigung geht vor!«

Eins der zu beseitigenden Probleme sollte ich sein. Aber damit hatte ich ein Problem. Ich lugte vorsichtig um die Kante der Türaussparung und sah Hasso Lüttgers' Rücken.

Auf leisen Sohlen näherte ich mich, die Behinderung durch mein lädiertes Bein ignorierend, und holte aus. Bevor er mich hörte oder irgendetwas merkte, hatte ich ihm den Baseballschläger auf den Hinterkopf geschlagen. Ohne ein Wort fiel er zu Boden und blieb dort reglos liegen, das Handy fiel ihm aus der Hand und schlitterte über den Steinboden. Ich ging hin und hob das Handy auf.

»Was ist? Bist du noch dran?«, hörte ich den Anrufer.

»Jo«, antwortete ich.

»Okay, dann komm ich um Mitternacht. So long.«

Der Unbekannte, der vermutlich Drogen kaufen wollte, beendete die Verbindung.

»Mpf-mpfh«, hörte ich hinter mir.

Als ich mich umdrehte, blickte ich in die Pistolenmündung von Hasso Lüttgers' Heckler & Koch 9 mm. Uwe Hartmann richtete sie auf mich. Mit der freien Hand umklammerte er Leonies Oberarm. Sie hatte die Hände auf dem Rücken gefesselt und einen Knebel im Mund und starrte mich aus großen Augen panisch an.

»Keine Tricks, sonst drück ich ab!«

Als Polizist hatte ich in gefährlichen Situationen immer Glück gehabt. Während meiner Zeit auf der Wache in Garath wollte mich mal jemand mit einer Axt erschlagen, und mit Messern bin ich auch ein paarmal bedroht worden, aber mit Schusswaffen war noch nicht so oft auf mich gezielt worden.

Hinter Leonie und Uwe Hartmann tauchten plötzlich Hanno Lüttgers und Carlos Rodriguez auf. Letzterer hielt bereits seine Pistole mit Schalldämpfer in der Hand.

Jetzt hatten wir ein echtes Problem. Leonie schien das genauso zu sehen, sie starrte mit schreckgeweiteten Augen auf die Schusswaffe, die kaum einen Laut von sich geben würde, wenn sie die tödlichen Projektile auf uns feuerte.

»Was ist hier los?«, fragte Carlos, der Kubaner.

»Was hat der gemacht?«, fragte Hanno alarmiert und beugte sich zu seinem Bruder.

»Die verfickte Glatze dachte, sie kommt hier lebend raus«, erklärte Uwe Hartmann.

Hanno schüttelte seinen Bruder. »Hasso, wach auf, los, komm schon.«

Hasso öffnete stöhnend die Augen. »Ah … lass los, schon okay.« Hanno ließ von ihm ab, sprang auf, presste die Zähne aufeinander und stürzte sich auf mich.

Das Tattoo-Monster wollte mir seine Faust ins Gesicht rammen. Nur hatte er unterschätzt, dass die Unmengen von Adrenalin, die durch meine Adern jagten, meine alten Reflexe und meinen Kampfgeist reaktiviert hatten. Ich lenkte die Faust mit einer Hand ab, rammte ihm meine zur Faust geballte freie Hand in die Magengrube, und als er wie ein Springmesser aufstöhnend zusammenklappte, packte ich ihn von hinten, presste ihm meinen Unterarm an die Kehle und hielt ihn als lebendigen Schutzschild vor meinen Körper. Er stöhnte und zappelte. »Ah, ah, loslassen …«

»Lass Leonie los!«, befahl ich Uwe Hartmann. »Oder ich press ihm die Luft ab.« Als Beweis, dass ich es ernst meinte, erhöhte ich mit meinem Arm den Druck auf Hannos Kehle. Er stöhnte noch lauter und rang röchelnd nach Luft.

Hasso hatte sich ächzend aufgerappelt. »Lass meinen Bruder los!«

»Er soll Leonie loslassen!«, entgegnete ich.

»Fuck off! Ihr kommt hier nicht lebend raus«, kündigte Uwe Hartmann an.

Dann geschah etwas, womit ich nicht gerechnet hatte. Es gab ein Geräusch, das zwischen Peng und Plopp lag. Ich spürte, wie Hannos Gegendruck nachließ und seine Muskeln erschlafften. Dann sackte er in meinen Armen zusammen. Carlos hatte ihm eiskalt in die Brust geschossen.

»Und jetzt?«, fragte Carlos mich kalt wie ein Eisfach. »Was machst du jetzt, he? Sag mal, was jetzt?«

Hasso Lüttgers starrte mit offenem Mund von Hanno, der

leblos am Boden lag und unter dem sich eine Blutlache bildete, zu Carlos.

»Bist du verrückt geworden? Was soll die Scheiße?«

»Ich lasse mich nicht erpressen«, antwortete Carlos. »Und ich gehe kein Risiko ein. Du und dein Bruder – ihr seid ein Risiko.«

Carlos richtete die Waffe auf Hasso Lüttgers, der wieder den Mund vor Unglauben offen stehen ließ. Hilfe suchend blickte er zu Uwe.

»Carlos hat recht«, sagte der Biker unbarmherzig. »Euer Barmann ist zu weit gegangen. Ihr habt eure Leute nicht im Griff und macht die Bullen aufmerksam. Das können wir uns nicht leisten.«

Unsere beste Waffe ist das Wort, hatte einer meiner Ausbilder bei der Polizei einmal zu mir gesagt. Mangels anderer Waffen entschloss ich mich, das mal auszuprobieren: »Hey, Leute«, mischte ich mich an die beiden Bewaffneten gewandt in das bandeninterne Duell ein, »bevor ihr hier sinnlos Leute exekutiert und für den Rest eures Lebens in den Knast wandert, solltet ihr wissen, dass meine Kollegen euch schon lange observieren und über alle Geschäfte Bescheid wissen. Ihr solltet jetzt lieber friedlich sein und euch ergeben, statt alles noch viel schlimmer zu machen.«

Jetzt waren wieder beide Pistolen auf mich gerichtet, eine mit, eine ohne Schalldämpfer. »Waren das deine letzten Worte, oder willst du noch mehr Scheiße labern?«, fragte Carlos.

»Leute, bitte, seid vernünftig«, sagte ich in diplomatischem Tonfall, »ihr seid doch nicht dumm, und noch ist überhaupt nicht viel passiert, alles easy. Wenn ihr euch freiwillig stellt, könnt ihr mit einem blauen Auge davonkommen.«

»War's das jetzt?«, fragte Carlos kalt. »Fertig, du Wichser?«

Da geschah noch etwas, mit dem ich nicht gerechnet hatte. Der ohrenbetäubende Knall einer Schusswaffe ertönte. Ich hielt die Luft an und sah an mir hinunter, um die Einschussstelle zu begutachten. Doch ich sah kein Blut.

»Waffen auf den Boden!«, schrie Klaus, der hinter den anderen Bewaffneten stand, und gab einen weiteren Warnschuss ab. »Aber plötzlich! Die Knarren weg, los!«

Ohne sich umzudrehen, legten Carlos und Uwe ihre Waffen auf den Boden und hoben langsam die Hände.

»Gut so«, brüllte ich und schnappte mir die beiden Pistolen. »Auf den Boden und Hände hinter den Kopf! Los, runter mit euch, legt euch hin!«

Sie folgten der Aufforderung.

»Und du auch!«, schrie ich Hasso Lüttgers an, der wie paralysiert dem Geschehen mit offenem Mund zugesehen hatte. »Auf den Bauch und Hände hintern Kopf, hopp!« Ohne den Mund zu schließen, legte er sich wie die anderen beiden bäuchlings auf den Boden und die Hände an seinen Hinterkopf.

»Gutes Timing, Klaus«, sagte ich, während ich Leonie, die am ganzen Körper zitterte, von Knebel und Klebeband befreite. Von draußen hörte ich Sirenenlärm, der sich rasch näherte.

»Nicht wahr?«, grinste Klaus. »Pünktlich auf die Sekunde.«

»Na ja. Hättest ruhig ein bisschen früher kommen können.«

»Besser verspätet als zu spät. War doch noch rechtzeitig.«

»Oh mein Gott!«, stieß Leonie keuchend hervor, als sie wieder sprechen konnte. »Ich dachte, wir sterben!«

»Dafür sind wir noch ein bisschen jung«, erwiderte ich. »Wieso bist du nicht gefahren, als der Typ rauskam?«

»Ich hab grad mit Klaus telefoniert. Als ich geschnallt hab, dass du nicht am Handy bist, hab ich ihn sofort angerufen.«

»Und ich hab auf der Fahrt Mark informiert«, ergänzte Klaus, so als wollte er den Auftritt meines Polizeifreundes ankündigen, der genau in diesem Moment mit Waffe im Anschlag und uniformierten Kollegen im Schlepptau in den Keller gerannt kam.

»Was ist denn hier passiert?«, wollte er konsterniert wissen, als er die vier Männer auf dem Boden sah. Ich klärte ihn rasch auf.

Mark schüttelte ungläubig den Kopf. »Ich hab doch gesagt, keine Alleingänge!«

Ich zeigte mit den Augen auf Leonie und zu Klaus. »Ich bin doch nicht alleine …«

47

Dank des Gewitters war der Sommer am Sonntag endlich wieder
erträglich. Das NASEBAND'S ließ ich geschlossen und mich von
Brigitta in meiner Wohnung gesund pflegen. Sie war um zehn
Uhr vormittags vorbeigekommen, um mir drei Stücke ihrer
Schwarzwälder Kirschtorte zu bringen. Als sie meine Wunde
erblickte, bestand sie darauf, sich sofort darum zu kümmern.
Liebevoll wie eine Mutter cremte sie den Rand der Platzwunde
mit einer Wund- und Heilsalbe ein, klebte vorsichtig ein groß-
flächiges Pflaster darauf und füllte dann einen Waschlappen mit
Eiswürfeln, den sie auf meinem geschwollenen Schädel platzierte. Währenddessen ließ ich den vergangenen Abend Revue
passieren.

Mark hatte einen Rettungswagen und Notarzt für den ver-
letzten Türsteher gerufen, während die Uniformierten Carlos
Rodriguez, Hasso Lüttgers und Uwe Hartmann festnahmen
und ihnen Handschellen anlegten. Bis zum Eintreffen des Kran-
kenwagens hatten wir den bewusstlosen Hanno Lüttgers in die
stabile Seitenlage gebracht und ihm die als Knebel benutzten
Küchenhandtücher auf seine blutende Schussverletzung gepresst.

Auf meine drängenden Fragen, was sie mit der Braut vom
Junggesellinnenabschied getan hatten und ob Linda auch hier
irgendwo in einer Kühltruhe lag, reagierte er ebenso wenig wie
seine Komplizen.

Als ein paar Minuten später die medizinischen Profis eintrafen,
überließen wir ihnen das Feld. Ich zeigte Mark die Kühltruhe
mit der Leiche von Annika Hobrecht und das Drogenversteck
im Büro, wies ihn darauf hin, dass gegen Mitternacht ein Drogenkäufer, vermutlich ein Großabnehmer, aufkreuzen würde,
und überreichte ihm die Taschentücher mit dem Stofffetzen,
den ich unter dem Transporter gefunden hatte.

Er verständigte die Spurensicherung, ordnete an, das ganze
Gebäude Quadratzentimeter für Quadratzentimeter zu durch-
suchen, orderte einen Abschleppwagen zur Sicherstellung des

Lieferwagens und forderte mich dann auf, mich ins Krankenhaus fahren und die Platzwunde am Kopf nähen zu lassen.

»Das wächst auch so wieder zu«, winkte ich ab.

Nachdem die Uniformierten die Aussagen von Klaus, Leonie und mir aufgenommen hatten, konnten wir gehen. Ich bedankte mich bei meinem exkriminellen Freund und versprach ihm eine Freiwoche im NASEBAND'S.

Als Leonie mich später vor meiner Wohnung absetzte, war es nach Mitternacht und ich todmüde.

Jetzt lag ich im Bett und genoss Brigittas fürsorgliche Pflege.

»Sie machen das wirklich gut«, lobte ich sie. »Wo haben Sie das gelernt?«

»In Altenheim«, erwiderte sie. »Ich früher lernen Altenpflege. Ich nicht geboren als Putzfrau, ich helfen Alten.«

Ihre Aussage schmälerte meine Zufriedenheit ein wenig. Fürs Altersheim fühlte ich mich genauso zu jung wie fürs Sterben.

Ein Anruf riss mich aus meinen Gedanken. Mark erkundigte sich nach meinem Befinden.

»Ich lebe noch«, antwortete ich.

»Das ist doch schon mal was. Hanno Lüttgers lebt auch noch. Der Türsteher hat einen Lungendurchschuss, die Kugel ist hinten in einer Rippe stecken geblieben.«

Ich realisierte, was für ein Glück ich gehabt hatte, dass die Kugel nicht durch das Tattoo-Monster hindurch mich getroffen hatte.

»Carlos Rodriguez, Hasso Lüttgers, Uwe Hartmann und der Barmann sind in U-Haft. Rodriguez ist der Kopf der Bande, wie wir vom Barmann erfahren haben.«

»Hängt der Barmann auch mit drin?«

»Jep. Den haben wir gleich eingesackt, als er ins Freakout zur Arbeit kam, und die halbe Nacht in die Mangel genommen. Er hat ein umfassendes Geständnis abgelegt.«

Mark teilte mir das Ergebnis der Vernehmungen der vergangenen Nacht mit: Annika Hobrecht, die Erzieherin aus Jever, war vor sieben Wochen an einer Überdosis K.-o.-Tropfen gestorben, die ihr der dealende Barmann kurz vor Feierabend verabreicht hatte. Sie starb auf der Clubtoilette, unbemerkt von den Gästen.

Hasso und Hanno Lüttgers haben die Leiche in der Kühltruhe im Keller zwischengelagert mit dem Plan, sie bei nächster Gelegenheit im Wald zu vergraben. Doch einer endgültigen Entsorgung des Problems kamen immer neue Probleme dazwischen.

Unter anderem der investigative Journalist des Rhein-Kuriers und ich. Oder hatten die noch ein weiteres Problem gehabt – Linda?

»Was haben die mit der Braut gemacht? Ist ihr das Gleiche passiert wie der Erzieherin?«

»Mit dem Verschwinden von Linda Brandt wollen sie angeblich nichts zu tun haben.«

»Von denen hat auch keiner halblange dunkle Haare«, erinnerte ich mich.

»Wir haben jeden der fünf in den Vernehmungen ausführlich dazu befragt. Keiner kann sich an die Braut und ihren ominösen Begleiter erinnern. Vielleicht war der geheimnisvolle Unbekannte doch bloß eine Schutzbehauptung der K.-o.-Jungs.«

»Wer weiß, ob die Freakout-Typen nicht doch irgendwie verwickelt sind.«

»Das glaub ich nicht. Der Barmann war sehr reuig und redselig. Wenn der was über die Braut wüsste, hätte er uns das gesagt. Ich verstehe ja, dass dir das keine Ruhe lässt. Aber du vergisst die Braut besser mal und freust dich einfach darüber, dass dein Harakiri-Einsatz vereitelt wurde und du noch lebst.«

Ich freute mich ja. Nur eben etwas gedämpft.

48

Ausgeschlafen und erholt erwachte ich am Montag um neun von Kaffeeduft, der verführerisch in meine Nase strömte. Mike braucht bestimmt wieder Geld, dachte ich, denn Frühstück macht er mir extrem selten.

Doch es war Brigitta, die den Tisch mit Kaffee und frischen Brötchen deckte, ungewohnt behutsam, um bloß keinen Lärm zu machen.

»Morgen, Brigitta. Sind Sie auf Krankenbesuch?«

»Zeigen mal«, erwiderte sie, kam zu mir und besah sich die Wunde unter dem Pflaster. »Gut«, befand sie zufrieden, »sehen gut aus.«

Nachdem ich geduscht hatte, wiederholte Brigitta ihre Pflegeprozedur vom Vortag und ließ mich dann frühstücken. Sie bezog das Bett neu und stellte die Waschmaschine an, ich verschlang zwei Brötchen.

Als Brigitta den Staubsauger hervorholte, stürzte ich den Kaffee hinunter und brach auf. Der Genesungsschlaf hatte meinem Bein gutgetan. Ich konnte wieder fast normal gehen.

Es war schön sonnig, aber längst nicht so heiß wie in den Wochen zuvor. Zum Glück. Beschwingt pfiff ich Frank Sinatras »My Way« mit, das aus dem Radio meines Mercedes dudelte, als ich vor dem NASEBAND'S ankam. Mein Pfeifen endete abrupt, als ich die schöne Eingangstür meiner Kneipe erblickte. Besser gesagt, die ehemals schöne Eingangstür. Sie wurde von dem Inhalt zweier Farbbomben verunstaltet, ein großer Fleck in Neongrün, der andere in dem Pink, in dem auch schon »Verpiss dich« auf die Panoramascheibe sowie auf die Frontscheibe meines Wagens gesprüht worden war.

»Ey, das kann doch gar nicht«, sagte ich zu mir selbst, »das fünfte Mal in einer Woche ...«

Dann fiel mir ein, dass es erst recht nicht sein konnte, weil die Dealerbande in U-Haft saß. Wer sonst sollte mich so terrorisieren?

Die Antwort fand ich auf den Überwachungsaufnahmen der

versteckten Kamera, die ich mir am Computer in meinem Büro ansah.

Roland Gerster, der unsympathische Bistrobetreiber aus der Nachbarschaft, war laut Timecode um fünf Uhr fünf in der letzten Nacht vor meiner Kneipe aufgetaucht und hatte hastig die beiden mit Farbe gefüllten Luftballons gegen die Tür geworfen. Fassungslos schüttelte ich den Kopf und rief Mark an. Als ich die Kaffeemaschine angeschmissen und zur ersten Tasse eine geraucht hatte, kam er auch schon. Ich zeigte ihm die Videoaufnahme und sagte: »Die Schweinebacke hat fünf Anschläge in einer Woche verübt. Erst die Schmiererei an der Panoramascheibe, dann zerstochene Autoreifen, zweimal eingeschmissene Scheibe und jetzt die Tür.«

»Und als Nächstes kommt dann ein Molotowcocktail reingeflogen!«, rief mein Vermieter beim Betreten der Kneipe. Forschen Schrittes marschierte er zu uns an den Tresen.

»So weit wird es nicht kommen«, erwiderte ich, »ich habe den Täter schon identifiziert. Mein Kollege Mark wird ihn gleich aus seinem Bistro holen und aufs Präsidium bringen. Stimmt's, Kollege?« Ich klopfte Mark jovial auf die Schulter.

»Bistro?«, fragte mein Vermieter stirnrunzelnd. »Du meinst doch nicht Roland Gerster?«

»Genau den mein ich.«

»Das ist ja ein Ding!« Er schüttelte nachdenklich den Kopf. »Dass ich da gar nicht dran gedacht habe ...«

»Woran?«

»Ich hab dir doch erzählt, dass ich mir über die Pacht des Lokals mit einem anderen Interessenten schon handelseinig war, als du mich nach einer geeigneten Fläche fürs NASEBAND'S gefragt hast.«

»Der Gerster war auf den Laden scharf?«, schlussfolgerte ich erstaunt.

Er nickte. »Gersters Bistro liegt auf der Nordseite, ohne Sonne. Ergo ohne Gäste. Die Laufkundschaft zieht hier vorbei. Deshalb wollte er sofort den Laden hier mieten, als er frei wurde. Ich hatte schon die Verträge aufgesetzt, doch dann bist du auf den Plan getreten.«

Ich begriff, wie wütend die Schleimwarze auf mich sein musste. Dank Vitamin B und Düsseldorfer Klüngel hatte ihm Naseband eine Perle vor der Nase weggeschnappt.

Vermutlich war sein Plan hinter den Sachbeschädigungen, mir das Gastronomendasein zu vermiesen und mich zur Aufgabe zu bewegen. Aber da hatte er die Rechnung ohne den Wirt gemacht.

Mark meldete sich zur Wort: »Ich wüsste eine neue Location für ihn. Das Freakout. Nachdem die ganze Bande eingefahren ist und wir den Laden dichtgemacht haben, könnte er sich mit neuem Konzept um den Betrieb bewerben.«

Ich lachte und zündete mir eine Lucky an. Innerhalb weniger Stunden hatte ich drei Fälle gelöst: erstens einen Drogenring gesprengt, zweitens das leider traurige Schicksal von Annika Hobrecht aus Jever geklärt und drittens den Saboteur des NASEBAND'S erwischt. Ein guter Start in die neue Woche.

Und wie zur Belohnung hatte Fortuna das entscheidende Relegationsspiel um den Aufstieg in die erste Liga gewonnen.

»Bundesliga, Fortuna ist dabei!«, sang ich dem Piraten entgegen, der mit deprimiertem Gesichtsausdruck hereinkam.

»Ist wer gestorben?«, fragte ich besorgt, als er sich reaktionslos auf einen Barhocker setzte.

»Tut mir leid«, nuschelte er.

»Was?«

»Hast du noch gar nicht in die Kasse geguckt?«

Ahnungsvoll holte ich das nach und riss die Schublade auf. Bis auf das Kellnerportemonnaie mit dem Wechselgeld, ein paar Münzen und einem einzelnen Fünf-Euro-Schein war sie leer. Im Tresor konnten sich die Einnahmen von Samstag nicht befinden, die Zahlenkombination des Schlosses kennen nur zwei Festangestellte und ich.

»Samstag ist der beste Abend der Woche«, erklärte ich. »Sag nicht, du hast die Kohle verballert oder verloren? Und erzähl mir bitte nicht, dass nichts los war!«

»Es war die Hölle los, das ist es ja. Zum und nach dem Fortuna-Spiel kam halb Düsseldorf zum Feiern. Und da hätte ich vielleicht nicht so gegen Fortuna lästern dürfen … Was glaubst

du, was die mir die Hölle heiß gemacht haben. So was hältst du
ja nicht aus, wenn du dir nicht die Rübe wegballerst.«

»Was soll das heißen? Dass du obendrein dein bester Kunde
gewesen bist?«

»So genau weiß ich das nicht mehr.«

»Aber es kann doch nicht sein«, fuhr ich fort, »dass du überhaupt keine Einnahmen hast! Egal, wie viel du selber säufst und
wie sehr du dich mit den Gästen streitest und sie deswegen die
Zeche prellen – es muss doch Geld übrig sein!«

»Ja gut, wär's ja auch«, gab er zu, »wenn ich mich dann nicht
noch hätte überreden lassen …«

»Zu was?«

»Zu ein paar kleinen Zockerrunden. Backgammon. Früher
war ich richtig gut darin, aber heutzutage …« Er schüttelte den
Kopf. »Manche Sachen waren früher wirklich besser.«

»Augenblick! Du hast Backgammon um Kohle gespielt? Um
meine Kohle?«

»Mit welcher sonst? Ich hatte ja kaum was dabei.«

»Nee, sorry, Kai«, sagte ich und bemerkte am angstscheuen
Blick des Piraten, wie sehr es ihn verunsicherte, dass ich ihn mit
seinem echten Namen ansprach, »aber den Schaden musst du
mir ersetzen, das ist ja wohl klar.«

»Aber wovon denn?«, jammerte der aus Elend, Schuld und
Scham bestehende Haufen auf der anderen Tresenseite. »Vom
Hartzer Moos bleiben sowieso nur meine Biere im NASEBAND'S.«

»Ja und? Ist das mein Problem?«

»Gewissermaßen schon«, wagte der Pirat einen vorsichtigen
Vorstoß. »Sieh es doch mal so, wir sitzen jetzt beide im selben
Boot, das leckgeschlagen ist. Wir haben beide ein Problem, du
mit der leeren Kasse, ich damit, sie aufzufüllen. Wie wär's, wenn
wir das irgendwie anders regeln? Ich könnte es zum Beispiel
abarbeiten.«

»Und alles noch schlimmer machen?«

»Nein, nein«, wiegelte der Pirat eilig ab, »natürlich nicht
hinterm Tresen, eher so backstage. Ich könnte für dich ein oder
zwei oder von mir aus auch drei Jahre lang die Metroeinkäufe
erledigen, Kisten aus dem Getränkemarkt und so was.«

»Ohne Führerschein?«

»Äm, na ja, fahren müsstest du.«

Während ich genervt seufzte, kam mir eine Idee. »Da fällt mir was ein. Ich wüsste sehr wohl eine Beschäftigung für dich.«

»Ja?« Hoffnung auf Erlösung lag in seinem erwartungsvollen Blick.

»Du kannst mir eine Website für die Kneipe basteln.«

»Super Idee!«, rief der Pirat wie aus der Pistole geschossen.

»Ich hab mir zwar mal die Internetdomain gesichert, bin aber noch nicht dazu gekommen, mich darum zu kümmern. Hast du ein bisschen Ahnung von Webdesign?«

»Und ob«, versicherte Einauge voller Überzeugung, »das ist genau mein Ding. Vor meinem Informatikstudium hab ich ja sogar mal kurz überlegt, Grafikdesign zu studieren. Ich werd dir die geilste Website zimmern, die du je gesehen hast.«

»Erste Liga, Fortuna ist dabei!«, drang plötzlich die Sohnesstimme an mein Ohr.

Ich fiel in seinen Schlachtgesang ein, und wir gaben uns lachend High Five.

»Wo kommt die Beule her?«, wollte Mike wissen. »Und das Pflaster? Und die Farbe an der Tür?«

»Wollte ich auch fragen«, warf der Pirat eilfertig ein, und ich erstattete ausführlich Bericht. Sohnemann und Einauge waren angemessen beeindruckt.

»Und, leidest du jetzt wie Hund wegen deinen zwei Leas?«, fragte ich. »Eine mit E und na, eine ohne. Genau davor hab ich dich gewarnt – dass du am Ende alleine dastehst. Hoffentlich lernst du was draus.«

»Is ja schon gut«, stöhnte Mike unwillig, »noch mal passiert mir so was garantiert nicht.«

Er schaute auf sein Handy, auf dem eine Nachricht eingegangen war. Stirnrunzelnd las er die Botschaft. Sein Gesicht hellte sich auf.

»Cool! Sie will mich treffen.«

»Eleana oder Lea?«

»Vanessa«, antwortete Mike, ohne aufzublicken, am Handy hantierend.

»Vanessa?« Den Namen hatte ich noch nie aus Mikes Mund gehört.

»Eine Kommilitonin. Wir machen ein Seminar zusammen. Hab die schon länger im Auge.« Er hielt mir sein Smartphone vor die Nase. »Guck ma, ist die nicht süß?«

Ich blickte auf das Facebook-Profil im Display mit Foto einer hübschen Braunhaarigen mit Pferdeschwanz.

»Und die will dich daten?«

Mike nickte und studierte konzentriert das Facebook-Profil. »Wow!«, stieß er dann anerkennend hervor. »Ist die hot oder ist die hot?«

Wieder ließ er mich aufs Handy blicken. Irritiert verengte ich die Brauen. Die Frau sah anders aus und hatte kurze braune Haare.

»Ihre kleine Schwester. Auch nicht schlecht, oder? Weiß gar nicht, wer süßer ist.«

»Unverbesserlich«, schüttelte ich resignierend den Kopf und wandte mich an Leonie, die mit Louis im Arm herein- und an den Tresen kam. Der Hund sprang aus ihrem Arm und hoppelte pummelwedelnd zu mir, um mich zu begrüßen.

»Ich will heute nicht arbeiten«, jammerte Leonie unglücklich. »Fühl mich immer noch total dizzy, hab kaum geschlafen seit der Aktion. Das hängt mir voll nach. Eine geladene Pistole am Kopf … puh! Ich dachte echt, das war's, und tschüss, Welt.«

»Weißt du was«, sagte ich, »du brauchst heute nicht arbeiten. Ich mach einfach schon am Nachmittag Feierabend.«

Leonie freute sich. »Gute Entscheidung!«

Sie hielt die Hand hoch und gab mir High Five.

»Übrigens«, fuhr sie fort, »ich hab noch mal nachgedacht wegen Louis. Ich kann ihn zukünftig doch zu Hause lassen. Die Jack-Russell-Dame meiner Nachbarin Kathi hat sich in ihn verliebt. Und weil Kathi als Übersetzerin sowieso immer zu Hause ist, kann sie ihn zu sich nehmen, wenn ich arbeiten oder in die Uni muss.«

Getroffen hielt ich beim Streicheln des Hundes inne. »Heißt das, du willst ihn nicht mehr mitbringen?«

»Das wolltest du doch?«

»Das wollte ich nicht!«, widersprach ich. »Okay, vielleicht am Anfang«, gab ich widerstrebend zu, »aber jetzt doch nicht mehr. Natürlich sollst du Louis mitbringen, du musst sogar, wenn du hier weiter arbeiten willst, ich bestehe darauf, er ist hier der Kneipenhund, das Maskottchen des NASEBAND'S.«

»Ziemlicher Sinneswandel«, grinste Leonie.

»Für dich und Louis ist es auch besser«, setzte ich nach, um sie endgültig zu überzeugen, »du kannst dir die Verantwortung ein bisschen mit mir teilen, und Louis hat Abwechslung und lernt ständig neue Gasthunde kennen. Das ist für alle Beteiligten eine Win-win-Situation.«

Als wollte er seine Zustimmung signalisieren, stellte sich Louis auf die Hinterläufe und drehte eine Pirouette. Er verlor das Gleichgewicht, fiel um und gegen meine Tasse. Der Kaffeerest ergoss sich über mein iPhone.

Seufzend nahm ich einen Spüllappen und wischte die Sauerei vom Handy.

Das ist ein Zeichen, dachte ich und beschloss, das NASEBAND'S jetzt gleich und damit so früh wie nie seit der Eröffnung abzuschließen und nach Hause zu gehen.

Ich verabschiedete meine Gäste und Leonie und räumte auf. Dann stellte ich die Kaffeemaschine aus und machte sie sauber.

»Ist heute geschlossen?«

Erschrocken fuhr ich herum. Und erschrak noch mehr, als ich sah, wer meine Kneipe betrat. So sehr, dass mir das Geschirrhandtuch aus der Hand glitt.

Ungläubig starrte ich ihr entgegen.

»Linda?«

»Wow, Sie erinnern sich an mich, das hätte ich nicht gedacht.«

Strahlend kam sie Hand in Hand mit einem ebenso strahlenden Mann an den Tresen.

»Darf ich vorstellen? Das ist Eric. Meine erste große Liebe. Zehn Jahre waren wir damals zusammen. Und sind es jetzt wieder.« Sie küssten sich.

Es muss ewig gedauert haben, bis ich meine Sprache wiederfand.

»Sag mal, Linda …« Ich stierte sie an wie ein Gespenst, immer noch um Worte ringend. »Wo warst du denn? Deine Freundinnen und ich kommen fast um vor Sorge, die Polizei und die halbe Stadt sucht seit einer Woche nach dir, Ben war wegen dir in U-Haft – und alle dachten, du bist tot!«

Lindas Lächeln erstarb. »Was? Wieso denn das?«

»Weil du spurlos verschwunden warst und zwei andere verschwundene Frauen tot sind! Wieso meldest du dich denn nicht?«

»Hab ich doch«, erwiderte Linda verständnislos. »Ich hab Nele doch von Erics Handy SMS geschickt und auf die Mailbox gequatscht, dass sie ohne mich zurückfahren sollen und ich in Düsseldorf bleibe. Hat Nele etwa auch ihr Handy verloren?«

Ich legte die Hand vor meine Augen und versuchte, meinen aufgeregten Herzschlag zu beruhigen. Ich war verwundert, erleichtert, verärgert. Erschöpft.

»Können Sie mir mal erklären, was los ist?«

»Kann ich.« Ich stieß Luft aus und sammelte mich. »Und du kannst mich duzen und vielleicht erst mal selber erklären, was los ist. Wenn ich das richtig verstehe, hast du Eric am letzten Wochenende in der Nacht von Samstag auf Sonntag im Freakout getroffen, richtig?«

Linda bestätigte. Nach dem unsäglichen Auftritt ihres Bräutigams in spe ein paar Stunden zuvor sei es ihr nicht schwergefallen, die nie erloschenen Gefühle für Eric zuzulassen und mit ihm nach Hause zu gehen. Sie habe in letzter Zeit sowieso massive Zweifel an der geplanten Hochzeit gehabt wegen der Schlägerei beim Maitanz.

»Und dann lässt du einfach deine Freundinnen im Freakout sitzen und haust ab«, wunderte ich mich, »ohne ein Wort?«

»Aber wir haben uns doch noch verabschiedet«, rechtfertigte sich Linda. »Nele hat mir doch sogar noch gratuliert. Aber die war so verpeilt, Stan und Ollie hatten sie ganz schön abgefüllt.«

»Stan und Ollie?«

»Am Anfang des Abends haben wir vor einem Brauhaus so zwei Typen getroffen, der eine hatte eine affige Krawatte an, der andere ein Fußballtrikot. Die sahen aus wie Dick und Doof. An die echten Namen kann ich mich nicht mehr erinnern. Mir fehlen ein paar Stunden ab dem Brauhaus, da hat der Alk voll eingeschlagen. In der Disco ging's dann wieder einigermaßen. Zum Glück hab ich Eric getroffen und die letzten Runden ausgelassen, die uns Stan und Ollie spendiert haben.«

»Da haben sie deinen Freundinnen noch mal K.-o.-Tropfen spendiert«, sagte ich.

»K.-o.-Tropfen?«, horchte Linda auf. »Hab ich deswegen die ersten Stunden ein schwarzes Loch im Kopf? Ich kann mich erst ab da erinnern, wo wir in diesem Burgerladen waren, mit den Footballspielern, als Ben auftauchte und mir die Szene gemacht hat. Unglaublich«, schüttelte sie den Kopf. »Spioniert mir nach. Und dieses Arschloch wollte ich heiraten.«

»Warum bist du nicht in die Ferienwohnung gekommen?«, wollte ich wissen. »Deine Sachen waren doch da.«

»Ich wusste doch nicht, dass Nele meine Nachrichten nicht bekommen hat. Ich dachte, alle wissen Bescheid und sind happy. Als ich meine Eltern in Australien informiert hab, waren die froh, dass sie ihren Flug absagen konnten. Sie mochten Ben sowieso nicht. Und im Hotel konnte mich auch niemand vermissen, weil ich die Woche Urlaub hatte. Außerdem«, fügte sie mit einem an Eric gerichteten Grinsen hinzu, »waren wir die ersten Tage zu beschäftigt, um die Wohnung zu verlassen.«

»Und wir dachten, du bist in der Gewalt von Psychos. Oder tot.«

Linda lachte schallend. »Im Gegenteil, ich fühl mich wie neugeboren!« Sie klatschte vergnügt in die Hände. »Wollen wir darauf anstoßen?«

»Einverstanden. Aber vorher ruf ich Nele an.«

Ich rief Nele auf ihrem Vechtaer Festnetzanschluss an, doch es ging nur der Anrufbeantworter an. Ich informierte sie, dass Linda heil und gesund wieder aufgetaucht war, und bat sie um Rückruf.

»Ist die jetzt etwa auch verschwunden?«, fragte ich. Nur halb im Spaß.

Während ich eine Flasche Sekt öffnete und drei Gläser füllte, entschuldigte sich Linda für die Aufregung, die sie verursacht hatte.

»Ach so, da ist noch was«, fiel mir etwas ein. »Deine Freundinnen sind beraubt worden. Handys, Geldbörsen – alles weg. Auch dein Gewinn aus der Spielbank.

Linda reagierte überrascht. »Ich hab das Geld doch noch.«

»Ich dachte, Nele hat es sich in die Bauchtasche gesteckt?«

»Ja, hat sie. Aber bevor ich mit Eric aus dem Freakout abgezischt bin, hab ich mir die zweitausend von ihr wiedergeben lassen. Das war mir zu risky mit ihr, sie war ja vollkommen drüber.«

Wir leerten die Flasche. Und danach noch eine. Ich erzählte von den Geschehnissen der letzten Woche. Zwischendrin kamen Gäste herein, die ich sofort wieder wegschickte. »Sorry, heute geschlossen!«

Nach der zweiten Flasche verabschiedeten sich Linda und Eric. Sie wollten mich an meinem freien Tag nicht stören.

Nachdem ich das verliebte Paar rausgelassen hatte, schloss ich mich ein. Auf den Schock und die Erleichterung brauchte ich einen Beruhigungsschnaps, bevor ich nach Hause ging. Zur Feier des Tages gönnte ich mir ein Gläschen vom Highland Park und steckte mir dazu eine Lucky an.

Ich schüttelte den Kopf und musste lachen. Unglaublich … Da platzt die hier frei und fröhlich rein und hat von dem ganzen Wirbel nichts mitgekriegt.

Und ich? Statt wie geplant einen gemütlichen Sonntag zu genießen, war ich mit einem dämlichen Polaroid durch die Altstadt gestolpert und allen möglichen Leuten auf die Nerven gefallen. Ich habe diese Single-Goodbyes noch nie gemocht. Spätestens jetzt hatte ich allen Grund, Junggesellenabschiede zu hassen.

Ich seufzte, leerte mein Glas, drückte die Kippe aus, stellte die Flasche weg und das Glas in die Spüle. Dann ging ich raus und schloss die Kneipe ab.

Als ich mich zur Straße umdrehte, sah ich in ein lächelndes Gesicht.

»Komm ich etwa zu spät?«, strahlte Nele mich an.

Ich musste ganz breit grinsen. »Du kommst genau richtig«, antwortete ich, nahm sie in die Arme und gab ihr einen sehr langen Kuss.